JN237829

森谷明子
Moriya Akiko

深山に棲む声《みやまにすむこえ》

双葉社

目次

装画　牛尾篤
装丁　片岡忠彦

深山に棲む声

骨の一本足のババ・ヤガーは大急ぎで石臼に飛び乗ると、杵《きね》で漕ぎ、箒《ほうき》であとを消しながら娘を追いはじめた。娘は地面に耳をあて、ババ・ヤガーが近くまで迫った音を聞きつけると、タオルを出してうしろに投げた。すると広い広い川ができた。川についたババ・ヤガーは川の水を飲み干して、なおも追って来る。娘は、今度は櫛をうしろに投げた。すると、深い深い森ができた。

——ロシア民話より

朱《あけ》の鏡

「山」へ行ってはいけない。村の子どもたちは物心ついた時から、そう教えられる。「山」へ行ってはいけない。あそこには恐ろしいものが棲んでいる。

この場合の「山」とは、普段、キノコや木の実や粗朶《そだ》を採りにやらされる裏山でも、村の男たちが猪を狩る低山でもない。そこまでは村の日常の場、庭のようなものだ。

だが、村の東北に、はるかにそびえる深山《みやま》の連なり――あそこは異界だ。村から見える深山は、山裾が広く、頂上は険しくそそり立って、見る者を圧倒する。ただびとが立ち入ってよい場所ではないのだ。村から北に向かい、低山を登って東向きにやや下ると谷川があるそうだ。そこが、人の世界と深山との境だ。その川を越えてしまえば、もう村には戻れないと、村の子どもたちは教えられてきた。

それでも――大人がいくら口を酸っぱくして言い聞かせても――年に一人やそこらは、子どもがいなくなってしまう。多くは時が経ってから亡骸《なきがら》となって発見されるが、中には見つからずじまいとなることもある。つい二年ほど前、一人だけ、襤褸《ぼろ》を着て山をさまよっているところを発見された子どももいた。村でも手に負えない悪たれだったその少年は、別人のように呆けた顔つきで、自分に何が起きたかはおろか、親の名さえ言えなくなっていた。深山の奥のあやかしに魂を取られたのだ、と村では噂しあった。

イヒカもそれを知らなかったわけではない。なのに、その春浅い日、いつのまにか山に入り込んでしまったのは、どうしてもほしいものがあったからだ。

昼と夜の長さが等しくなる春の祭の夜まで、あと三日ほど。だが、今年は春が遅く、おまけに新しい年になってから一度も、雪も雨も降っていない。毎日、冷たくからりと晴れ渡った日が続くばかりだ。木は芽吹く気配もなく、枯れ草が広がる野には緑が全く見えずに、乾ききった風だけが心寒い音を響かせている。

だから、村はもちろん、低山にも、咲いている花がない。このあたりの村では、春の祭の前夜、どこの家でもあふれるほどの花びらを庭中に敷き詰めて、さまざまな絵を描く。たくましい馬、穀物の豊かな穂、空翔《か》ける鳥。

翌日になると村中の人々が外に繰り出し、それぞれの庭を品定めして、自分が一番美しいと思った花絵を作った家へと上がりこむ。この日だけは無礼講だ。どんな吝嗇《りんしょく》な家でも、お高くとまった金持ちの家でも、遠慮することはない。その家の花絵が一番と言った客は心から喜ばれ、夜を徹して最上のもてなしを受けることになっている。

だが、今年はその材料にする花がないのだ。裕福な家ではそれぞれに、花の代わりになるような材料を用意しているらしい。冬中おかみさんが織っていた裂き織りの絨毯を敷き詰める家。金持ちの家では都渡りの錦を敷いてみせるとか。

だが、イヒカの家はイヒカと年取った爺さまの二人暮らしだ。イヒカの母は、イヒカを産んだときに死んだ。悲しみを胸に抱いて死んだ、とイヒカに聞かせたのは誰だったろう。いつしかイヒカは一つの空想を描きはじめた。きっと母は、生まれそこなったもう一つの命を――悲しみを――胸に抱いて息を引き取ったのだと。父親は……、イヒカは顔も名も知らない。爺さまが猟の獲物でどうにか孫との暮らしを支えているようなありさまだから、人に誇れるような調度品など何もない。それでも、毎年祭の花絵が村の評判をとるほど美しく仕上がったのは、爺さまの腕前と、誰よりも色鮮やかな花を見つけてくるイヒカがいたからなのだ。

そのイヒカも、花がなければどうしようもない。

その日、イヒカがつい村から離れて山深く入っていったのも、どうしても花を見つけたかったからだ。もっと、奥へ。そうすれば、誰も知らないような花が咲いているかもしれない。息が弾む。まだ山の空気は冷たいのに、わきの下や額に汗がにじんできた。

そして、もう帰ろうかと弱気になりかけたとき、目の端を、ちらりと赤いものが動いたのだ。

こんな季節の山の中、立ち木の黒とくすんだ緑と、枯れ草の褐色しかない世界に、鮮やかな赤の色は、それだけで奇跡に思えた。イヒカは夢中で枯れ草を踏み分け、その赤い色に近づいた。

本当にそれは花だった。作り物のように薄い、端のちぢれた花びらは燃えるような赤だ。五枚の花びらが、黒い花芯をとりまいている。つぼみは鳥の頭を思わせるように固く小さく、本当に白鳥の首のように下を向いている。イヒカが息を呑んで見つめる間にも、その緑のつぼみの殻が割れ、中から折りたたまれた赤い花びらがのぞき、日の光に暖められてゆっくりと空に向かって広がってゆく。それはまるで、さなぎが蝶になる様を見ているかのようだった。

イヒカはこの世のものならぬ神秘に触れるように、おずおずと手を伸ばした。触れた瞬間、何か恐ろしいことが起きるような、ばかげた空想も頭をよぎった。だが細い茎は、ほんの少し力を入れただけで、ありきたりの花と同じようにあっけなく、イヒカの手の中に落ちてきた。

思わず満足のため息が漏れた。これほど鮮やかな赤い色を使えば、村中の誰もが驚くような花絵が作れる。そうだ、冬中、煙くさい家の中で何人もの足に踏まれていたくすんだ絨毯なんか、束になったってかなうもんか。きっと、これならイオエも手を打って喜んで、イヒカの家の客になってくれる。

イオエは村一番の地主の娘だ。そして、村で一番、美しい。乱暴な遊びには決して加わらず、つんとして、けれど、必ず注目の的になってしまうイオエを、村の少年たちはいつも意識していた。イオエよりいくつか年下のイヒカも、例外ではない。少年たちはイオエの歓心を――あわよくば笑顔も――買おうと、小さな贈り物を捧げてきた。たいしたものではない。行商人から交換してもらった飾り玉や、骨の櫛《くし》や。だがそんなものさえ、イヒカには手の届かないぜいたく品なのだ。イヒカの家で行商人から買えるものと言えば、川で捕った魚と引き換えの、麻布くらいのもの。イオエは、イヒカのことなど、きっと目にも心にも入っていないにちがいない。

今度こそ。きっと、イオエの目に留めてもらえる。

この花はとてもきれいだが、これだけでは、もちろん足りない。ほかにもないだろうか。イヒカはあたりを見回した。すると、さらに山の上のほうにぽつりと、同じような赤の点が見えた。

そのあとは、もう夢中だった。もっとたくさん。もっと奥へ。この花を、全部摘み取るまで。

気づいた時、イヒカは両手に抱えきれないほどの花を持って、見たこともないような深い山の中に立っていた。いつのまにか木立は鬱蒼と天を覆い隠し、太陽のありかもわからない。どちらを向いても、今歩いてきた方向に思えてしまう。

深い山。そうつぶやいたとたん、すっと背中の汗が冷たくなった。

こここそが、深山ではないのか。

「いいや、おれは谷川を渡ってなんかいないぞ」

イヒカはむきになって独り言を言ってみたが、その声は頼りなく森の中に吸い込まれた。それに、なんだかこの山は異様だ。常緑樹ばかりで、暗く、生き物の気配も少ない。イヒカは切り株や枝の茂り具合から南北の見当をつけるのが上手なのに、この森の木々は妙な具合にねじくれていて、閉じこめられたように息苦しい。

ひょっとして、水不足のせいで、谷川が涸れていたのではないか？　イヒカは、さっき、鋭い岩がごろごろしている涸れ谷をまたぎ越したことを思い出した。まさか、あれが「谷川」だったのか？

当たり前のことだが、イヒカは、いや村の子どもたちは誰も、谷川を見たことがない。ただ、山の奥へ入り込んでも、川を絶対に渡ってはいけない、その向こうが深山だからと教え込まれているだけだ。

深山。深山には誰も入らない。

——なぜ？

——そう決まっているから。

村の大人たちに聞いても、そんな答えしか返ってこないが。そう、オシヲでさえ、入らない。

「深山は、行っちゃあならねえ」

オシヲは誰ともろくに口を利かない男だが、そうやってぶつぶつと呪いのようにつぶやいているのを聞いた者が何人もいる。いや、オシヲは、深山に入り込んで魂を抜かれたから、あんなふうに、人間らしい暮らしはできなくなってしまったのだという噂さえ、ある。

オシヲの素性は誰も知らない。村の一員とも認められていない。山で暮らしては、時々村に現れる。ずっと昔、オシヲの火の不始末で家と家族を失って以来、火のある場所には住めなくなったのだそうだ。だからイヒカは、山をうろついているオシヲしか見たことがない。オシヲは獣を狩り、たまには村へ下りてきて食事を恵んでもらい、また山に帰る。何日も姿を見せないことがあるかと思うと、ずっと河原をうろついて魚をあきれるほど捕っては、頭よりも高く積み上げた荷にして、山へ入ってゆく。

ただ、村のみんなに言わせると、山暮らしをしていても、昔はあれほどの変わり者ではなかったらしい。

「特におまえんところの爺さまとは仲がよかったぞ。嘘だと思うなら、爺さまに聞いてみな」

にやにや笑いながらそう言った者もいた。だが、イヒカが爺さまにそれを聞くと、胆が縮むほどに叱り飛ばされた。

「そんなでまかせを真《ま》に受ける馬鹿がどこにいる！」

「で、でも、この家に出入りしていたし、雪が深い時分には馬小屋に泊めてやったりもしたって……」

イヒカが聞いたとおりにそう答えると、爺さまは吐き捨てるように言った。

「みんな昔の話よ。イヒカが生まれる頃から、めっきり村に下りてくることが減ったな。いったいどこで何をやっているんだか、ひょっとしたらとうとう野垂れ死にをしたかと思っていると、何日も経ってからまたひょっこり姿を見せる。今さら、あんな馬鹿者の話なんぞ、するな」

あの時の爺さまは本当にこわく、それこそ深山の化け物もあんな顔ではないかと、幼いイヒカは考えたものだった……。

イヒカは、何度も強くかぶりを振った。こんなふうに、のんびりとオシヲのことなんて考えている場合じゃない。帰り道を探さなければ。赤い花は手に入ったけれど、村へ帰れないのでは、元も子もないではないか。

赤い花は、イヒカをあざ笑うかのようにまだ山の上へと続いていた。だが、そこでイヒカはさらにぞっとした。遠くへ行くほど、赤の色がぼやけている。いや、見上げた山の斜面一帯が、霞んでいる。振り向けば、今登ってきた道はさらに白い。

霧だ。山の中で道に迷うことも危険だが、そこで霧に巻かれたとなれば……。

見まちがいさ。気を取り直してそうつぶやいている間にも、遠くの赤い花が白い帳《とばり》の向こうに消えてゆく。花を抱えたイヒカの腕を、霧がひんやりとなでてゆく。もう、気休めを言っている場合ではなくなってきた。

霧は人を迷わせる。あわててあたりを見回したが、もう足元しか見えない。これで方角がわかるのは、オシヲくらいのものだ。

ほら、また、オシヲのことを考えている。けれど、現実に、山で一夜を過ごさなければならないとなったら、オシヲのようにするしかない。

いいや、絶対に帰り道を見つけてみせる。

イヒカは頭を高く上げて、決然と歩き出した。とにかく傾斜が下がっている方向へ行けばいい。

そうしたらいつかきっと、平地に出られる。たとえ村から離れた場所でも、人にさえ会えれば、助けを求めることはできるだろう。

だが、イヒカはじきに、さっきはまだ、霧の本当のこわさを知らなかったのだと悟らされた。目隠しをされたような状態で歩いていると、方向の感覚はおろか、自分が下っているのか登っているのかさえわからなくなる。

道に迷ったのだ。こわくて認めたくはなかったが、もう、自分をごまかしてもどうしようもない。それでもイヒカは歩き続けた。場所を動くとかえって危険だと思いもしたのだが、こわくてじっとしていられなかったのだ。

どれほどさまよっただろう。イヒカはとうとう歩くこともできなくなった。一度濡れた土の上にすわりこむと、立ち上がる気力もなくなった。手からこぼした赤い花が、イヒカのうしろに点々と続いて霧に消えている。今はその鮮やかな赤の色さえ、いとわしくて見るのもいやだった。凍《こご》えた手足の感覚がない。空腹を感じたのはもう何時間も前のことで、ずっと悲鳴を上げていた腹はもうあきらめたかのように何も言わなくなり、ただ冷たい虚脱感だけがイヒカの体の中に居すわっている。

目を開けているのが辛くなってきた。ありがたいことに、いつのまにか寒さの感覚も鈍くなった。このまま眠ってしまえばいいじゃないか。誰も邪魔なんか、しやしない。ここには誰もいないんだから。

「おやおや」

自分の聞いたものが何なのか、すぐにはわからなかった。

「こんなところまで迷い込んでいたのかい」

からかうような口調。そして、乱暴に誰かが肩をつつく。イヒカは渋々と目を開いた。

一人の女が目の前にいた。年のころは、イヒカにはよくわからない。イヒカは、女という生き物と、あまり触れ合った経験がないのだ。なんとなく、イオエを思い出した。もちろん、イオエよりずっと年上だが。上質のなめし革のような白い肌、重そうな黒髪は、村のおかみさん連中とはまるでちがう形に高く結い上げられていて、そのせいかまなじりがつりあがり、鹿のように見える。そして、一度知ったら忘れられないような匂いがした。くすぶった暖炉や古い油の匂いが充満している村の暮らしでは縁のない、だがどこかで嗅いだことのあるような。切り倒したばかりのカバノキの匂いかな。

「何をしている」

女の声は、低かった。ふとイヒカは狩人の声を連想した。猛々しい獲物を追跡する時、腹心の犬だけに聞こえる命令を出す時の、鞭《むち》が鳴るような声。短く、ぴしりと響いて、聞く者を従わせる声。

「……花を追ってきた」

イヒカは気を呑まれて、すなおに言った。深山に棲む者は、化け物。あやかし。そんな警告も頭をよぎったが、空腹と寒さで、もう、何もかもがどうでもよくなっていた。暖かい火と食べ物が、心の底からほしかった。

「わたしも花を追ってきてみただけなのに、これはまた、かわいい獲物を見つけたこと」女は喉の奥で笑い声を立てた。「まあ、よい。ついておいで」

女は、さっさとイヒカに背を向けると、歩き始めた。霧はまったく苦にならないらしい。イヒカがついてくることを疑いもしない様子だった。イヒカは、ふらふらしながら立ち上がり、魅入られたように後に続いた。すでにあたりに光はない。空気は急速に冷えてきている。今晩はまた草まで凍りそうだ。このまま一人でいたら、明日の朝は迎えられないかもしれないのだ。

うっかりすると霧にまぎれて女は見えなくなってしまう。おまけに、背丈に余る枯れ草はからまりあっていて、足を取られそうになる。ここで女の姿を見失ったら最後だ。だが、ほっとしたことに、疲れたイヒカでもやすやすとついていけるくらい、女の足取りはのろかった。その肩は大きく揺れている。

怪我でもしているのだろうか。だが、ぴりりと冷たい空気の中には、血の匂いも、傷の膿んだような匂いもない。

足を引きずりながら、女はやがてみすぼらしい小屋に案内してくれた。枯れ枝を束ねた壁の外側に四角く切り取った芝土を積み上げて作る、このあたりでよく見かける小屋だ。山肌の一角のくぼ地の崖に寄りかかるように建ち、屋根も同じような枯れ草の束で覆われている。それほど手の込んだ造りではない。狩人が山で幾晩かを過ごす時、雨露を避けるために泊まる仮小屋によく似ていた。

この女が、これを一人で造ったのだろうか。

「突っ立っていないで、さっさと入るがよい」

粗末な麻の垂れ布をまくって、女が初めて振り向いて言った。

「外は冷えてきている。中を暖めるのに運ばせた粗朶にも、余分はないのだからね」

イヒカがあわてて中に這いこむと、女は垂れ布を下ろし、その内側に、倒した丸太を戸口の高さいっぱいまで積み上げた。

「狼でも来るといけないからね。……さて」女はたった一つの部屋の、まん中に切った炉の脇にすわるとイヒカを見上げて言う。「今夜は、ここにお泊まり」

「ありがとう、あの……」

イヒカは口ごもった。爺さまと二人、時にはお互いに半日も口を利かない生活しか知らないイヒカは、こんな時に上手な言葉が出てこない。どんなにほっとしているか、火の暖かさと獣の汁の匂いが、どんなに切ないほどの安らぎを与えてくれたか、それを伝えたいのに。

「礼などよい」そして女は不意に含み笑いをした。「お前にやる以上のものを、いただくつもりだからね」

そう聞いても、イヒカは別に恐怖を感じなかった。何も持たないイヒカから、奪えるものなどないはずだ。

初めて会ったとき、村の大人たちはどんな挨拶をしていたっけ？　そうだ、まず、名乗りだ。

「おれ、イヒカと言います」

「名などよい」女は汁を盛った椀をさしだしながら、そっけなく答える。「お前の名など、わたしには必要ないからね」

きちんと育てられた子どもなら、失礼だと怒ったかもしれない。だが、イヒカはそんなことよりも、汁をかきこむのに忙しかった。

ようやく人心地がついて満足のため息と共に椀を置いてから、初めて、女がずっとこちらを見ていることに気がついた。

「あの、……」

「お前は、きれいな肌をしているね」

女に抱きしめられても、イヒカは驚かなかった。遠い昔、生まれた直後に母に抱かれた記憶が、かすかに残っていたのだろうか。

だが、女の唇が自分のそれに当てられたときにはそうもいかなかった。あわてふためいて逃れようとしても、女は華奢《きゃしゃ》に見える腕で、イヒカの自由をなんなく奪ってしまう。イヒカの口の中に、温かい液体が入ってきた。それは、最初は甘く、次に喉を滑っていくときには燃えるように熱くなった。

「ヤマモモの酒さ」女は酒に濡れた唇を拭って笑うと、イヒカを枯れ草の上に横たえて何かの毛皮をかけてくれた。「さあ、お眠り」

呆然としてされるままになっていると、固いものが足に触れ、イヒカは首を曲げてそちらを見た。つやつやした木の棒が、女の右足と並んでいる。

「ずっと昔に、悪い獣に食われてしまったのさ」隣で横になった女がイヒカの視線を追って、こともなげに言う。「それ以来ずっと、この棒が左の足というわけさ」

イヒカは見てはならないものを見てしまった気がして、あわてて目を閉じた。

まぶたの裏に、赤いものがくるくる回っているのが見える。体が妙な具合にふわふわと浮いている。赤の旋回が速くなって、もう色の奔流としか見えない。この赤い色は女の唇だ。いや、あの赤い花だ。そうだ、結局みんななくしてしまったけれど、あの赤い花はまだ山の中に落ちているのだろうか。

まもなくイヒカは眠りに落ちた。

そして、夢を見た。

小鳥がささやく。

「ここにいてはいけない」

うるさいな。イヒカは夢の中でそうつぶやいた。こんな声、さっさと消えてしまえばいいのに。

それなのに、小さな声は執拗にイヒカの耳にまつわりつく。

「早く逃げて」

イヒカははっと目を開けた。女の腕が、イヒカの体に巻きついている。

「どうした」

これも、いま目を覚ましたらしい女が低い声でささやく。

「……なんでも」

だが、女は敏捷に起き上がると、耳を澄ましている。そのままの姿勢でずいぶん長い時が過ぎた。イヒカもなんとなく心もとなさを感じて、そんな女を見守っていた。と、女がいきなり、床をこぶしで突いた。枯れ草を土間に敷いた下から、意外に大きな音が響いてきた。

「これで静かになるだろう」女はつぶやくと、もう一度イヒカを引き寄せた。「なんでもない。あれは鼠の鳴く声さ」

女の手が、イヒカの体をゆっくりとさすり、夢に誘う。

「お眠り」

「でも……」

「困った子だね」

女が眉を寄せたので、イヒカは思わず身をすくませた。いらだたせたら、きっと、この女はひどく冷たくなる。イヒカを父《てて》なし子だと忌み嫌っている村のおかみさんたちのように。

だが女は、床《とこ》から出て、瓢箪《ひょうたん》を持ってきただけだった。

「眠れないときにも、これが効く」

もう一度さっきの酒が口中に注ぎ込まれる。

「さあ、お眠り」

女は意味ありげに笑った。

「今度はどんな夢を見るかね」


イヒカは山の中を歩いていた。あの赤い花が一面に咲き乱れている。うっとりするような匂いがたちこめているが、強すぎて頭がくらくらする。

すると、頭の上から声がした。

「逃げて」

見上げると、小鳥が木の上にいた。翼が雪のように白い。

「ここにいては、駄目」

その声からは必死の思いが伝わってくる。

「どうしてだよ」

いらいらしながらイヒカが応じる。どうして邪魔をするんだろう。ここは、こんなに楽しいのに。と、声はなおもささやいた。

「女の顔をよく見て。もうすぐ、女は起きるから」

イヒカは目を開けた。今のも夢か？　なんだか頭の芯が妙な具合に回っていて、視線がふらふらと定まらない。だが、完全に目は覚めている。耳の中にはあの声がこだましていた。

――逃げて。逃げて。

なぜだ？　ここは、やっと見つけた、安息の場所なのに。

だが、ただの夢と切り捨てるには、あの声はあまりに真剣だった。また眠ってしまえばよいのだ。でも……。

――女の顔を、よく見て。

イヒカは暗闇の中で目を固くつぶった。それでも眠りは訪れず、そして、永遠に続くかのような時間に耐えているうち、女が身じろぎをする気配が伝わってきた。女も目覚めているのだろうか。いや、ちがう。気のせいだ。ほら、女は向こうで寝息を立てている。

不意に空気が動いた。女が、寝返りでも打ったのだろうか。寝息はそのままだ。だが、そのことがかえって緊張を誘う。女は寝たふりをして、イヒカの様子をじっと窺っているのではないか。

イヒカは目を開けたくなるのを懸命にこらえた。

もうこれ以上は我慢できないと思い始めたとき、女が起き上がる気配がわかった。イヒカは懸命に寝息を立て続ける。まぶたの裏がかすかに明るくなった。女が灯りをともしたらしい。ごとりと重い音が響いたかと思うと、頬を冷たい風がすっとなでた。それきり、何の物音もしない。

とうとう、イヒカは我慢しきれなくなった。寝返りを打って、床に顔をつけるような姿勢になり、気取《けど》られないようにしながら、かすかに片目を開けてみる。灯りの気配はどこにもない。それでもぼんやりと明るいのは、明かり取りの天窓が開けられたせいだとわかった。イヒカの目の前の枯れ草が、白い光に照らされている。

勇気が出てきて、両目を開けてみた。何も動く気配はない。目だけを動かして、できる限りあたりの様子を探る。女はどこにもいない。それにしても、下から吹き上げてくるこの風は、どうしたことだろう。イヒカはもう一度目を閉じて、寝返りを打ってみた。右耳に風が当たるのがわかる。片目を少しだけ開けてみると、寝床の枯れ草が掻きやられ、黒い口が開いているのがわかった。

床に四角い穴があけられているのだ。暗い穴の中がどうなっているのかはわからない。やがて女ははしご段を登ってくると、粗末な素焼きの水瓶《みずがめ》を床に置き、また地の底へと引き返していった。瓶から滴《したた》り落ちたわずかなしずくが、床に敷かれた枯れ草を赤く染めている。

これはなんだ？　だがそれ以上考えることはできなかった。頭を起こして穴の中を覗き込もうとしたとたん、イヒカはめまいに襲われ、そして気が遠くなっていった。

次に目を開けると、あたりはぼんやりと明るくなっていた。だが、体を起こそうとすると、またひどいめまいに襲われる。

「どうしたね？」

炉の向こうから女が声をかけるが、イヒカには答える余裕もない。しばらくぶざまに這いつくばってめまいが遠ざかるのを待つ。

「……なんでもない」

口を開いたとたん、胃の底からこみあげてくるものがあり、イヒカはあわてて戸口へ這っていくと、外へ体を乗り出した。

幾度も襲う吐き気がようやく治まってから、イヒカは初めて、首筋にひんやりとしたものが絶え間なく降り注いでいるのに気づいた。

雨だ。梢から大きなしずくが脳天に落ちてくると、震え上がるほどに冷たい。霧雨だが、短時間に髪がびっしょりと濡れるほど降っている。あたりは昨日と同じ、いや、もっと濃い霧に包まれていた。鳥の羽毛の中に顔を突っ込んでいるようだ。なおも這うようにしながら外に出て、木のうろにたまった雨水で口をすすいでも、気分は少しも晴れなかった。

幾月もの間、村の誰もが待ち望んできた雨だが、すなおに喜ぶ気持ちにはなれなかった。この天気では、動けない。とうてい、山を下りるわけにはいかない。いくらも歩かないうちに、また霧に巻かれて道に迷うだけだ。

小屋に戻って女に顔を合わせるのは恥ずかしかったが、寒く、体が震えてくるので、いつまでもこのままでいるわけにもいかない。だが、小屋へ潜り込んだイヒカを女は気にも留めていないようで、振り向きもしない。

「まあ、おあがり」

昨日の残り物らしい汁は、匂いを嗅いだだけでむかついた。また胃の腑が反逆を起こしそうで、イヒカはあわててその椀を押しやった。

「もう少し、寝かせてもらえる？」

「好きにおし」

「おれ、酒をもらったのなんて初めてだったんだ」

自分が子どもっぽく見られるのがいやで、虚勢を張ってそう言ってみたが、女は首を振る。

「いいや、お前、病気なのだよ。山の気《け》にあてられたのさ。ほれ、体が思うようにならないだろう？」

イヒカはぞくりとした。そうだ、こんなにひどいめまいや吐き気は、今まで知らない。本当に病気かもしれない。

「ほら、腕が重いだろう？　足も思うようには動くまい」

本当だ。大人たちは酒を飲んでも、機嫌がよくなるだけではないか。きっと自分の気分がこんなに悪いのは、ほかに理由があるのだ。

どうしよう？　病気では、たとえ天気がよくなっても、山を下りられない。爺さまの顔が目に浮かんだ。無骨で、ろくに優しい言葉もかけてくれない老人だが、それでもイヒカのことは心配しているはずだ。

「大丈夫。薬をあげるからね」

目を上げると、女の顔がすぐ近くにあった。

「これはね、傷の痛みだけでなく、どんな病《やまい》にも効くんだよ」

口移しに飲まされたものは舌をしびれさせ、それから甘さを残して喉を下りていった。でも、昨日ほどには体がかっと熱くならない。

「ほら、何も心配することなどありはしない。朝までお眠り」

「朝まで？　でも今は……」

まだ夜が明けたばかりではないのか。だがもう一度女のくれる酒を飲み込むと、すべてはどうでもよくなった。

「お眠り、お眠り。忘れて、お眠り」

女の声は子守唄のようだった。

＊

寄る年波には誰も勝てない。昔はこの程度の山歩きで、息を切らせることなどなかったのに。おまけに、今日は春の祭の日だというのに。

だが、自分をののしっている時間も、不平を言っている時間もない。

イヒカが二日も帰ってこない。村の周りをいくら捜してみても、痕跡さえ見つからない。ずっと恐れていたことが、本当になってしまったのだ。もう、それを認めざるを得なかった。

イヒカは、深山へ行ってしまったのだ。取り戻すことはたいそう難しい。たとえ深山から帰ってきたとしても、無事ではすまないだろう。

だが、イヒカをこのままにしてはおけない。死の床《とこ》で、娘が何度もくりかえし頼んでいった子どもだ。誰にも、奪わせない。

そう、だからこの道を登るしかないのだ。

この前、この道をたどったのはいつのことだったろう？　あの時は、逆に、下っていったのだが。村へ、村へ。涙を流していやがる娘の手を無理やり引いて。怒りと恐怖のために勢いがついた足は、どんどん速くなって……。

苦笑が浮かんだ。そうだ、このおれは、ちゃんと深山から逃げ出したではないか。娘も一緒に。だが、娘は、本当に深山から逃げ出せたのだろうか？

「ちがうな」

知らずしらず、自分に答えていた。娘は深山に取りつかれて、そのまま死んでいった。だとしたら、イヒカも……？

そんなことを、今は考えるな。

自分を叱りつけて、また足を速める。

あいつに頼めば、きっとイヒカを返してくれる。今までに、行方知れずになったままの、または冷たくなって見つかった子どもたちのことは、強引に頭から締め出した。

高みへ登るにつれ、霧が出てきた。細かい雨が音もなく髪を、肩を濡らしてゆく。イヒカはこの冷たい霧雨の中、無事でいるだろうか。

胃の腑を絞られるような不安に襲われたが、すぐに強く打ち消した。いいや、イヒカは無事のはずだ。深山に取り込まれた者は、まず、利用される。あいつは、いつも感覚を研ぎ澄まし、深山に入り込む人間を敏感に悟り、そして我が物にする。だが使いものになると考えるうちは、決して殺しはしない。

それでも、取り込まれた者の魂は……。

また、強くかぶりを振る。

今は、それも考えるな。

心があちこちをさまよう間にも、老いた足は着実に進んでゆく。

ここだ。何と、谷川が涸れているではないか。たぶん、イヒカはこれが川であることに気づかず、先へ進んでしまったのだろう。思わず舌打ちが出た。それなのに、今になって雨が降り出すとは。

ごつごつした岩に足をかけて登る。これ以上先には決して立ち入らないと――そして村の者も立ち入らせないと、あいつに約束している。

この先へ行けば、ただではすまない。だが、ここからなら、きっとあいつに聞こえる。

「いるのだろう？　そこに」しわがれた声は木立の中に吸い込まれた。「何の用でここまで来たかも、もうわかっているのだろう？　返してくれ。あの子を、返してくれ」

呼びかけるうちに、声はしっかりと通るようになった。

「あの子は、わしの大切な子だ。わしの娘の産んだ子だ」

今の一言が、はっきりと木立に吸い込まれるのを待って、もう一度声を張り上げる。

「あの子を、逃がしてくれ。わしは、恩を、絶対に忘れないから」

しばらくそのまま立っていた。何か、よい答えが返ってはこないかと期待しながら。だが、山は沈黙したままだった。

それでも、背を向けて引き返したとき、背中に視線が当てられているような気がしてならなかった。

*

夢の中に、また白い小鳥が出てきた。

「女を見て。だまされないで」

だが、イヒカは考えるのも億劫になっていた。ただ女の言うままにしていればよい。

「その酒を飲んではだめ」

うるさいな。こんなに気分がいいのに。

それに、この鳥はおかしい。鳥なのに、どうしておれの足の下から話しかけてくるんだ？　地鼠じゃあるまいし。だいいち、ちゃんと木の枝にとまっているじゃないか。あれ？　すると、おれがさかさまになっているのか？


目を開けてみると、やはりあたりはぼんやりとした明るさに覆われていた。

「また、雨？」

イヒカは体を起こすとめまいに襲われないかと思い、そのままの姿勢で用心深く女に呼びかけた。

「この天気はとうぶん続くだろうよ。そのあとは、ようやく春の女神のお出ましだろうかねえ」

女は長い髪を編みながら答えた。

「大丈夫だよ。ここにいれば心配なことは何もない。だから、ゆっくりと体を治すがいい。何か食べるかい？」

「ううん」

イヒカは首を振った。昨日のようなめまいはないが、それでも体に獣の匂いのするものを入れるのは気が進まない。それより、猛烈に喉が渇いている。一刻も早く、喉を潤したい。でも外に行って雨を飲んでくる気にはならなかった。ほしいのは、水なんかじゃない。ほしいのは……。

「じゃあ、これを飲むかい？」

女が椀を傾けて笑う。中には赤い酒がとろりと揺れている。

イヒカは飛びつくように椀を奪い取ると、一息で飲み干した。そのまま目を閉じて、全身に心地よさが広がるのを味わう。

これがほしかったんだ。

おかしいな。ずいぶん眠ったつもりだったのに、また眠気が襲ってくる。

その眠気は逆らえないほど強いものだったが、それでもイヒカは懸命に目を開けてみた。女が空《から》の椀を手の中で回しながら、中を見つめて笑っている。その笑顔がなぜか残酷に思えて、眠りに落ちそうになるイヒカの意識が束の間、醒めた。いったい何を笑っているのだ？　あの笑いはなんだかいやな感じがする。そうだ、村の少年たちがイヒカを追い詰めて、逃げ道をふさぎ、これから好きなようにいたぶれると確信した時、あんな笑いを浮かべる。向けられた者にとっては怒りの表情よりずっと恐ろしい、獲物を好き勝手にできると悦に入っている、醜い笑い。

獲物？

イヒカはもう一度目を開けた。今度は女の姿も目に入らなかった。

ここでも、イヒカは獲物なのか？

だが、イヒカは病気だ。外は白い霧に包まれた世界で、出て行けば必ず、死が待っている。そしてこの小屋の中では女が主《あるじ》なのだ。ほかには誰もいない。

いや、待てよ。イヒカは石のように重いまぶたをこじあけようとしながら、また考えた。もう一人、いるのかもしれない。あの声の主が。

いったい、あの声は何と言っていたっけ？


今度は、夢も見なかった。だが目覚めに向かいながら、イヒカはやっと、声の言っていたことを思い出した。

――あの女の顔を、よく見て。

――その酒を飲んではだめ。

その晩、イヒカは酒を飲まずにそっと捨てた。あの声がまだ耳に残っていたし、だいたいまだ胸が重苦しく、酒など入れたらよけいに気分が悪くなりそうだったからだ。女はイヒカのいることにすっかり慣れたようで、勝手に動いている。今も無造作にイヒカに椀を渡して背を向けた。それを確かめてから、イヒカは枯れ草を掻きのけた土の床にそっと酒を捨てた。固められた土にしみこんでいかなかったらどうしようと不安だったが、あっけなく酒は吸い込まれ、見えなくなった。

女がこちらを振り向いた時には、イヒカはもう横になって寝入ったふりをしていた。だが、実際には眠るどころではなかった。前日までの酒がまだ体の中に残っていて、気分が悪い。おまけに、病気のせいだろうか、体の節々がずきずきと痛む。もっとも、その痛みのせいで眠れないのだから、好都合かもしれないが。

ああ、あの酒があればよく眠れるかもしれない。捨ててしまったことを心から後悔しながら、イヒカはじっと横たわっていた。あんなよくわからない声に従ったとは、なんと馬鹿だったことか。

――あの女の顔を、よく見て。

いいさ。今夜だけ、見てやろう。何を見ることになるのかは、まるでわからないけれど。

ほどなく、女は灯りを消した。部屋の向こう側で枯れ草を掻きのけているらしい。乾いた、軽い音がしている。それからごとりと重い音が響いて、冷たい風が床のすぐ上を吹きすぎていった。そうだ、この下には穴が開いていたのだった。イヒカは最初の晩以来、ずっと酒に酔っていたから忘れかけていたが。

こうなったら、女が下で何をしているのかも、見てやろう。イヒカはそっと体を起こした。だが、早くも女が上がってくるようだ。イヒカはあわててまた横になると、女を見守れるように姿勢を変えた。女は部屋の隅にすわりこみ、高く結い上げていた髪をしきりにほどいているようだ。やがて長い黒髪がばさりと二つに分かれた。

イヒカは息を呑んだ。

今まで髪で隠されていたところにてらてらと光る赤い頭皮が見え、おまけに、ちょうど常人のつむじのあるあたりからうしろにかけて、ぱっくりと赤黒い裂け目が覗いていたのだ。

思わず、イヒカはもう一度大きく息を吸い込んだ。その気配に気づいたのか、女が髪を掻きやり、振り向く。イヒカはきつく目を閉じた。女はイヒカの様子を窺っていたが、やがて安心したようにイヒカの隣に体を臥せた。酒が効いてよく眠っているものと油断したのだろう。

だが、イヒカは、もう眠るどころではなかった。ずっと霧の中を歩いているようだった投げやりな頭も、一気に醒めた。

そうだ、か弱い女がひとりで、こんな山の中、生きてゆけるはずがない。きっとこの女は、人間ではないのだ。さっきまで魅入られていた女の体臭さえ、今はいやなものに思えてきた。

だが、どうしたら逃げられるだろう？　唯一の出入り口は、眠っている間、女が丸太でふさいでいる。あの丸太を動かしたら、その音がきっと女を目覚めさせてしまう。そこでイヒカはあることに思い当たり、なおさらぞっとした。

あの丸太は狼が入ってくるのを防ぐためではなく、イヒカを閉じ込めておくためではないのか？

女の横で、イヒカは必死に考えをめぐらせた。

次の晩、イヒカはいつになく執拗に酒をねだった。

「仕方のない子だこと。そうたくさんあるものではないのに」

そう言いながらも、女は拒むと見せかけ、結局は酒を注いでくれる。だが、イヒカはその酒をすべて、床に捨ててしまった。この土地はよほど水はけがよい地質なのか、いくらでも酒を吸い取ってくれる。そして、女が床下に降りている隙に、イヒカは戸口に飛びついて、丸太を下ろし始めた。早くしないと女が戻ってくる。昼間、薪割りを手伝うと見せかけたとき、うっかりしたふりをして、戸口用の丸太を三本、割っておいたのだ。だから今夜は、戸口の上のほうが元からわずかに開いている。二本はずしたところで垂れ布を掻き寄せると、細い体がようやく通り抜けられるほどの隙間が出来ていた。

もがきながらその隙間をくぐりぬけ、地面に落ちるように外に出ると、そのまま走り出す。だがすぐに、イヒカはわが身を呪った。何日も女に閉じ込められていたせいで、足がうまく動かせない。幸い霧はないが、真夜中だ。月はあっても、思うように速くは進めない。それでも必死にイヒカは走った。大丈夫、気取られてはいない。

だがその時、ずっとうしろで草を掻き分ける音がした。振り向くと、遠くに闇よりも濃い小さな影が動いている。女に気づかれたのだ。イヒカはすくみあがって方向を変えた。居場所を知られてはいけない。月を左に見てしばらく走る。だが今度は、右前のほうからさっきより大きくなった影が近づいてきた。

イヒカの顔はもう恐怖に引きつっていた。あの女は、この夜の中を自在に動き回れるのだろうか？　とにかく、逃げ続けるしかない。また向きを変えて、もがくように走り続ける。

「こっちにおいで」

空耳かと思った。だが、その声に聞き覚えがあるような気がして、イヒカは本能的にそちらへ向かった。

「早く」

声にさっきより近づいてきている。イヒカが、わずかに残った力を振り絞るように土を蹴った時だ。地面に開いていた穴に足を取られ、そのまま落ちてしまった。とっさに頭をかばって体を丸めたために、岩肌に右腕がぶつかり、激痛が走る。思わずうめき声が出るのを、イヒカは必死にこぶしで抑えた。女に気取られてしまう。

これは、穴の底らしい。どうにかして、外の様子を窺わなければ。だが、体が自由にならない。

「大丈夫だよ」

いきなり耳元で声がして、イヒカは飛びのいた。はずみで、また腕が痛む。

「そんなに驚かないで」

暗闇の中、イヒカは手をつかまれた。振りほどき、夢中でもがき、そのあとで気づいた。この声には、聞き覚えがある。さっきも聞いたし、それに……。

「お前、ずっとおれにささやいていた、あの声か?」

手はしっかりと握り返してきた。最初はすっかり動転していてわからなかったが、イヒカのそれと大して変わらない大きさだ。冷たく、乾いていて、力強い。

「こっちへきて。かくまってあげる」

穴の横腹にうがたれていた通路は、イヒカがようやく這えるほどの大きさしかなかった。膝や肩に触れる岩肌はぬるりとして気味が悪く、おまけに暗くて中の様子がさっぱりわからないから、よけいに不安になる。だが、これだけ狭ければ、女は絶対に追ってこられない。それだけは安心だ。

手に導かれるままに、どれほど穴深く入っていったのだろう。

やがてたどり着いた場所にイヒカは驚き、声を出すことさえ忘れた。

そこは女の小屋と同じくらいの大きさの、地下にぽっかりと開かれた穴蔵だった。だが、比べ物にならない、よい調度が置かれている。床にはうすべりが敷き詰められ、三方の壁は分厚い布でおおわれ、残る一つの壁にあいた窪みにはろうそくが灯っていた。隅には大小取り交ぜて、いくつかの箱が置いてある。

「さあ、やっと会えた」

イヒカは我に返って、ここまで導いてくれた手の主をまじまじと見た。小鳥と思った声の主は、澄んだ黒い瞳と、赤い唇の、作り物のようにきれいな顔立ちの少年だった。

「お前、だれだ？」

「ぼくは、ぼくだよ」

イヒカは少年をしげしげと眺めた。イヒカと同じくらいの年齢だろう。だが少年はか細く、何より、色の白さが異様だった。暗い穴蔵の灯りの中で、少年の顔だけが浮きあがるようだった。

「お前、ここに住んでいるのか」

「うん」

「ずっと？」

少年は首をかしげた。

「よくわからない。気がついたら、もうここにいた」

イヒカはぞっとした。物心つく前の赤子の頃から、ずっとこの狭苦しい、穴蔵の中にいるだと？　だが、今はそれよりも、聞きたいことがたくさんある。

「それで、お前、何度もおれに話しかけたよな？」

少年は初めて、ためらいを見せた。

「だって、ババが君を引きとめようとしているのが、わかったから……。だけど、君はここにいてはいけないよ。長くとどまればとどまるほど、帰れなくなってしまう」

「なぜだ？」

「ババから、飲まされたろう？」

イヒカははっとした。

「あの、赤い酒……」

少年は大きくうなずいた。

「あれはね、ババの秘薬なんだ。都ではひそかに知られている花の種だよ」

「都？」

「うん、都から二人で逃げてきたんだ」

都とは、ずっと西の、人のたくさんいる場所のことだ。イヒカには、おとぎ話の中のような、この世の外の場所に思える。

「すごいな、お前」

だが、少年は都のことは話したくないらしい。目を伏せてさっきの話を続ける。

「このあたりには自生していないけど、あの花の種には不思議な力がある。体の痛みを忘れさせてくれる。あの薬のおかげで、重病人を安らかに死に導けると教えられたこともあるよ。でも、こわい花なんだ。飲みなれてしまうと、今度はあれなしには過ごせなくなる。あの酒ほしさに、ババのそばから離れられなくなり、しまいにはババの言うことを何でも聞くようになる」

少年は目を伏せたままだ。

「ずっと前にね、ババはその花の種をまいたんだ。村から離れたがっているような人間の、ふと目に付きやすい場所に。寒さに強い高い山の花だからね、毎年、まだ春も浅いうちに咲く。草がたくさん芽吹くような恵まれた年には大して目立たないけれど、水不足で芽吹きが遅れるような年には――そう、今年みたいにね――とても目立つんだ。そういうとき、花は一本の道を作る。深い樹海へと続く道を」

「おれは、それに惑わされて、ここまで来てしまったのか。でも、何のために？」

「ババは召使いがほしいんだ。木や草の生長が遅くて、食べ物に困るのがわかっているような厳しい年は、特に。自分の言うことを何でも聞く、体の敏捷な者がどうしても必要なのさ」

少年は悲しそうな笑いを浮かべた。

「ババの体を見たろう？　ババはぼくのために足を一本なくした。だから、ぼくたち二人、この厳しい山で生きていくためには、どうしても誰か、生活の糧《かて》を運んでくれる人間が必要なのさ」

「だから、あの酒を……？」

イヒカは思い出した。あの酒を初めて飲まされたとき、今まで知らなかった宙に浮くような、ぞくぞくするような陶酔が襲ったことを。翌朝の目覚めの気分はひどかったけれど、その次の朝にはそれほどでもなくなっていたことを。

そして何より、あの酒がほしくて、ほかのことはどうでもよくなり始めていたことを。

「聞いたことがある。ずっと西の国には……」

山に咲く花から作った薬を、さらってきた子どもに飲ませ、魂を奪い、人を殺させる老人がいなかったか？　だが、その言葉の残りをイヒカは飲み込んだ。こんないたいけな顔の少年に、広い世界にはむごいことをする人間がいるなんて、教えたくない。

口をつぐんだイヒカを、怯えきっているのだと少年は勘ちがいしたらしい。なだめるように言う。

「大丈夫だよ、君は。ぼくのささやきを信じてくれて、酒を飲まずに、捨ててくれたじゃないか。だから、心配しなくていい」

「どうして、それを知っている？」

少年はにっこり笑って天井を指差した。土の壁に、黒い幾筋もの線が上から下へと走っている。

「気にならなかったかい？　君が捨てた酒が、どうしてたやすく地面の下に消えていくのか。あの酒が、その筋だよ」

「じゃあ、ここは……」

「そう。君がババと暮らしていた小屋の、床下さ」少年は楽しそうに言う。「わからなかったのかい？　だからぼくは、寝ている君にならば、話しかけられたんだ。はしご段を登って、少しだけはね板を持ち上げれば、君の耳元近くまで口を寄せられるからね。最初にやったときにババに気づかれてしまって、あとで怒られたけど、でもやめるつもりはなかった。そう、つまりね、君は逃げ出したつもりで、森の中をぐるりと回って、また小屋に戻ってきていたんだよ」

「ちょっと待ってくれ」イヒカはあわてて少年の言葉をさえぎった。「じゃあ、あの女――ババって呼んでいるのか？――は、ここに来られるのか？」

「うん。いつも、ほら、あっちのはしご段を下りてくる」

少年がイヒカの背後を指差すので、イヒカは思わずうしろを向いて身構えた。そこには、たしかに、さっきはイヒカが見落としていたはしご段がある。

「でも、大丈夫だよ。ババは足が悪いから、一日に二度、食べ物を持ってくるほかは、ここに来ない。あとは、ぼく一人だもの。ババが下りてきたときだけ、君はそこにある箱の中にでも隠れていればいいんだ」

イヒカはもう言葉もなく、すわりこんでいた。その肩に少年の手が置かれる。

「大丈夫だよ。ここにいればいい。まず、その腕を治さなくては、どうにもならないものね」

イヒカは少年の瞳を見つめるうちに、次第に落ち着いてきた。そうだ、こんなに美しい瞳の子どもが、悪いことをするはずがない。何より、この子どもはイヒカを救ってくれたではないか。あのままババに食い物にされていたら、きっとあの酒ほしさに、何でもババの言いなりになる、奴隷に成り下がっていたはずなのだ。山の老人の話だけではない。村には、そんな伝説がいくつもある。

「大丈夫だよ」

この少年に、初めて会ったような気がしない。ずっと前にどこかで知っていた気がしてならない。

「お前、名前は?」

「そんなもの、ないよ。名前なんかいらないもの」

イヒカはちょっとおかしくなった。

「お前、あの女と同じようなことを言うんだな」

「あ、笑った」少年が笑顔になる。「イヒカ、初めて笑った」

深山に迷い込んでから今まで、笑うことさえ忘れていたのだ。そう気がついたとたん、今までの緊張の糸が緩み、イヒカは眠りに吸い込まれていった。


イヒカは長い間眠った。目が覚めると水を飲み、また眠る。いくら眠っても、眠りの精は退散しないようだった。夢にうなされて飛び起きることもあったが、そのたびに少年が傍らにいて、なだめてくれるうち、悪夢を見ることも少なくなっていった。そして、いつしかはっきりと目の覚める時間が多くなってきた。

折れていた腕の骨は、少年が添え木をして、薄い布を巻きつけて固定してくれたおかげで、やがて痛みも取れてきた。

イヒカは少年の器用な指に感心した。ほかにも、少年は巧みな絵や、文字を書くことさえできる。字の読めないイヒカには、そんな少年が魔法使いのように見えた。

「だって、毎日何もすることがないんだもの」

イヒカがほめると、少年は恥じらってそう言った。

そうか、そのかわりこの少年は川で魚を捕ることも、自分で火を焚きつけることも、有り余る花びらをふんだんに使って花絵を描くこともできないものな。

ババが下りてくるのは、この地下室へのはね板から風が吹き降りてくることでわかる。そうすると、イヒカは急いで部屋のもう片方の隅にある大きな箱に入り込むのだ。もとは何を入れるものだったのか知らないが、今は空で、内側には彫り物が施されている。少年によく似た顔で、奇妙なことに翼と豊かな乳房を持っている、不思議な人間の像だった。何をあらわしているのか聞いても、少年は目をそらして知らないと答えただけだったが。

少年は毎日、壁に印をつけている。複雑な模様ではなく、そっけない一本の線だ。

「毎朝、一本筋をつけるんだ。また一日、過ぎた。そう思うとなんだかほっとするから」

少年はそう説明するが、イヒカは不思議だった。捕まえられてこんなところに閉じ込められて、毎日が過ぎることがこわくないのだろうか？　これからもずっと同じような日しか続かないことに、焦りを感じたりしないのだろうか？

「どうして逃げないんだ？」

ろくに動き回ることも、思い切り笑うこともできないことに飽きあきしていたある時、イヒカはそう聞いてみた。イヒカなら、とても耐えられない。この少年はイヒカの恩人だが、弱虫だ。ババと長く居すぎたせいで、心が萎えてしまったのか。

そんな思いが顔に出ていたのかもしれない。少年は顔を赤くしてつぶやいた。

「君は知らないんだ」

ともあれ、イヒカが来てから印が十四本ついた夜、イヒカは添え木をはずしてみた。右腕を動かしても、回してみても、痛みはない。だが、小指は動かず、ほかの指を使っても、細いものをしっかり握ることはまだできなかった。

「こんなの、なんでもないさ」イヒカはわざと元気な声を出した。「それに、そのうちちゃんと元通りになる」

「うん、もう大丈夫だね」

少年は感情を表さない声でそう言った。

「うん……」

イヒカもうなずいたものの、次の言葉がすぐには出てこなかった。

もう動ける。小屋の中を歩き回っても、肩に響くような痛みはない。右手の指はこわばっているが、かろうじて枝をつかむこともできる。

晴れた朝を選べば、森に迷うこともないだろう。太陽の位置さえ確かめられれば、この深山から抜け出せるかもしれない。いや、きっと抜け出してみせる。

だが、自分一人が逃げてよいのだろうか？　この少年を放っておくわけにはいかない。狭い場所で幾日も過ごして、今はもう、誰よりも身近に感じられるのだもの。少年はずっとこの穴蔵で生きてきたようだ。ほかの場所を知らない。一日のうちに幾度も表情を変える森も、ババとイヒカ以外の人の顔も、見たことがないのだろう。見せてやりたい。低い山を、野の美しさを、村を。いや、この少年と一緒に見たい。

少年を助け出そう。一度思いつくと、すっとイヒカの心は軽くなった。

そうだ、どうしてもっと早く、それを思いつかなかったのだろう。イヒカは少年に命を助けられている。今度はイヒカが恩を返す番だ。それに、そんな義理は別にしても、一緒に体を寄せ合った少年は、もう、イヒカには家族のようなものだ。弟がもしも生きていたら、こんな気持ちになるものだろうか。神様が母と共にイヒカから奪った——そんなふうにイヒカが空想している——、一緒に誕生するはずだった命。この少年と暮らすうちに、空想が本当のことのように思えてきていた。この少年も見るからに、か弱い命だ。だが、だからこそ、このままにはしておけない。

「お前も、一緒に逃げよう」決心してイヒカはそう切り出した。「心配いらない。おれが、お前を守る」

思わず自分の口をついて出た言葉にイヒカも驚いたが、それはとても心地よい響きを持っていた。

お前を守る。

少年は大きな目を見張ってイヒカを見つめていた。

「どうしたんだよ？　お前だってこんなところにいたくないだろう？　逃げればいい」

少年はなおも黙ったままだった。イヒカの言葉がわからないのだろうか？

「こわいのか、あのババが？　でも、こわがっているだけじゃ、いつまで経ってもどうにもならないぞ。それに、あんなババの言いなりになっていることはないじゃないか。お前だって、自分の好きなように生きていいんだから」

少年の表情が動いた。

「ぼくの好きなように……？」

「そうさ」

イヒカは言い切った。そんな自分に、どこかで驚いている自分がいる。いつも大人の顔色を窺っているイヒカにしては、立派過ぎる言葉ではないのか？　と、心の中でそのイヒカがささやいている。だが、一方では、今自分の言っていることは正しいと知っていた。一度言ってみたかった言葉なのだ、という気もした。だから、イヒカはもう一度きっぱりと言った。

「自分の思うとおりに、生きるんだ」

言って聞かせているのは、自分に、なのかもしれない。

少年の顔に、わずかに光が射した。だが、すぐにその光は消え、少年はゆっくりと首を振った。

「なぜだ？」イヒカはいらだって体を乗り出した。「おれを信用しないのか？　大丈夫だ。きっと村に帰れる」

「できないよ」

少年はそう言って、自分が着ている長い胴着の裾を持ち上げた。現れた右足は、少年の細い腕よりもなお細く、そして明らかに、左の足よりも短かった。

「今まで気づかなかったでしょう？　隠そうと思えば簡単だし、それにこの穴の中じゃ、歩くこともあんまりいらないしね」少年はあどけない表情で笑った。「ぼくは、長くは歩けない。それにここのところ、あまり食べていないから、たぶん、体を持ち上げて外に出ることも無理だ」

イヒカは唇を噛んだ。どうして気づかなかったのだろう。一日に二度、ババが食べ物を運んでくる。そのあいだイヒカは箱に隠れていて、ババが去ってから抜け出る。だから少年が食事をしているのを見たことがなくても、なんとも思わなかった。少年が、自分の食べる物をイヒカに譲っていたとは。

「……ごめん」

イヒカは恥ずかしさにうつむいて、やっとそれだけ言った。

「君だけ、逃げて。そうして誰か、君が信用できる友達を連れて、ぼくを助けに来て」

少年はじっとイヒカを見つめて言った。

「……わかった」

イヒカはしばらく考えをめぐらせてから、そう答えた。たしかに、今のイヒカでは自分のことだけで精一杯だろう。穴蔵に押し込められ、長い距離をろくに歩いたこともないこの少年をかばって、深山を下りられるとは思えない。ただ、村で厄介者扱いされているイヒカに、「信用できる友達」がいるだろうか。

でも、やらなければ。

イヒカは立ち上がった。

「急ぐから。出来るだけ早く、村の大人を連れて戻ってくるから」

「だめだ」少年ははじかれたように叫んだ。「大人はだめ。ぼくたちと同じような、子どもでないと」

「なぜだ?」イヒカは少年の勢いに気圧《けお》されながら尋ねた。「大人のほうが強いぞ。武器だって持っている」

「それでも、だめ。平気だよ、子どもだって何人かいれば、ババ一人くらい取り押さえられる」

「……わかった」

とにかく、急いだほうがよいのは確かなのだ。こちらの人数が多ければ、イヒカが少年を連れて逃げることもできるだろう。イヒカがうなずくと、まだ感情の昂《たか》ぶりが冷めないのか、少年が不意に、足を引きずりながらすがりついてきた。

「きっと、帰ってきてくれるね?」

「うん。約束する」

か細いくせに、少年は意外に背が高い。イヒカの目のあたりが少年の喉もとに押し付けられる。

「痛い」

自分の気の昂ぶりが照れくさく、イヒカはちょっと笑って顔を少年の胸元から離した。

「ああ、これ」

少年もつられたように笑って、襟元に指を入れた。

「お守りなんだ」

「お守り？」

そういえば寒さをしのごうと体をくっつけあって眠っていた夜、何か固いものが耳や額にこすれたことがあった。

「ほら」

少年が懐から引き出して見せたのは、鈍い光沢を放つ無骨な鎖だった。その先には、イヒカの掌くらいの大きさの、赤銅色《しゃくどういろ》の丸い金属が覗いている。

「ずいぶん古そうだな」

鈍い赤銅色の金属には花のような文様が浮き彫りにされているが、ところどころ錆が浮いている。

「都からね、逃げてきたとき、ぼくの親が持たせてくれた物だって。ババがそう言っていた。幾日も森の中を逃げ続けて、でも追っ手に追いつかれそうになったとき、ババがこの鏡をうしろに投げ捨てた。すると、そこに大きな火が現れて、追っ手を食いとめてくれたおかげで、ババはぼくを抱いていても、無事に逃げられたんだって」

「これは、鏡なのか？」

イヒカは感心して見つめた。たしかに、古びた金属面のほうは一面に彫り物が施されているが、裏返すとかすかな曇りはあるものの、ちゃんとイヒカの顔を映し出している。

「本当だ」

イヒカは感心して、鏡をつるしている鎖を揺らしてみた。こんなに間近で鏡を見るのは初めてなのだ。

そう、一度だけ、ちらりと見たことがある。行商人が藁《わら》にくるんだ手鏡を村に持ち込んだのだ。だが、行商人が望むだけの価《あたい》を出せる村人は誰もおらず、結局また、その鏡は藁にくるまれ、持ち去られてしまった。

そして、イオエもその行商人のうしろ姿を名残惜しそうに見つめていた。

「そんなに気に入った？」黙って鏡を見つめるイヒカに、少年が問いかける。そして、不意に顔を上げると言った。「この鏡、持って行って」

「え？」

イヒカはあわてて、鎖を持っていた指をひっこめた。

「心配しないで、ちゃんと返してもらうから」

「でも、大事なものなんだろう？」

「大事だから、君に持っていてもらうんだ。そのほうが、村に帰って話がしやすいだろう？」

そうか、この鏡を見せれば、幾日も村を留守にしていた自分の話を、みんなにも信じてもらえるかもしれない。きっとイオエが、まず信じてくれる。

「そうだな。おれが村へ帰って、この山やお前の話をしても、みんなすぐには信じてくれないだろう。でも、この鏡を見せれば、おれの話が嘘ではないとわかる」

「うん」

少年はにっこりと笑い、自分の首から鎖をはずし、イヒカの首にかける。鎖はかすかに冷たく、そしてずしりと重かった。

「約束してくれるね。ちゃんと、返すと」

「当たり前だ。だって、おれは必ずお前を助けに来るんだから」

怒ったように言うイヒカを、少年は嬉しそうに見つめていた。


明け方、かすかに空が白み始める時刻を選んだ。またあの暗い通路を通り、何日か前に落ちた抜け穴から、イヒカは身軽く飛び出した。

大丈夫だ、もう腕も痛まない。

少年は長い通路を先に這って案内してくれたが、光を恐れるかのように、外へ出てこようとはしなかった。穴の下で、黒い瞳がイヒカをじっと見送っている。

イヒカも、もう口を利かなかった。今さら言うことはない。それより、下手に言葉を交わしたりして、ババに知られるほうがこわかった。

今朝は霧がない。ありがたくもあるが、イヒカの姿も遠くから見咎められてしまう。

もうすぐ、ババは朝の食事を少年のもとへ運んでくる。少年は、具合の悪いふりをして、ババをひきつける。少しでも遠くへ、イヒカが逃げられるように。今、イヒカにできることは、早く深山を抜け出すことだけだ。

じきに息が切れてきた。やはり、地下にいて、ろくに体を動かせなかったことが祟《たた》っているのだ。つとめて足を鍛えようとはしてきたが、限界がある。でも、今はやるしかないのだ。これ以上地下にいたら、ますます体は弱る一方だし、ババに見つけられる可能性ばかりが大きくなってしまう。

大丈夫だ。できる。しなければならないことだから。

油断すると、がくりと力が抜けそうになる足を励ましながら、イヒカは下った。朝日が射し込んでいる。昇る太陽が常に左に来るように、そして地面の傾斜に気を配り、いつも下っていくように。そうすれば必ず、山を下りられるはずだ。

体がふらつく。呼吸が荒くなり、喉がひりひりする。水を詰めた竹の筒も持ってきているが、節約したほうがよい。いつ水場に出られるかはわからないのだから。イヒカは少年が持たせてくれた干し杏《あんず》を一粒口に入れ、しゃぶるように口を動かしながら先を急いだ。

どれほど時が経ったろう。谷間を下っているため、太陽が見えない。だが、まだ正午にはなっていないはずだ。その時、イヒカは背後に物音を聞いた。枯れ草を掻き分ける音。まだ遠いが、たしかに近づいてきている。

ぞっとした。さっき出発した時は、絶対に気取られなかった自信があったのに。ババは、いざとなったらこんなに速く、追いかけてこられるのだろうか？

逃げなければ。どうしても、村へ帰らなければ。

何かがはじけるような音がした。振り向くと、すぐそばの大木の樹皮が削り取られている。石でも投げつけたのか？　それとも、大弓だろうか。

ちがう。イヒカはまた背筋がぞっとした。これは銃痕だ。銃なら、村にも一丁だけある。村の大人が猟に出るときに持っていくのだ。しかし、まさかババが銃を持っていたとは。あの小さな小屋の、どこに隠していたのだろう？

いや、そんなことを考えている場合ではない。少しでも速く前へ進むことだけ考えろ。

また、あの耳をつんざくような音。さっきより近い。

ババは、すぐそこまで迫っている。

つかまったら、今度こそ、イヒカの命はない。ババの、あのぱっくりと裂けた恐ろしいもう一つの口が目に浮かぶ。追われる恐怖が、理性を失わせた。捕まったら、きっと食われてしまう。

イヒカは、言うことを聞かない足を引きずりながら走った。胸の奥が焼けるように熱い。いつまでこうやって逃げ続けられるだろう？　首のあたりは鎖のこすれたところに汗が染み込み、ひりひりするが立ち止まってかけなおす余裕もない。

鎖？

——追っ手に追いつかれそうになったとき、この鏡をうしろに投げ捨てた。すると、そこに大きな火が現れて……。

まさか。きっと、そんなの作り話だ。

いいや、作り話でもいい。それでも、ババの気をそらすことはできるのではないか？　この鏡はきっと、ババにとっても、とても大事なものなのだから、これを見つけたら、ババは足を止めて拾い上げる。そうすれば、少しでも時間を稼げる。

ごめん。イヒカは心の中で少年に詫びながら、首の鎖をはずした。自由になる左の腕を振り回し、思い切りうしろに投げる。

だが、何も起きない。

イヒカはもう、顔がゆがむのをこらえきれなかった。足元がぼやけているのは山霧か、それとも涙だろうか。

足が重い。体が重い。周囲の森が、イヒカを閉じこめようと迫ってくる。まだ走れる。あと一歩なら。でも、いつまで逃げ続けられるだろう?

突然、足元の視界が開けた。

崖だ、そう悟った時には、イヒカの体は岩にぶつかりながら転落していた。


体が温かい。気になる匂いが鼻を刺す。とても魅きつけられる、すぐには思い出せないが、一方ではとても嗅ぎなれたような匂い。そして、その匂いの奥にはもう一つ別の、こちらもとても気になる匂いがイヒカをしきりにせっついている。こうしている場合ではない、急げ、急げ。

だがいったい、何を急ぐ?

わからない。

イヒカはそっと頭を動かした。そのとたん、棍棒で殴られたような鈍い痛みが体中に走り、思わずうめいた。

軽い足音が近づいてきて、イヒカの額にひんやりとしたものが載った。

「動くでない。また血が出るぞ」

イヒカは声の主を見ようとした。この声にも、聞き覚えがある。目の前の霞が徐々に薄れてくる。しわだらけの顔。村の婆さまだ。村一番の年寄りで、病人を一手に引き受けている。子どもたちには魔女だと恐れられているが、治療の腕は確かだ。

「ほれ、口を開けられるか？　飲んでみろ」

唇も別物のように腫れてこわばっている。その唇の間に何か固いものが差し込まれ、温かい液体がイヒカの口に注がれた。

苦い。だが、イヒカは反射的に飲み込んだ。思い出した。この、婆さまの煎じ薬の味を。村の子どもたちは幼い頃から何かというと、この苦い薬を飲まされ、飲み込むのを嫌がっては婆さまに怒鳴られるのだ。

村。

そうだ、ここはイヒカの村だ。そして、あたりに漂うこの匂いは、粥を炊く匂いだ。

「おれ、いったいどうしたんだ？」

腫れあがった唇は動かすだけでつらく、イヒカの言葉は尻すぼみになって消えた。

「覚えておらんのか」

ごとりと音がした。婆さまが薬湯《やくとう》の椀を枕元へ置いたらしい。

「うん……、ただ」

イヒカは顔をしかめた。頭が痛い。気がつけば、右腕のあたりも、心臓の鼓動にあわせて大きな棍棒でなぐられているかのように痛い。じっと横たわっていると、金輪際動きたくないような気になる。今にも、魅惑的な眠りの淵へ吸い込まれていきそうだ。

だが、その淵からイヒカを引き戻そうとする声がささやくのだ。眠ってはいけない、しなければならないことがある、急げ、急げ、と。

いったい、何だ？

「お前は谷底に転がっていたのよ。あちこちに打ち身を盛大にこしらえて、でもその右腕以外の骨は無事のようだ。それにしても、お前の家の猟犬があんなに騒がなければ、誰もお前に気づかぬまま、遅霜に遭って凍え死んでいたろうて」

「谷底？」

イヒカは不意に思い出した。必死で走った深い藪。どこまでも続くかと思われた果てしない森。濃い霧。そしてあの声。

——助けに来て。

跳ね起きたつもりだった。だが実際には上体を起こそうとしただけで、イヒカの体はあっけなく床の上にくずおれた。

「馬鹿者が」

言葉よりは優しく、婆さまが介添えしてくれる。そしてイヒカが呼吸を整えるひまも与えず、ずばりと聞いてきた。

「イヒカ、行ったな。深山に」

「……うん」

イヒカは一瞬迷ったが、すぐにうなずいた。そうだ、叱られることを恐れてためらっている暇はない。急いで、深山に戻らなければ。

――きっと、帰ってきてくれるね？

「婆さま、爺さまはどこにいる？　おれ、頼みがあるんだ。おれはきっと、すぐには山に登れない。けど、みんなに行ってもらわなくちゃ。深山の奥には、助けを待っている子どもがいるんだ」

「黙れ」

婆さまはぴしゃりと言う。そしてイヒカの顔を覗き込んだ。

「今ならまだ間に合うのだぞ。お前は幾日も山をさまよっていた、だが、深山には決して行っていない。そう言い張ればよい。さいわい、大人どもは今、手一杯じゃ。深くは咎めだてせんじゃろう」

「いいんだよ、おれは何と言われても」イヒカは必死に言った。「だけど、深山の奥の子どもは助けてくれ。あのままじゃいつかきっと、魔の酒に取り殺されてしまうんだ、ババの言いなりになって」

「ババ？」

婆さまがいきなり目をむいた。

「イヒカ、お前、ババにとっつかまったのか」

「うん」

婆さまは大きなため息をついた。

「やれやれ、それでよくも逃げのびてきたものよ」

「それは、あの子がいたから……」言いかけて、イヒカははっと気がついた。「婆さまは、ババのことを知っているのか？」

「わしを、何年生きていると思うておる」婆さまは苦笑した。そして、いい匂いの粥を、さっきの椀にたっぷりと掬い取ってくれる。体は相変わらず痛むのに、それでもイヒカの喉が鳴った。幾日も、獣の干し肉や木の実ばかり食べていて、柔らかい粥の味を忘れていた。

「ババ、な」婆さまは独り言のように言う。「あれは深山の生き物じゃ。わしらは関わり合いにならんのが一番よ。な、わしも聞かなかったことにしてやる。忘れろ」

「そんなことできるもんか」イヒカは必死で左手を伸ばし、婆さまの長衣の裾をつかんだ。「だっておれ、約束したんだ。必ず助け出すと。そのために、二人とも生き延びるために、おれだけが山から下りてきたんだ」

「無駄じゃよ。あの御子は、山から下りられない」

イヒカの手がだらりと下がった。

「……婆さまは、あの子どものことも知っているのか？」

「お前などより、よほどよくわかっておるわ。あの御子はもう、人間ではない。わしらとは別の生き物よ。村ではあの御子は生きられまい。山に取られた御子じゃからの」

「そんなことあるもんか」

あの子どもはイヒカと同じに腹を空かし、木の実の甘さに舌を打ち、鼠のおどけたしぐさに笑ったではないか。まるで兄と弟のように、体を寄せあって眠ったではないか。弟。そうだ、ふと空想する弟が、本当の肉体を持って現れたようで……。

「わしの言うことにまちがいはない」

「いいよ、もう婆さまには頼まない。おれの爺さまを呼んでくれ」

「今は村におらん」

「どういうことだ？」

その時イヒカは気づいた。穀物の炊けるこうばしい香りの底にたゆたっている、このきなくささは……。

「煙の匂いがわからんか？」

婆さまはイヒカを見ずに言った。

「村の大人たちは総出で山へ行っておる。火が下りてきたら村も危ないからの」

「下りてきたら？」イヒカは鸚鵡《おうむ》返しに言ってから、はっとした。「まさか、燃えているのは……」

「深山じゃ」

どうやって床から這い出したのかも覚えていない。自由が利く左の手と、右のひじを使って、イヒカは外に出た。余計なことを言わずに婆さまが手を貸してくれたのが、本当にありがたかった。

戸口を開けるなり、煙の匂いと熱気をはらんだ風が、イヒカを包んだ。

北の方角の空が真っ赤に染まっている。

「お前が見つかったのも、山火事が村まで下りてくるのを心配した爺さまたちが、ほうぼう歩き回っていたからじゃ。お前をわしに託すと、爺さまはまっすぐ山へ戻っていったが、去り際にわしに言い置いていったよ。イヒカが気がついたら教えてやってくれ、もう、深山へ行く道はない、と」

婆さまが背後から静かに言う。

「何も言うな。もう、あの山に生きている者はおらんじゃろう」

自分が叫んでいることに、イヒカは長いこと気づかなかった。

「おれが火事を起こした……、鏡を投げてしまったから。でも、おれは約束したんだ……きっと、助けに戻ると。おれは……」

大きな火は、すさまじい風を呼び起こす。そのあおりか、村の周囲にも風が吹き荒れていた。イヒカの声は婆さまにも聞こえなかった。


火は、三日間燃え続け、そして、猛烈な火事の起こした豪雨のおかげで、ようやく消えた。イヒカは体をひきずりながら、村の誰かれに、人のいた痕跡はないかと聞きまわった。だが、少年を見た者は誰もいない。ババも見つからない。

「あんな広い焼け跡から、人間の死体を見つけることなぞ、できるものか」

爺さまは山火事の始末に忙しいらしく、ろくにイヒカの看病もしない。ようやく少しの暇を見つけて、イヒカがすがるようにして山の様子を聞いても、ぶっきらぼうにそんな答えを返すだけだ。

「よいか、イヒカ。もう二度と、深山のことは考えるな。誰にも話すな」

「できないよ、そんなこと」イヒカは涙を流しながら抗《あらが》った。「待ってるんだ。深山には、まるで、おれと血がつながっているような者が……」

「なんじゃと？」

そのときだけ、爺さまは血相を変えてイヒカの腕をつかんだ。激痛に襲われながらも、イヒカはその爺さまの反応のほうに驚いた。

「そんな気がしただけだよ。おれが生まれてすぐに死んだ母さんや、そんなことをふっと思い出して」

「馬鹿者」今度こそ、爺さまは鬼のような顔になって怒鳴りつけた。「二度と、そんな途方もないことを考えるな」

「爺さま、どうしてそんなに怒るんだ？」

だが、すでに爺さまは外に出て行ってしまっていた。自由にならない体で取り残されたイヒカは、じっと考え続けた。

いったい、何が爺さまをあんなに怒らせたのだろう？

＊

夜が来るのが憂鬱だった。ここは洞窟の中だ。元いた小屋は焼け落ちてしまった。たった数日の山霧では、乾燥しきった深山を湿らせるほどの効果はなかったらしい。ババに急《せ》きたてられて無理やり岩山へ押し上げられた時はまさかと思っていたが、本当に火はあっというまに木立を焼き尽くし、小屋を飲み込んでいってしまった。

ここへ来るまでずいぶん歩かされた。少年の足では長い距離を歩けないから、平らな草地を選んで、杖を突き、右足を車のついた台に乗せて移動するしかない。深山の頂《いただき》を遠くに望みながら、ぐるりと東に回りこみ、以前からババが目をつけていたこの洞窟にたどりつくまで、二日もかかってしまった。いくらババの手先が巧みでも、手助けがなければ小屋を建てることはできない。あの火事以来、ようやく暖かくなってきたので、凍えることはないが、夜は入り口を厳重に丸太でふさいでしまうので、小さなたいまつの灯り以外、何もない。

少年はため息をついた。また、暗い夜が来る。ババが帰ってくる。昼の間、ババはあちこちへ探りに出かける。早く次の手下を見つけなければ、もう三日分しか食料も残っていない。それでも少年は大して心配していなかった。ババはいざとなったら必ず何とかする女だ。そうやって少年を守り育ててきたのだ。都、というところから少年を抱いて逃げてきて以来、ずっと。

ババがいなければ生きていけないのはわかっている。今は、まだ。だが、そのババは、このところ、夜ごと少年を責めるのだ。おまけに、ここ二日ほど、少年はどうしたことか、着物や床《とこ》をよごしてしまうことがあって、ババはよけいに不機嫌になっている。

「本当に、何ということをなさいました。おかげでとんだ苦労をさせられておりますこと」

ああ、今夜もまた始まってしまった。少年に話しかけるとき、ババは別人のような言葉遣いになる。

「あの子どもは使い道があったのに。たいして頑健な体つきでもありませんでしたが、山に慣れた子どもはよく働くものです」

少年は頑なにうつむいていた。ババの顔を見たくない。

「しかもその子どもを逃がしただけでなく、わたしの助け手まで失った。オシヲはあれ以来帰ってまいりません。どうなってしまったことやら。あれはあれなりに、わたくしとあなたさまに尽くしてくれてきたのに」

少年は思わず顔を上げて、ババを睨みつける。

「何です、その目は?」

「オシヲに、あの子を殺させようとしたでしょう」

少年が低い声で切りつけるように問い詰めても、ババは動じない。

「ええ、オシヲには猟銃を持たせて、追わせました。あの少年を村へ帰すわけにはいかなかった。きっとあの少年は誰かに言いふらすでしょうし、そうしたら、もっと厄介な者が山に上がってこないとも限りませんから」

少年の肩がぴくりと動いた。ババが疑わしそうに見つめる。

「もしやあなたさまは、それを狙ったのではありますまいね? あなたさまも実はご気性がずいぶんと激しいのは、よくわかっておりますよ」

少年はきっと口を結んで、ババの視線を避けた。

「まあ、それはよいとしましょう。けれど、大切な鏡まであんな子どもごときに託すとは、何をお考えだったのです。あれは、あなたさまの血筋の証《あかし》、わたくしがここまで守ってきた宝ですのに。こんなに言いつけが聞けないのならば、もう、外に出ることもなりませんよ。どれほどの無茶をご自分がなさったのか、とくと思い知るまで、ずっとこの洞窟でお過ごしなさい」

少年は肩を震わせながら、ババを睨みつける。涙を一滴もこぼすまいというように、必死に目を見開いて。

「よろしいですね、わたしの言いつけを守ること。でなければ、あなたは生きてゆけないのですから。そうすれば、何も恐れることはありません」

そこで、ババの声音がようやくやわらかくなった。

「さあ、いらっしゃい」

少年は硬い顔でババに抱かれた。


少年は暗い闇を見つめたまま、イヒカに呼びかけていた。

イヒカ。君は、特別だ。ぼくの萎えた足を見ても、目をそむけもせず、あざ笑いもしなかった。君は、何か身のうちに欠けているものがあるのを知っている人間だ。

ぼくと同じに。

あんな子どもは、イヒカしかいなかった。ババは前にも二人、子どもをさらってきて、ぼくの遊び相手にさせようとしたけれど、酒を使って手なずけた子どもの一人はひ弱で、十日も経たずに死んでしまった。そうしてもう一人は、ぼくが食べ物を分けてやっていたのに、ぼくの体を馬鹿にして笑い、あげくにぼくを殴り倒してさっさと逃げ出した。

イヒカだけだ。ぼくの言葉を信じて、酒を拒んだ強い心とぼくを気遣ってくれたやさしさ、両方備えていたのは。イヒカは一緒に逃げようと言ってくれた初めての少年だった。だからぼくも、ババが虜《とりこ》用に用意した薬入りの食べ物でなく、ぼくの分の安全な食べ物を食べさせて、そうして逃がしたのだ。何より、イヒカはあの言葉を教えてくれた。

――自分の思うとおりに、生きるんだ。

あの一言の意味がわかったとたん、ぼくをとりまく何もかもが、突然色鮮やかになったようだった。狭い穴蔵が広がったようだった。

ババの言いなりに、ならなくてもいいのだ。

少年は暗闇の中でほほ笑んだ。そうさ、だから鏡だって渡したんだ。イヒカをより強く、ぼくにつなぎとめておくために。

深山。こんなところ、大嫌いだ。ババの言いなりになって、一度は逃げ出せたと安心しかけた子どもを罠にかけ、ババに敵対する仲間同士と思わせて、ぼくと仲良くさせる。そして、その実この深山にしばりつける。だが、ババの目論見《もくろみ》は、うまくいったためしがない。

オシヲはもちろん、別だ。オシヲはババの味方だから。いったいオシヲが何歳くらいか、少年は知らなかった。ここにやってきた子どもを除けば、ババの顔しか知らないのだもの、比べようがない。わかっていることと言えば、ずっと昔、ババとオシヲは何か、秘密を作ってしまい、以来ずっとそれを共に抱えたままで生きている、ということくらいのものだ。

イヒカはすなおな子だった。ぼくの言うことをそのまま信じた。ババの小屋から最初にまんまと逃げられたのも、ババとオシヲがかわるがわるにイヒカを追い込み、ぼくの住処《すみか》へ誘うための罠だとは、最後まで気づいていなかった。最初の夜、穴蔵への入り口に倒れてしまったのに、それでもババにばれていないと思っていたのだろうか。それに、追われてぼくの住処に逃げ込んできたときも、片足のないババが、あんなに速くイヒカを追いかけられると思っていたらしい。ちがう、イヒカを追いかけたのは、オシヲだ。オシヲが子どもを追い回す。子どもは疲れきって、ぼくの手の中に落ちて、ぼくを信じきるようになる。それがババの目論見だ。そうやってぼくの味方を増やし、力をたくわえて、いつか都へ帰るのだと。

でも、ぼくはそんなババの思惑に乗るのはまっぴらだ。ババがぼくに仕えてくれるのは、もちろんありがたいことなのだ。でもそれは、とても息苦しい。穴蔵、めぼしい子どもが迷い込んできた時だけぼくが追いやられた、あの穴蔵と同じだ。暖かくて、安全に守られていて、そして息苦しい。

だから、イヒカに望みを託すんだ。いつか、ぼくを助けに来てくれますように。

イヒカは、オシヲにちょっと似ている。

オシヲも特別だ。あの酒を飲んだことがない。それでもババは、オシヲをこの世で一番信頼している。

ババは、思いちがいしている。火のきらいなオシヲは——銃の火縄くらいにはなんとか慣れたけれど——、火の気配を真っ先に嗅ぎ取る。おめおめと火事にまかれて死ぬはずがない。

それがわかったから、ぼくは二丁目の銃の中に枯れ草を詰めておいた。

オシヲは、子どもをさらうことを好いていない。ババはよくわかっていないみたいだけど。

「おれのように好き好んで逃げてくる奴だけにしておけ。人の世界を恋しがるような奴を、引きとめてはいけない」

いつもそう言ってババをいさめていた。

だからきっと、オシヲはイヒカを逃がすつもりだったのだ。最後まで、イヒカの前にオシヲが現れなかったのも、見られたくなかったからだろう。ひょっとすると、二人は前から、「村」というところで知り合いだったのかもしれない。ぼくには、人がたくさんいる風景なんて、想像するしかないけれど。

オシヲは銃を持っていても、そうしてババの手前、撃ったとしても、イヒカに狙いをつけずにはずすだろうと思っていた。そして、一番目の銃の弾が尽きて二番目の銃の火縄に移そうとしたら、銃口の枯れ草が燃え出す。そうしたら、きっとオシヲは炎の上がった銃を放り捨てて逃げ出す。

そうさ、オシヲが火のあるところにじっとしていられるはずはないのだもの。今も、どこかできっと生きているはずだ。

まさか、その火があんな大火事になるとは思っていなかったのだけれど。

また村への道は断たれてしまった。ぼくは、村から遠く離れたところへ移されてしまった。でもぼくはまだ、ここでババと生きている。ババの言いなりにならず、どんなふうに生きていけるか。まだわからないけど、それを考えながら生きていく。イヒカ、君のおかげでそう思えるようになった。やってみるよ。ぼくはもう一人じゃない、君がいるから。

イヒカ、いつか迎えに来て。

ぼくはいつまでも待っているから。

＊

谷川沿いの粗末なさしかけ小屋に近づくと、爺さまは合図のために咳払いした。まもなく、小屋の掛け布がそっとたぐられ、太い眉の下の用心深い目が片方、覗いた。

「薬草を持ってきた。おぬしのほうが、こういうものには詳しいかもしれんが、まあ、使ってみろ。それと、干した肉と、麦の粉がある。煎ってあるからこのままで食えるだろう」爺さまは言いながら、さっさと小屋に入った。「具合はどうだ、オシヲ」

爺さまであることを確かめてまた床に戻っていたオシヲは、返事をしない。

「わしのことを信用してよいのは、わかっているだろう？　おぬしはイヒカを返してくれた。だからわしも、できるだけのことはする。火傷は、まだ痛むのか」

「たいしたこと、ない」

「どれ、見せてみろ」

爺さまはオシヲの足に巻かれた襤褸《ぼろ》布をとろうとしたが、拒まれた。

「いらん」

こいつは、また口が重くなったな。爺さまは心の中で苦笑したが、口に出しては別のことを言った。

「あの女の小屋も、おぬしが建ててやったのか？　魅入られたものよ。あんな、よそ者の女に」

「あいつのことはかまうな」

「かまいたくはない。だが、イヒカがからんでいるとなれば、話は別だ」爺さまの口調が厳しくなった。「イヒカは、誰にも渡さん。もう一つの命と引き換えに、ようやくわしの手の中に残った、たった一つのものだからな」

「……卑怯だ」

オシヲがうなるように言う。

「何のことだ?」

「おぬしはあの時、深山の入り口にやってきて、あの子どもを、自分の孫だと言い放った。そうしたら、おれが平静でいられないのを承知していながら」

「言ったろう、あの子を守るためなら、どんなことでもする」

「そんなこと、教えてくれるまでもなかった……、そっくりだ、あの子の手の形、目の色は……」

「言うな」爺さまはさらに厳しい口調でさえぎった。「イヒカの身内は、わしだけだ」

オシヲが、恨めしそうな顔つきで黙った。

「子どもを産んだばかりの娘を捨てたような奴に、何も言う資格はない」

いつものことだが、オシヲと話をしていると、爺さまはじきに感情を抑えられなくなってしまう。

「なぜ、お前はわしの娘を誘ったくせに、またあの山女のもとへ帰っていったのだ? いや、どうしてそもそも、山を下りてきて、娘を誘ったりしたのだ? どうして、わしらを放っておいてくれなかった? そのおかげで、見ろ、イヒカは生まれながらに、村のはずれ者だ。わしが、友達づきあいもしてもらえないイヒカを見て、どんなに不憫《ふびん》に思っているか、お前にわかるか?」

息が切れて、爺さまは一瞬だけ言葉を切った。「……何があっても、お前は許さんからな」

「わかっている」

肩で大きく息をつきながら、爺さまは苦い思いにとらわれた。もう、言っても詮のないことなのに、いつもこうなってしまう。

「だが、あの火事は災難だったな」言い過ぎたことを後悔すると、口調が少し柔らかくなった。

「この時期、枯れ枝が触れあっただけでも火が生まれてしまう。ほんの数日の霧雨程度ではどうにもならん。冬からこっち、ほとんど雨が降らない日が続いていてはな」

オシヲがぴくりと肩を動かした。

「どうした？　痛むのか？」

「いや、もう帰ってくれ」

「命の恩人を、追い出すのか」爺さまは苦笑しながら立ち上がる。「気が気でなかったぞ。まっさきに山へ入り、おぬしを見つけて、火からも、村の衆からも安全な場所へ移せるかどうか、わしにもまったくわからんかった」

「わしのためではあるまい」

「もちろん、イヒカのためだ。また来る」

「いや、もういい」

「何？」

「来たとしても、わしはもうおらん」

「オシヲ、おぬし……」爺さまはしばらく、頑固に目をつぶった男の顔を見下ろしていた。「こんなことになっても、まだあの山女のところへ戻るのか？」

「爺さまには関係なかろう」

オシヲの声が冷たくなる。

「ならば、山を移れ」爺さまの声もまた厳しくなった。「あの女にも、あいつが抱えている厄介者にも、伝えろ。もっと奥へ入るのだ。決して、イヒカがたどり着けない場所に。もう二度と、わしらの前に出てくるな」

返事を待たずに、爺さまは小屋を出た。もう十年も経つのに、今でもオシヲを平静に見られない。

さあ、帰らなければ。そしてイヒカと、花の絵を作るのだ。

明日という日をまた迎えられるようにと、祈りながら。

*

イヒカは今日も、黒い山へ向かう。いつかはきっと、あの少年に会える。鏡をなくした詫びを言える。きっとあれはイヒカの弟だ。そう、双子は縁起が悪いからと、引き離されて育てられるという。あの子はイヒカの片割れなのだ。

証拠だってある。婆さまはあの子のことを「御子」と敬って呼んだ。あの子の存在を、もとから知っていたのだ。山に捨てられた子は、神に捧げられた子。きっとそうだ。そして、イヒカの村で、生きていればイヒカくらいの年頃になる男の子なんて、聞いたこともない。「悲しみを抱いて」死んだ母さんが産んだにちがいない。

だから、いつかきっと、捜し出してみせる。

あの子はずっと、それを待っているのだから。

黒の櫛

イオエは険しい山道にさしかかっていた。早くたどりつかなければと焦るのに、疲れた足は思うほどには動かない。それでも、足取りは着実だった。山歩きには慣れている。イオエは三十年近くの人生のほとんどを、深山で過ごした女なのだ。生まれ育ったのは深山の南にあるシュザクの国で、ここ、深山の東側に位置するセイの国からの山行きは初めてだが、山の中となれば、とまどいはない。

——早く。山のいで湯に、早くたどりつかなければ。フツお嬢さんが国境を越えて、北のゲンの国に連れて行かれてしまう前に、大奥様にお話ししなければ。

こんなことになったのも、みんな、このイオエのせいなのだ。

「この雲行きだと明日には雨になるでしょう。でも、今すぐに発てば、今日のうちに山中のいで湯に到着できます」

年長者らしくイオエがそう忠告して出立《しゅったつ》を早めたせいで、フツと二人きりで滞在していたリョウの町の城門を出たところを、待ち構えていたゲンの小領主・サガの兵に捕まってしまったのだ。フツは、豊かなセイの国の、豊かな商人の娘だ。戦いに明け暮れる北方の領主にとっては、無理にでも味方の陣営に引き入れておきたい存在である。そして、弱小といえども、身分ある者の妻の座をさしだされれば、商家の娘は、拒める立場にはない。

「お待ちしていた。北の城へ、お連れする」

領主の息子の婚約者であるフツへの応対は丁重だったが、兵士の目には、抵抗を許さぬ厳しい光が宿っていた。イオエは臍《ほぞ》を嚙む思いだった。

——しまった。いで湯行きを明日に延ばして、イタヤの町の本家からの護衛を待っていれば、むざむざとここでお嬢さんを引き渡さずにすんだものを。

まさか、城門のすぐ脇に兵たちが待ち伏せしていたとは。

セイの国では表向き、武器の携行は禁止されている。けれどこの兵士たちが短剣の一つも忍ばせていないはずがない。それでも屈強な護衛たちが何人かで防げば、フツを逃がすことくらい、できたはずなのに。

動揺するイオエに比べ、フツの態度は見事に堂々としていた。

「わかりました。一緒に参りましょう。けれど、わたくしたちはこれから、山のいで湯にいるおばあさまのお見舞いに向かうところだったのです。わたくしの侍女のイオエをおばあさまのところへ使いにやることは、かまわないでしょうね?」

それからフツは、いつものあの晴れやかな微笑を顔いっぱいに浮かべて、こう付け加えたものだ。

「この先、わたくしには何の心配もありませんもの。サガの強い殿方が、真心を込めて守ってくださるのですから」

妙齢の美女に信頼しきった瞳で見つめられ、こうおだてられたのだ、いかめしい兵士たちの鼻の下が少々伸びたとしても、当たり前だろう。

——あれで、お嬢さんの身には万に一つも危険は及ばないはず。

イオエは走りながら少しだけ心が慰められたが、すぐにまた自分を責める声が湧きあがってきた。

——お嬢さんは、あんなに北への、サガへの輿《こし》入れをいやがっていたのに。しかも今は、北の情勢が不安定な時なのに。お嬢さんは結局、体《てい》のいい人質にされるのだ。

大好きなフツ。他国者《よそもの》のイオエに手を差し伸べてくれた人なのに。

——だが、大奥様に訴えたところで、お嬢さんを救う手立てはあるだろうか。

そんな気弱な疑問がつい頭に浮かんでしまうのを振り払いながら、重い足を励まして、イオエは進み続けた。

——とにかく今は、大奥様のところへ。

*

少年は、息をあえがせ、肩を揺らしながら、険しい山道を登っていた。城を出るときに、門口のあたりで手当たり次第につかんで履いた藁沓《わらぐつ》は、とっくに底がすりきれ、足首のあたりの柔らかい皮膚はこすられて血がにじんでいる。

山の中はたまらなく暑かった。歩き続けて、これで三日。陽射しが強くなってきた気がするのは、少しは南へ下ってこられた証拠かもしれないが、少年はもう、それを嬉しく思うだけの心のゆとりも失っていた。何日分もの汗を吸い、泥が分厚く固まっている衣は風も通さず、痒くてたまらないが、脱ぎ捨てる気にはなれなかった。昼の暑さとは裏腹に、陽が落ちたとたんに耐え難いほどの冷気にさらされることを、もう身にしみて知らされていたからだ。それにしても、清潔な着替えが与えられないことひとつで、こんなに気がめいるものだとは。

このゲンの国は、南へ行くほど乾き、気候がむしろ厳しくなる。標高が上がり、植生が単調な岩場が増えるために、今朝からは水場を見つけるのもむずかしくなっていた。

一人で行動すると、体ばかりでなく気も疲れるというのも、初めて知ったことだった。昼下がりに野生の木の実を見つけて口に入れたほか、今日は何も食べていない。空っぽの腹に入れられるものは生ぬるい、吐き気を催すような水だけ。山行きには水が必要だと、これも出る前とっさに思いついて素焼きの瓶を持ち出し、川にぶつかるたびに水を入れ替えてきたのだが、最後に水を汲めたのは昨日の夕暮れだ。その水は今、瓶の底で頼りない音を立てている。

——この道でよかったのだろうか。

荒涼とした、深いばかりの森を掻きわけてゆくと、抑えても抑えきれぬ不安が湧き起こる。そのたびに少年は自分を叱りつけ、励まして、また一歩、体を持ち上げる。

——大丈夫、月読《つきよみ》の僧に教わったではないか。

少年が抜け出した城の南方には、高い山々が連なっている。ゲンの国では連山と呼ぶその山稜《さんりょう》の連なりが、隣国との国境と定められているが、本当のところ、人が生活できるのはそのふもとまでで、残雪と岩しかない山の頂に分け入る者は、ほとんどいない。

「あの山——外《と》つ国の者は深山と呼ぶようですが」

異国の言葉を真似たのだろう、僧は「ミヤマ」と言った時だけ、口ぶりを微妙に変えた。

「あの山の南側を下ると、冬も雪の積もらぬ土地があります。そして、さらに南へ下ると海に出る。その海上に浮かぶ島には、色鮮やかな鳥が飛び回っているとか」

僧も半分は信じていない口ぶりだった。僧自身、都で学問は積んだが、連山の向こうには行ったことがないはずだ。

そもそも、山越えをしようと試みるような無謀な者は、ゲンの国にもほとんどいない。連山はそれほど険しく、人を寄せつけないのだ。なるほど、連山をぐるりと巡って細い道が通ってはいるが、そこを使うのは季節がよい時の隊商だけ、それも数は少ない。

——無謀すぎる。

少年の内で、今もささやく声がある。城を出る前から、そのささやきは分別くさい響きで少年の心に潜んでいたが、こうして疲れが増すにつれ、ますます声高に、無視できなくなってきている。

——御僧も言っていたではないか。連山にはろくに道もなく、食料も、いや、水さえ探すことがおぼつかぬと。そこを冒して荷を運ぶ隊商は、一回の旅に相当の準備と、そして仲間を用意する。だからこそ、色とりどりの宝を、この荒涼とした北の国に持ち帰ることができるのだと。

——だが、これしかないのだ。

悲鳴を上げる筋肉を無視しようと努力しながら、少年は自分に言い聞かせる。

ほかに、道はない。

父を助ける方法がない。

汗で濡れた右手が、体を支えようと狙った蔓《つる》を、とらえそこなった。とがった石がごろごろと転がる斜面では足元が定まらず、大きく姿勢を崩した少年はぶざまに倒れた。どうにか斜面を転がり落ちることだけはまぬがれたが、はずみで肩掛けの袋に入れていた瓶が、袋から飛び出し、手を伸ばした時にはすでに岩にぶつかりながら下まで落ちてしまった後だった。

少年は泣きそうな顔になりながら、下を見下ろした。水瓶はあっけなく砕け、破片が水のこぼれた黒いしみの上に散らばっている。

これで、水もなくなってしまった。

こんな状態で山深くに入ることは、死にに行くことに等しい。

未経験な少年にも、そのくらいの分別はある。だが、ここで戻るわけにはいかないのだ。

どうしても、あの鳥を捕まえなければ。

そうしなければ、父の命乞いができない。

時間はないのだ。

北の海岸にいる宗主のもとへ行った父が、そのまま宗主の宮殿に留め置かれて、もう月の満ち欠けが一度、過ぎてしまった。

宗主は残酷で、ささいなことで部下を咎めては、塔に閉じ込めたり、命をとったりする。さいわい、父はまだ、宗主の前に引き出されての裁き——名ばかりの判事が、宗主の顔色を窺いながら、宗主の気ままな下し文を読むだけのものだという——を受けてはいない。だから、今ならまだ間に合うかもしれない。「裁き」が終わればすべては決定してしまう。父は放免されるかもしれない。だが、そのまま宮殿で処刑されるかもしれない。

だから、事を起こすなら、裁きの前の今しかないのだ。

もちろん、少年は自分ひとりで父親の命乞いに行くつもりはなかった。そんなことは無駄に決まっている。孝心などどみじんも持ち合わせない宗主は――そもそも自分の父を殺して宗主の座についたような男だ――、あざ笑い、父親の牢に少年も放り込んで、そしてそのまま、少年のことなど忘れてしまうだけだろう。

だが、宗主の目に留まるような貢ぎ物を持っていくことができさえすれば。そうすれば、宗主も機嫌を直し、父親の「過ち」を、見逃す気になってくれるかもしれない。

だから、これしか選ぶ道はないのだ。

少年は、早くも渇きを訴え始めた喉も、血のにじんだ掌の傷も無視して、また瓦礫《がれき》の道を登り始めた。さっきまで頭から照りつけていた陽は傾き始め、蒸し暑さは変わらないものの、少しだけ楽になっている。

宗主は珍奇な動物が好きだと、聞かされたのだ。北の荒れ果てた寒々しい地で、鼻に角の生えた獣や、けたたましい声で鳴く極彩色の鳥を育てているということは、それだけで大変な富をひけらかすことになるからだ。

宗主の宮殿の中には、屋根のかかった中庭があるのだそうだ。こんこんと湯を噴き出す不思議な泉から熱湯を引いているために、その庭は、外が墨絵の世界のような冬のさなかでも、色鮮やかな別世界だという。どこよりも早く花が咲き、珍しい生き物が棲み暮らしているためだ。

そして、その宗主の庭園にもまだいない鳥、宗主がいつか手に入れたいと願っている鳥がいるのだそうだ。

火の鳥。赤と金の羽を持つ、カササギの仲間らしい。

その火の鳥は、よほど南へ行かなければ目にすることはできない。だが、少年は月読の僧から、おそらくは都の人間さえ知らないであろう知識を教えられていた。火の鳥は、夏には南の海に浮かぶ島の炎熱を避けて、連山の南のふもとまで北上してくると。そして雛を孵《かえ》し、夏の終わりごろ、また南の越冬の地へ向かうというのだ。ただ、鳥の渡りの進路は、真南に向かうわけではない。連山の南側のふもとには、黒い森が広がっている。その中に入れば方角がわからず、空を飛ぶ鳥も、故郷へ戻る感覚を狂わされるほどの、強い魔力が支配する場所だ。危険に敏感な生き物は足を踏み入れようとしない。だから、火の鳥も、きっとその上空を飛ぶことは避けるはずだ。とすれば、大きく迂回するだろう。そして、東へ迂回した場合には、今少年が目指している連山の南東の、やや低い峠道のあたりを飛ぶことだってじゅうぶんにありうるのではないか。

秋分まで、あと一ヶ月。火の鳥は、まだ渡りを始めてはいないだろう。今なら、捕らえることができるかもしれない。

少年は、弓の扱いについては、城の兵たちも褒めてくれるほどの腕前だ。立派な武人になるたしなみとして、投げ網や、狩猟も教わっている。どんなに珍しい生き物であろうと、たかが鳥だ。決して不可能ではない。

——これしか方法がないのだ。

ようやく日陰に入り、一息ついた少年は、また自分にそう言い聞かせた。

優しい父。早くに母を亡くした少年を、不器用なやり方ながらもかわいがってくれた父。助けなければ。

物思いにふけっていた少年は、顔を上げてぎくりとした。日陰を喜んだのもつかのま、現実に気づかされたのだ。影が長くなったのは、陽が傾いてきているということだ。日暮れが近い。これで、山に入って三度目の夜だ。今日は、うまく野宿の場所が見つかるだろうか。漆黒の夜のこわさを思って、少年はため息をついた。

このくらいは覚悟の上だったが。そうたやすく連山の向こう側へ行けると思うほど、甘い考えを抱いてはいなかった。野営の仕方も教わっている。こうして山に入るまで、試したことはなかったが。

少年は地面をなめるように調べながら陽当たりのよいほうへ移動した。ほどなく草が踏みしだかれた細い通路が見つかった。獣の使う道だ。少年は、その獣道からわずかに離れた隠れやすそうな藪の陰で肩から弓を下ろし、短い矢をつがえて気配を殺した。しびれた足を何度か踏み替えたころ、ようやく小さなウサギが姿を現す。すかさず放った矢は急所をはずれたが、後足に命中した。

死に物狂いでウサギは走り出したが、じきに動きが鈍る。追いかけた少年は弱ったところに飛びかかり、首をひねった。

狩の師に見せたらぶざまなやり方だと叱られるだろうが、ここには誰もいない。

少年はウサギを提げてもうしばらく歩いた。目指すのは落ち葉を集めやすそうな、そしてよく陽に当たって乾いている窪地だ。ようやく満足できる場所を見つけると、岩の上に草を集め、火を熾《おこ》す。肉の焼ける香ばしい匂いがあたりに立ちこめるころには、すでに日は暮れていた。

腹ごしらえをして、一息ついたときだ。少年は、うなり声を耳にして、ぎくりとふりむいた。

薄暮《はくぼ》の中に光るものが二つ。

——また、出たか。

狼の目だ。少年はうんざりしながらも、すばやく火を掻きたてた。粗朶《そだ》なら抜かりなく集めてある。焚き火さえ守っていれば、狼は襲ってこないだろう。

一人で膝を抱え、小さな焚き火を見つめていると、闇の巨大さがひしひしと迫ってくる。加えて、今日は昨日までとは勝手がちがっていた。疲れがたまってきているらしい。昨夜までは、すぐそこに死の危険があると思うだけで眠気など消えてしまったのに、今夜は抗うこともできないほどの睡魔が、錘《おもり》のように全身にのしかかってくる。考える力も鈍り、あっというまに眠りに引き込まれそうになる。何度もがくりと前に倒れる頭を、少年はそのたびに必死で持ち上げた。

もう、孤独を嘆いたり、これからの不安におびえたりする気力もなかった。疲れすぎて、この底知れない眠気と闘うことしか頭にない。

——いや、どうして眠ってはいけないのだ？　すなおに降参してしまえばいいではないか。何もかも忘れ、このまま眠り込んでしまう。きっと、すばらしいだろう。

そんなことだけを切れぎれに考えていたので、急に火の勢いが強くなったときも、すぐに驚きはしなかった。

——きっと、焚き火の火が消えかかっているから、誰かが薪を足してくれたのだ。

女のようだ。こちらを見てほほ笑んでいる。下働きの、あの子だろうか。名は何と言ったっけ？　あれ？　あの子の唇は、こんなに濡れぬれと赤かっただろうか？　ぼんやりと見つめていると、その唇が開いた。

——こっちへおいで。

女は、優しい顔で笑っていた。この女は何歳くらいなのだろう、少年は夢うつつで考えた。乳《う》母《ば》よりも、若いだろうか。だが、うつむく姿勢は、はるかに年老いているようにも見える。

——そんなに苦労することはないよ。こっちへおいで。

——どこへ？

と、少年はぼんやりと答える。

——いいところへ連れて行ってあげよう。

——だめだ。

あやういところで少年は踏みとどまり、抗った。

——どうして？

——だって……。

少年は懸命に考えた。だって、何か理由があったはずなのだ。

父。

はっきりしない意識の底から、泡のようにその言葉が浮かびあがってきた。

父には優しい言葉をかけてもらったこともない。だがそれは、父にすべきことが山ほどあるからなのだ。少年の城は、荒涼とした地に建っている。生きていくだけで、とても大変な難事なのだ。だから……。

「いやだ！　行かない！」

「いいよ、わかったから、もうわめくのはおよし」

自分の叫びと、苦笑まじりのしわがれた声に、少年は一気に現実に引き戻された。重いまぶたをこすり、頭を持ち上げる。

——焚き火の向こうに、誰かいる！

「そんなにわめいていては、眠って疲れを取るどころではあるまい」

少年は跳ね起きて、声の主を見つめた。女だ。だが、暗がりの中、声の主は火が放つ光の輪からはずれているために、顔を見極めることはできなかった。

「もっとも、目を覚ましていなけりゃ、命を落とすよ。こんな場所で眠りこけるなんて、愚か者のすることだ」

声には、苦笑がまじっていたが、嘲《あざけ》りはなかった。

「そのありさまじゃ、夜明けまでに狼に襲われてしまうだろうよ」

「眠るつもりはなかったのだ」

少年は無知を突かれたことが悔しく、腹立たしげに答えた。そうしながら、声の主を推し量ろうとしていた。声には張りがあるが、年老いているようにも思える。それに、この訛《なま》りは何だろう？　なんだかなつかしい響きだ。

少年の住む国には、数多《あまた》の領主が点在する。群雄割拠といえば聞こえはよいが、つまりは山賊のような無頼の者が山間《やまあい》に小さな館を建て、隙あらば領土を広げ、隣の領主を蹴落とそうと虎視《こし》眈々《たんたん》と様子を窺いあっている状態だ。そして、その領主たちの領土を安堵し、紛争の調停を——公正とは言いがたいが——しているのが北の海岸に宮殿を構えている宗主だ。

意外なことに、このゲンの国では、最北の地のはずの宗主の直轄地が、一番温暖で、海山の幸に恵まれている。暖かい南の海からの海流のおかげか、雪も少なく、標高が低いせいで農耕に適しているのだ。

だからもちろん、宗主の領土が一番豊かだ。それに比べれば、地味《じみ》の乏しい疎林の境界線の、人の歩幅で測れるほどのせせこましい土地を争っている領主たちなど、山肌で角突き合わせるカモシカのようなものだ。

その宗主の領土には、はるか西の、温暖な地にある都から文物《もんもつ》が流れ込むという。

そこで少年は気づいた。この女の訛りは、その都の地の言葉によく似ている。つまり、死んだ母の……。

「おいで」

炎が上がり、顔が照らし出された。女の顔にはしわが刻まれ、すでに美しさとは程遠い。やはり、相当な年齢か。

「どこへ行くのだ?」

少年は警戒しながら聞いた。

「もっと安全な場所へさ」

老婆はそれから首をかしげて暗い空を見上げ、舌打ちして言い直した。

「いや。夜が明けるまで待ったほうがよいな。それまでは、ここにいるとするか」

老婆は腰を上げた。行ってしまうのか? 少年は心細さに胸を締めつけられ、自分も腰を上げかけた。だが老婆は少し離れた二本の木の間に粗朶を集め始めている。そしてその木に、着ていた何枚もの革の長衣を屋根のようにかぶせると、少年を手招きした。

「おいで。雨になる。見込みよりちと早かったな。朝まで待つしかあるまい」

少年はまだ警戒しながら近づいた。急ごしらえの天幕は狭く、老婆と肩を寄せあうしかない。この三日間で、初めて人間に触れている。そのぬくもりを感じたとたん、目に涙がこみ上げてきた少年は、できるだけ顔を背け、こっそりと涙を拭った。

——恥ずかしい。こんなことくらいで。

少年は老婆と一緒にいることに心から安堵し、そして安堵した自分に腹を立てながら、魅入られたように老婆が火を熾すのを見ていた。恐ろしいとも思わなくなっていた。

一人でないということは、こんなに心強いことなのか。

「……そなたは、どこから来たのだ？」

声がつい、か細くなってしまうのを、しいて落ち着いた振りを装ってそうたずねてみる。

「そんなことを聞いてどうする」

老婆はくすりと笑うと、奇妙に明るい顔で少年を見た。

「聞かれて困るのは、そっちじゃないかね？」

少年は、言葉に詰まった。たしかに、見知らぬ人間の素性をたずねるなら、まずおのれからというのが礼儀だ。ましてこれだけの年長者に対しては。だが、今の少年には……。

「だから、まあよいことにしようではないかね」老婆はさばさばとした口調で言うと、粗朶をぺしりと折って火に投げ入れた。「来てもらいたいのさ、あんたに会わせたい人がいるから」

少年は、まだ頭が混乱していた。どこの誰とも知らぬ子どもに人を会わせたいとは、どういうことだろう？

「きっと損にはならないよ」老婆は、まだ笑みを消していない。「いや、会わないですませると損になる、と言ったほうが正しいかね」

「どういうことだ？」

「わしの言うことを聞かないと、そなたが山越えをしようとしているところを見たと、追っ手に話すこともできるということさ」

今度こそ、少年はぎょっとして老婆を見つめた。思わず、体がうしろに下がる。

「だから、一緒においで」

急に、老婆の笑いが不気味に思えてきた。いったい、どういう人間なのだろう？

「そうこわい顔をするでない」老婆は背後をさぐって革の袋を取り出すと、腰に提げていた木の椀に赤いものを注ぎ、さしだした。「そら、体を温めてくれるよ」

「これは、酒か？」

「そう」

おそるおそる口をつけてみると、その酒は意外に芳香が立ち、飲みやすかった。熱いものが体の中を下ってゆくにつれ、体中の緊張が解けてゆくのがわかる。

その風味に、少年はまた驚いた。まさかこんな人気《ひとけ》もない山の中で、この美味にめぐりあうとは。そう、この味は、知っている。だけどあれは……。

ふと気がつくと、老婆が妙に光る目で見守っている。だが、少年が見返すと、その光を和らげて、また優しい声を出した。

「少し、お眠り」

すでに体がかしいでいた少年は、その言葉にはっとして姿勢を直した。だが、睡魔には勝てず、またすぐにまぶたが重くなる。

「お眠り、お眠り」

老婆の声は、乳母の子守唄を思わせる。抗いながらも、少年は眠りに落ちていった。

＊

もう走れない。あたりは夕闇に包まれている。イオエはとうとう立ち止まった。少し休もう。このまま登っていけば、山腹にいで湯がある。大奥様が「腰の痛み」を養っている場所だ。

「今度はわたしが、体を痛めたことにして、人に知れないところに引きこもろうかね」

北の国の情勢が不穏だという知らせを聞いたとき、そう言い出したのは、大奥様だった。

「そして、フツ、お前もあとからおいで。ひそかにね」

表だって拒むことはできない縁談でも、実際の婚礼を引き延ばすことはできる。そう、病にかかれば、癒えるまで人は待つしかない。自分の病でも、孝を尽くすべき親族の病でも。

いかにもセイの女らしいその手段が、裏目に出てしまうとは。

それからイオエは空を振り仰いで、小さくため息をついた。雨だ。

――いやだ、勘が鈍ったこと。降りだすのは明日だと思ったのに。だからお嬢さんの出発を早めたのに。

天気や地勢にくわしい山の女であることが、人の多いリョウの町でもイオエの誇りだったのに、そんな特技さえ失いかけていたとは。

仕方がない。雨を避けて、しばらく雨宿りしよう。びっしりと葉をつけた大木にもたれ、イオエは雨粒を葉からなめて、喉の渇きをうるおした。急速に雨音が強くなる。

——村を出てくるんじゃなかった。

一人で雨の音を聞いていると、そんな気弱なことを考えてしまう。あの時は、道の行く手に希望があふれているように思え、勇んで旅立ったのだが。

もう二ヶ月も前、夏至の頃だ。イオエは故郷のシュザクの寒村から、隊商の一行に仲間入りをさせてもらい、東のセイの国へと長い旅に出たのだ。

初めてのことばかりだったが、毎日子馬に乗って岩だらけの道をゆくことにも、夜毎荷物の陰で馬の毛皮にくるまって眠ることにも、じきに慣れた。

気候もよかった。昼の長い季節が、隊商の旅には最適なのだ。それに、行く先々で商売をしている一行が進む速度はのろかった。だからこそ、長旅は生まれて初めてのイオエでも、無理な疲れを翌日までためずに加わり、ちゃんと一行の役にも立てたのだ。

限られた支度で旅をしている隊商には、その気になってさがせば、いくらでも仕事があった。水をはじめとする日用品の手配や、大事な商品の管理。昼間の暑さと乾きは厳しいから、毎朝の大量の水汲みと水の分配は、何より大切だ。日除けの布も、いつも取り出しやすいところにおいておく。商品が埃まみれになったり、色あせたりしたら高い値がつかなくなる。

隊商の一行で、女はイオエのほかには、年老いたタマナ一人だけだ。タマナは料理の腕はよいが、年のせいであまり体がきかない。一行のこまごまとした世話や荷まとめは、すぐにイオエの仕事になった。隊長以下十人の男たちは馬や荷車の手入れに忙しく、肝心の荷まで手が回らないのだ。

「ついでに、あんたがパンをうまく焼ける腕を持っていたら、もっとよかったんだけどね」

タマナにそんなことをずけずけと言われても、イオエは気にしなかった。タマナが本当は優しいことを、そして孫娘のようなイオエのいることを喜んでいることがわかったからだ。

そうだ、旅に出てよかったのだ。今も、イオエは暗い葉陰でそう思い直す。

――だって、真っ平だったでしょう？　あんな、つまらない村で年老いてゆくのは。

イオエが生まれたのはシュザクの国の貧しい村だ。深山の南に位置するとはいえ、川もない盆地のシュザクは、地味も乏しく、長い冬は雪深くて、ろくな作物が育たない。南の地域は総じて同じようなものだが。

あんなところにいても、さきゆき、いい事は何もない。そう見極めたからこそ、イオエは父に無理を言って行商人の隊列に加えてもらい、東への旅に出たのだ。東には、豊かなセイの国がある。北のゲンは争いが絶えず、西のハクも、小さな領地を奪い合う豪族の館や、山肌にとりついた小さな村があるだけだ。だが、東は海の向こうとの交易で栄えており、中でも港町のイタヤはにぎやかなところだと聞く。

セイでなら、イオエにも、生活が開けるにちがいない。イオエの父は裕福で、イタヤに近いリヨウの町にも知り合いがいた。父は、イオエに甘い。だからこそ、イオエは三十近くにもなるこの年まで――村の娘たちは、ほとんどが十四、五で嫁ぐというのに――家で気ままにしていられたのだ。

――あのまま一生を終えるなんてとんでもなかったんでしょう?

イオエはまた、心の中でつぶやく。

イオエの村は本当に貧しかった。娘たちも小さい頃から家の仕事に使われ、嫁いだとしても待っているのは同じような暮らしだ。糸を紡ぎ、家畜の世話をし、畑を耕し、たくさんの子どもを産んで育てて、一生を終える。村の外へ一歩も出たことのないままに死んでゆく女も、珍しくはない。

イオエは糸紡ぎも機織《はたおり》も、大嫌いで大の苦手だった。だから、父も母も甘いのをよいことに、いつでも男の子に交じって遊び呆けていた。また、イオエの家では父が隊商からあがなえる品々で満たされていたので、手織りの壁掛けも服も必要なかったのだ。

「お前の婿になれそうな男は、この村に一人もいないわい」

父はよく、そう言って嘆いたものだ。

「そう、だから、あたしは誰のところにも、お嫁に行かない」

イオエもつんとすまして、そう答えた。あたしを、この退屈な村から連れ出してくれる人でなければ。

だが、実際にはそんな男は一人もいなかった。そう、ユマ兄さんのほかには。

兄さんと呼ぶが、本当は遠縁の従兄だ。だが、十以上も年上のユマは、イオエがまだ髪を結うこともできなかった子どもの頃に村を出てしまった。セイの国で一旗あげると言って。

男なら、それができる。セイは商業で栄えている国で、血のつながりを大切に考えるから、他国者が財を成すのはむずかしい。だが一方で、富の集まるところは狙われやすい。他国からの侵略をいかに防ぐかという大問題を、セイは商人らしい方法で解決してきた。金で私兵を雇い、国の守りを任せてきたのだ。つまり、腕自慢の男なら、セイの傭兵隊で頭角を現す機会があるのだ。

男なら。だが、イオエが娘になった頃、村の少年たちの中に、そんな覇気のある者はいなかった。イオエがひそかに一目置いていた年下の少年も一人だけいたのに、その子はずいぶん前に深山に迷い込み、魂を吸い取られてしまって、もう村の一員とも認められなくなっていた。

気がつけば、イオエは村の中に同類がいなくなっていた。昔の友達は誰も彼もとっくに結婚して、子どもの病気や、家を磨く薬草の煎じ方や、食料の乏しくなる春先にどうやって食べられる野草を見つけるかということにしか、興味がなくなっている。いつまでも未婚の徴《しるし》に髪を結んでお下げにしているイオエと話の合う者は、誰もいない。

――あたしを連れ出してくれる者はいない。ならば、あたしがあたしを外の世界へ出してやろう。

イオエがそう決心したのは、最後の未婚の友達が子持ちの四十男の後妻に納まった、祝の夜だった。もう、この村にイオエをひきとめるものはない。

一年で一番日が長い、日永《ひなが》の月が始まる頃だった。干草の月まであとひと月、麦の刈り入れ月までふた月あるこの時期は、村々の交易が盛んになる。おりしも村に来ていた馴染《なじ》みの行商人に頼み込み、イオエは手回りのものだけをまとめて一行に加わらせてもらったというわけだ。

その挙句の果てが、今また、山の中で行き暮れているわけだが。

このあたりは、もう深山の中といっていい。イオエが、外の世界への壁と憎みながらも、馴染んできた故郷の山々だ。ただ、東側から深山を見るのはほとんど初めてなので、勘がうまく働かないが。

――なにしろ、リョウの町では、深山は遠くから崇《あが》めるものだったから。

こうして、深山の中に入ることは、セイの人間なら、信仰のためにしかありえない。

故郷で見るよりも段ちがいに小さく、形を変えた深山は、たしかに神々《こうごう》しかった。特に、その向こうに沈む夕陽の残照に彩られた時は、息を吞むような荘厳な美しさに輝く。神の山と呼ばれるのにも納得ができたものだ。

――そう、深山という言葉も使ってはいけないのだったっけ。

「いいかい、セイの国に入ったら、深山なんて軽々しく口に出しちゃいけないよ」

最初にそう教えてくれたのは、もちろんタマナだった。そのときは何のことかわからず、聞き返してしまったものだが。

「あら、どうして?」

「あの国じゃ、あそこは神様がおわすところだからね」

「神?」イオエは笑い出してしまった。「だって、深山なんて、高くて岩と森が続くばかりで、ほかには何もないところよ」

「ひとさまの信心は馬鹿にしちゃいけない」

タマナは穏やかにたしなめる。

「セイの国では、西に見えるあの山々は神々しい姿のために、それ自体が神なのだよ。わたしだって、変わった信心だとは思うけれど、その信心のおかげであれほど平和で豊かな国ができたのだからね。そう、だから、あの国じゃ、山をむきだしで呼んだりしないのさ。古い歌の言葉に深山と出てくることはあるけど。どうしても必要な時は、あの峰一つ一つの名を呼ぶらしいよ。わたしも、よくは知らないけどね」

「そう」

あの時の会話を思い出し、イオエは苦笑して、頭を濡れた樹皮にもたせかける。

結局、自分はまた神の山にずかずかと入り込んでいる。やっぱり、根っからの山育ちなのだ。お上品なリョウの町とは相容《あいい》れない。

タマナは、今頃どうしているだろう。旅のどこかで、天幕の中でこの雨の音を聞いているのだろうか。

「なんでも、ああも熱心にあの山々を信仰するようになったのは、それほど古いことではないらしい。まだわたしの若いころかららしいけどね」

「ふうん」

――あのときあたしは、それでもじゅうぶん古いではないの、なんて生意気なことを考えたっけ。早くおさらばしたい深山よりも、行く手の、そう東のかなたにぼんやりと見えた、青い水平線のほうに、よっぽど心を奪われて。

がくりと体がくずれて、イオエはびくっとして目を開けた。つい、うとうとしていたらしい。

――いけない。こんなところで眠り込んでしまったら、かえって体を弱らせてしまう。

雨の音が弱くなっている。そろそろ出発したほうがよさそうだ。

だが、葉陰から顔をのぞかせたイオエは、妙な気配を感じて、体をこわばらせた。

――誰か、いる？

陽は落ちた。いで湯までの細い道には、人気もない。こんな山道が、安全だとは思えない。婚期を逃したとはいえ、こんなときは、やはり女として言い知れない恐怖にかられてしまう。

イオエは幹に背を貼り付けて、じっと夕闇に目を凝らした。声を出してはいけないと自分に言い聞かせながら、じりじりと尻を落とし、両手で泥をつかむ。襲ってくる奴が誰であろうと、おとなしく言うことを聞く気はない。

だがそのとき、イオエは意外なものを聞いた。場ちがいなほどのんきな、ぴいぴいという陽気な音。

口笛だ。それも、どこかで聞いたことがある。混乱した頭で、イオエは記憶を探った。

これは……。

「トマ！」

「よう、お久しぶり」

一気に緊張が解けたイオエは、ずるずると木の根元にしゃがみこんでしまった。

「いったい、どうしたのよ、こんなところで！」

「こっちが言いたいよ。こんな山の中で何をほっつき歩いているんだい？」

「あたしは……」言いかけて、イオエはトマを油断なく見つめた。「あんたに説明する筋合いはないわ」

トマはぶらぶらと近づいてくる。いつもの簡単な貫頭衣、素足に革の沓。暗い山中だというのに、町中をひやかして歩く、陽気で気さくな少年にしか見えなかった。

最初に会った時からそうだった。

トマがイオエたちの一行の前に現れたのは、シュザクとセイとの国境にさしかかったときだった。

旅慣れた一行も、やはり国境では緊張する。関所を通らなければならないからだ。

セイは穏やかな国だが、やはり厳しい改めがある。そんなことをタマナに話してもらっているとき、一人の少年が駆け寄ってきて、なれなれしく叫んだのだ。

「運がいいよ、今日はおれの隊長が関の番に当たってる。あの人は気がいいから、そんなに無理は言わないよ。さあ早く、今のうちに関を越えなよ」

「あの子は?」

イオエが小声で聞くと、タマナもささやきかえす。

「さっきから関のこっち側で旅人の世話を焼いているよ。きっと傭兵隊の使い走りにちがいない。一人前の兵と認められないような見習いでも、旅人相手なら危険もないし、心づけも稼げるしね。いつもそんな男の子がいるものだよ、傭兵隊には」

その、さっさとイオエの子馬の手綱を取った男の子がトマだったのだ。トマはそのまま、いかにも勝手知ったる者らしく、関の木造りの門をくぐりぬけてしまった。

「あんな子が心づけをもらえるような仕事が、ここにあるの?」

イオエがそう聞くと、タマナは首を振って意味ありげに笑ったものだ。

「関に詰めているセイの役人はのんびりしたもので、仕事なんかたいしてありはしないけれどね。

問題はその前に、傭兵隊の武器改めがあることさ」

「武器改め？　だって、他国の人間にまで、何一つ武器を持たずに入れというわけではないでしょう？」

タマナはくっくっと笑った。

「ところがね、表向きはそうなんだよ。セイの国には争いはない。だから、武器など不要、国境に置いてゆけとね。だけど、セイの国にだって泥棒も追いはぎも出る。馬鹿正直に武器を全部さしだしてしまっては、自分の身が危ない。だからそこのところは、改め役の傭兵隊長に鼻薬を嗅がせて、武器をこっそり持ち込むことをお目こぼししてもらうのさ。ああいう子も、そのおこぼれにあずかれるんだろうよ」

そこで表情を引き締める。

「そら、来た」

大勢の兵を間近で見るのが初めてだったイオエは目を見張って、くすんだ色の鎧《よろい》に――革製だろう――身を固めた一団を見つめた。だが、意外に兵たちは穏やかな顔だった。ここ、セイの国の南の関は交易が目的の人間が多いので、関の守りも穏やかなのだと、タマナが教えてくれた。

「北の関は、こうはいかないよ、何しろ、あちらで境を接しているのは争いが大好きなゲンの宗主国だからね」

イオエは顔をしかめた。北の宗主の恐ろしさは、遠く離れたシュザクの人間でさえ知っている。北に位置するゲンは暴虐なその宗主の下、小さな領主たちが城と領地を争いあう国で、領主たちは隙あらば互いの領地を狙いあっているのだと。

「そんなとばっちりが、いつセイの国まで及ぶかもしれないからね。北の関の守りは厳しいよ。それに比べれば、南の関はのんびりしたものさ」

タマナの言葉通り、イオエたちの一行もすんなりと通された。隊商の長が渡した銅貨の袋が、じゅうぶん重かったのだろう。

「よかったね」

イオエに笑顔を見せて、トマがまた駆け寄ってきた。

「あんたたちのおかげね」

笑顔を返すイオエの横から、タマナが口をはさんだ。

「そうだ、あんた、あんたのお仲間が一人姿が見えないそうだよ。傭兵隊の門番がそんなことを言っていた」

トマはあっさりと答え、またイオエの子馬の手綱を取った。

「ああ、そいつなら、へまな怪我をして、引っ込んで手当てしてもらってるよ」

「おれが町まで道案内してやるよ」

そのまま口笛を吹きながら、さっさと歩き出す。

「あと一日も行けば、いよいよセイの中心、リョウの町に着くからさ」

なれなれしい少年だ、と思ったが腹は立たなかった。こうして護衛までつけてくれるとは、隊商の長の鼻薬は、さぞ喜ばれたにちがいない。この少年は道にも慣れているようだし、リョウまで来てくれれば安心だろう。

イオエはまだほほ笑みながら、ふと首をかしげた。トマの身なりはいかにも傭兵見習いらしい質素なものだし、手頃そうな短槍と腰の小刀以外、武器も身につけていなかった。その顔はあどけなく、ひょいと肩を揺らす仕草も子どもっぽい。

そんな身なりの少年に会ったのは初めてのはずだ。

なのに、どこかで見たような気がしたのだ。


その憎めない少年が、今また、ここにいる。

「どうしていつも、思いがけない場所に現れるの?」

イオエは半分ほっとしながら、それでも警戒してトマを見つめる。

「そういうのがおれの仕事だからさ。思いがけない時に、思いがけないところへ現れるのが」

トマはにやりと笑うと、イオエに一歩近寄った。

「あんたがここにいる理由がわかってきたよ。いで湯の里に行こうというんだろう?」

イオエは黙っていることにした。

「そんなにこわい顔をするなよ」トマが閉口したように言う。「あんたに、悪いようにはしないよ。ちょっとばかり借りがあることだし」

「そうね」イオエは厳しい口調で言った。「あんたのおかげで、ずいぶん迷惑させられたから」

「あんた、何か急ぐことがあるのかい」

「ええ」イオエは用心深く言った。「トマ、北のことにくわしい?」

すっとトマの表情が消えた。

「だったら、どうする?」

「あんたはあたしに借りがある。それを返してもらえないかしら。北の国のことを話して」

「やっかいなおばさんだな」無遠慮な言葉にイオエが眉をつりあげるのもかまわず、トマはため息をついた。「これから、山はちょいと騒がしくなるんだぜ。早く下りたほうが身のためだって、教えてやりに来たのに」

「それなら、あんたがセイの国で何をしていたのか、教えてからにしてちょうだい」

トマは顔をしかめた。

「あんまり時間がないんだよな」

「じゃあ、歩きながら話をして」

トマはしばらく考えてからうなずいた。

「まあ、いいや。本当のところ、今日のうちは、大きな動きはないだろう。明日までに、あんたのことを片付けるよ」

トマはさっさと歩き出した。運よく、雨はやみかけている。

「明日の天気はどうだと思う?」

「晴れるよ」トマは簡単に言う。「晴れて、暑くなる」

「そう」イオエは考え込んだ。「明日は旅ができるというわけね。そのまえに、なんとかしなければ」

「フツお嬢さんのことかい?」

今度こそ、イオエは仰天して足を止めた。

「何だよ。早く行こうぜ」

「あんた、どうしてお嬢さんのことを知っているの?」

しまった、自分の手の内を話してしまったと思ったが、もう遅い。

「そのくらいのこと、すぐにわかるよ。おれはおれで、あんたのことは気にかけていたんだから、信心深いリョウの町で、あんたがどこの家に世話になったかくらいは、確かめていたさ」

トマはイオエの手を取った。

「安心しろよ。もう、あんたの何かを利用しようとは考えていないから」

「もう、あたしを利用してできることは終わったわけね」

「そういうこと」

どこまで信用できるのだろう。だが、とにかく今は大奥様のところへ行くのが先だ。たしかに、今のイオエを利用しようにも、利用価値はないだろう。イオエは決心した。今のところは、トマに助けてもらおう。

「あたしね、いで湯の里にできるだけ早く着かなければならないの。くやしいけど、一人より心丈夫だから、あそこまで一緒に来てちょうだい。リョウに入る時の、あの借りを返すつもりで」

「しつこいな。わかってるって」

イオエはトマの先に立って歩き始めた。


隊商の一行がトマと別れたのは、リョウの城門だった。

港町イタヤまではまだ半日ほどの距離があるが、セイでは、まずこのリョウが大きい。隊商の一行は、この町で商売を始める。

町は石造りの塀でおおわれ、いかめしい門は、今は開け放たれているが、鋲《びょう》を打った太い木でできている。それを閉めたら、この都市は強固な城塞となるだろう。

「トマ、このまま列に並んでいればいいの?」

国境から城門までの一日ほどの行程の間に、一行はすっかりトマを重宝がるようになっていた。

「うん。おとなしくしていれば、こわいことはないよ」

「ただ、今度こそ、武器をさしだすがね」

横からタマナが口をはさんだ。

「リョウの町は神様に捧げられている。そういう特別の場所だから、人殺しの道具はご法度《はっと》なのさ」

「では、みんなおとなしく武器をさしだすの?」

「そうさ。そこに、武器庫があるだろう? わたしらは、自分の武器はあそこに預けていって、また帰りに受け取る。もっともイオエ、あんたはこのままリョウに残りたいのだろうし、最初から関わりのないことだがね」

「ええ、それに、そもそも武器なんか、持ってはいないもの」

イオエは門の向こうを見つめて、はしゃいで言った。

「すばらしいことね。武器のない町とは」

「それもこれも、あの神の山のおかげなのだとさ」

「それはつまり……?」

「セイの人間は、リョウから見上げる山が一番美しいと思っているのさ。つまり、この町は神様が見下ろしている。だから、殺生《せっしょう》は禁止ということさ」

「神様が守ってくれるから、武器なんか要らないんだって考えてるんだそうだぜ、この町の奴らは」

トマが言った。軽い嘲りの調子があることに、イオエは耳を留めた。傭兵見習いには、理解しがたいことなのかもしれない。

「さあ、じゃあ、おれは一足先に門をくぐってあんたらの泊まりの場所を確かめてくるよ」

トマはそう言い、軽く手を振ると、ちょうど門の通り抜けを許された最初の荷車の引き棒をつかみ、門の中へ消えた。中でどんなやり取りがあったのか、イオエたちが役人の前に行ったときには、すでにその荷車は影も形もなくなっていた。

何度もこの門を通過して、すでに馴染みの顔であった隊商の面々は形ばかりの審査ですみ、最後にイオエも、父からセイの知人へあてた手紙が物を言って、ろくに荷物を調べられることもなく、無事に通ることを許された。

「ね、タマナ、もしも黙って武器を持ち込んだら、どうなるの？」

「そんな馬鹿なことをする者はいないさ。もし一度でも見つかったら、そのまま追い出されてこの町への出入りが一生禁止になっちまう。そんなことをしたら、わたしらの商売はあがったりだからね」

イオエは感心した。

「それって、町を守る、とてもいい方法じゃない？」

「町を守るつもりでやっていたならば、どこかでほころびが出るかもしれない。神様がいるからこそ成り立つ決まりだろうよ」

そうか。神を、そんなふうに一つの手段として使うなんて。イオエには思いもつかないことだった。

「だけど、ここで、トマを待っていなくていいのかしら」

「あの要領のよい小僧なら、そのうちどこかから現れてくるさ」

それもそうか。ここまでの道中にも、何度もそんなことがあったのを、イオエは思い出した。

ようやくここまでたどりついたと思うと疲れた足も軽く感じる。イオエはやさしく子馬の首をたたいて、旅の終着点を目指した。


そしてそれきり、トマは隊商の一行からは姿を消したのだ。奇妙な形で、またイオエの前に出てくるまで。

雨はやんだが、森の中には雨だれがしたたっている。イオエは厚い肩かけを掲げて雨だれをよけながら、苦労して道を拾った。あたりもよく見えないが、一本道だ。このまま進めば、いで湯の里に着くはず。

ふと気がつくと、トマの姿がない。

「トマ?」

あわてて、ひそめた声でささやく。

「そんなに泡を食った声を出すなよ」

いつのまにトマは前に回っていたのだろう。しかも、なんと手綱を引いている。トマの横にはおとなしそうな黒い馬が道端の草を食《は》んでいた。

「その馬、どこから連れてきたの？」

「神様にもらったのさ」

ぬけぬけと言うと、トマはイオエを馬の背に押し上げ、自分はそのうしろに身軽く飛び乗った。

「この方が速いだろう」

「人目につかない？」

「あんた、別に悪いことをしているわけじゃないだろう？」

「ちがうわよ、あんたのことを心配してやってるんじゃない」

「おれも大丈夫だって。いたいけな子どもを怪しむのは、悪い奴だけさ」

「何を言っているんだか」

トマといると、つい笑うことが多くなる。

「今夜のところは、危ない動きはないらしい。だから、あんたの件を片付けちまおう」

「それも、神様に教えてもらったの？」

背中から返事はない。馬の動きが早足に変わったのが、その答えだった。

無言のまま、二人はいで湯の宿に着いた。

イタヤの大商家の大奥様は、特別の部屋をあてがわれており、出迎えた宿の者はイオエとトマの身なりに眉をひそめたが、そんなことにかまっている暇はない。

泥だらけのままイオエがその部屋に駆け込むと、大奥様は腰を浮かせて出迎えた。

「イオエ！　フツは……」

いつもは気丈な大奥様のその悲痛な表情が、かえってイオエを落ち着かせた。

「では、大奥様のもとへも知らせが来たのですね？」

「イタヤにいる店の者からね。今度こそフツを迎え取る、と強硬な通告が領主様から届いたと言ってよこしたよ」急に背が縮んだように見える大奥様は、肩を落として言った。「今朝のことだ」

「今朝、わたしたちはここへ向かって出発しようとしていたんです」

フツを病気ということにして神の町リョウで静養させるという、「いかにもセイの女らしい」逃げ道を考え出したのは、この大奥様だった。そして、情勢が厳しくなると、また次の隠れ場所を考え出して時を稼ごうとした。不穏になってきた北の情勢に気を取られれば、領主もフツどころではなくなるのではないか、と。

「けれど、向こうの動きのほうがすばやかったのです。リョウの城門を出たところで、サガからの迎えだという兵士の一団に出くわしてしまい……」

雨になる前に急ごうとイオエが言いさえしなかったら、もっと護衛の人数も増やせたはずなのだ。そうしたら、むざむざとフツを渡すこともせずにすんだのに。

「わたし、これからお嬢さんのところに戻ります。そして何とか、北のゲンの国にたどりつく前にお嬢さんを逃がせないか、やってみます」

深山のことなら、セイの誰よりもイオエはくわしい。だからこそ、イオエはフツにぴたりと寄り添ってきたのだ。

「ただ、大奥様、気がかりなのは、間に合うかどうかなのですが……」

「お嬢さんは、まだ国境にかかっていないよ」

のんびりした声が部屋の隅から聞こえたのに驚いて、イオエと大奥様は振り返った。

「トマ！」

そこにいることも、イオエは一瞬忘れていたのだ。

「なぜ、そんなことがわかるの？」

「馬に聞いた」

とぼけた顔でそう答えたトマは、イオエのこわい顔を見て言い直す。

「国境のあたりには、いつも誰かしら仲間がいるからね」

憎らしいことに、トマはまたそこではぐらかす。だが、意外にも大奥様が真剣な顔で体を乗り出した。

「そなた、山のご一族か？」

「まあ、そう言ってもいいかな」

トマの人を食ったような無礼な答えも、大奥様は気にならないようだ。それから、イオエはさらにびっくりさせられた。気位の高い、ツガヤ家の誰もがその御前では縮み上がるし、イタヤの町長さえもが一目置くという大奥様が、汚い少年に、頭を下げたのだ。

「お願いする。フツを、山にとどめてくだされ」

イオエはそんな二人を見比べるしかない。

「やってみるよ」

トマは気安く請け合った。

「あんたの家には、ちょっとばかり世話になったこともあるよな。それにあのお嬢さん、なかなか面白い人のようだ」

トマはイオエを手招きする。

「行こう。今日のうちに山奥に入るぞ」

「暇があるなら、ここで休んでいただきたいが……」

大奥様が心配そうに、そう言う。

「それより、食い物がほしいな。あと、馬を一頭。二人乗りだと、速度が鈍る」

それからトマは、イオエを見やって聞く。

「だけど、イオエ、あんた山道で馬を操れるか？」

「失礼ね。誰に向かって聞いているつもり？」イオエは威厳を取り繕って言った。「あたしは、山育ちなのよ」

「わかった」そこでトマは少し考え込み、二人の顔を見比べた。「あんたたちも知っていたほうがいいだろうな。フツお嬢さんを息子の嫁にほしがっているはずのサガの領主は、今、宗主にとっつかまっているぜ」

「なんと」大奥様が驚きの声を上げた。「ならばなぜ、今このときにフツをほしがる？」

それから、大奥様は自分で答えを見つけたようだ。

「……そうか。そんな火急の時だからこそ、フツは価値があるのか」

「そうだろうね。あんたたちの話を聞いて考えたんだが、あの城では城主が捕らわれたなんて、絶対によそに洩らすわけにはいかないのさ。山犬よりたちの悪い周辺の城主が、大喜びで城攻めにとりかかっちまう。だったら何事も起きていないことを見せつけるのに、御曹司とセイの金持ち女の結婚はとてもいい手立てだろうね。おまけに、あんたたちの家から軍資金を巻き上げる、いい金づるにもなる」

「なんて失礼な言い方をするの」

イオエはあわてて口をはさんだが、大奥様は冷静だった。

「いや、その通りだろうて。なるほど、領主様の兵が事を急ぐはずだ。イオエ、自分を責めることはないよ。たとえ店の者に何人警護させていようと、無益な血が流れるだけで、結局フツは連れて行かれてしまったじゃろう」

「まだ間に合うって」トマが陽気に言った。「おれたちは別にサガの領主に義理はないし、ツガヤの家に恩を売れる機会は、逃すわけにはいかないからさ。ちゃんとフツお嬢さんを助け出してみせるよ」

「お願いいする」

大奥様はまた頭を下げる。イオエはさっさと部屋を出るトマに追いつくと、その背中に聞いてみた。

「ねえ、トマ」

「ん？」

「『おれたち』って、誰のこと？」

トマは振り向きもせず、足を速めた。

「急ごう。今夜のうちに、山の奥まで入るぞ」

片方の足を引きずっているせいで、老婆の歩みは速くなかった。だが、的確に道を拾う。少年は従うよりなかった。なにしろ、少年が背を向けて逃げてしまえば、老婆は密告すると言うのだから。追っ手に捕まっておめおめと城に連れ戻されるくらいなら、ここは老婆の言う、「悪くない話」に乗るしかない。それに、老婆の進む道が、少年の目的とはさほどずれていないことも、少年を安心させた。いざとなれば、老婆を振り切って逃げてしまうこともできるのだ。

雨は明け方にはやんでおり、夜にはあれほど不気味に見えた山も、今は明るい光に満ちていた。そのことも、少年の心を軽くしている。

＊

「さあ、ここだ」

一時間ほど歩いて、老婆が立ち止まったのは、がっしりとした小屋掛けの前だった。

「入るがよい」

少年はすなおに、板を組み合わせた扉をくぐり、中に足を踏み入れたが、そのとたん、驚いて立ち尽くした。

山の中でこんなものを見るとは、予想もしていなかった。

壁からは何枚もの綴《つづ》れ織《おり》が下がり、部屋の中央には石の炉が切ってある。山奥といっても、これなら冬の寒さも乗り切れるにちがいない。豪勢なものだ。そして、炉の向こうには毛皮を敷き詰めた上に、ゆったりと一人の男がすわっていた。黒い衣には飾りもないが、すっきりと美しい。

考えるより早く、少年はその場で膝を折り、家の主に礼を尽くす形を取った。

「なるほど」男は笑う。「こういう鹿を連れて帰ってきたのか、ババ」

老婆同様、無礼であると怒ってもよいような口ぶりだ。だが、少年が怒るよりも気を呑まれてしまったのは、こちらをまっすぐに見据えている男の顔が言いようもなく高貴で、美しかったからだ。すきとおるほど青白い肌と、黒目がちの切れ上がった目。すっきりと伸びた鼻梁の下に、上品な紅の色をした口元。炉の脇に端座した背は、楊《やなぎ》の枝のように凜と伸びている。

「おすわりなされ」

促されるまま、少年は男の正面に同じく端座した。

「気に入った」

男がつぶやいて、それから背筋をさらに正し、表情を改めた。

「我が家によくこそおいでくださった、お客人。ご自分の家と思ってくつろがれよ。わたしの名はテルヒという」

ここへ来るまでの間に、少年は決心を固めていた。人に洩らしても危険がない、ぎりぎりのところまでは自分のことを明かそうと。

「わたしは、カシイと言う。宿を与えてくださったことを感謝する」

すると、テルヒはほほ笑んで言った。

「もっとくつろがれたらどうだ、サガの領主の御曹司」

＊

トマの言うとおり、朝にはすっきりと晴れ上がっていた。トマと夜道を駆け、指示通りに馬を操り、トマに言われる場所で短い休息を取った時は、あたりはかすかに白んでいた。

くたくたになっていたイオエは馬から滑り落ちるなり眠り込んでしまい、顔に照りつける陽射しに目を覚まされて、跳ねるように飛び起きた始末だった。

「おはよう。と言っても、もう陽は高いけどな」

トマは元気な様子で、焚き火でパンをあぶっている。

「トマ！　こんなにのんびりしていて、いいの？」

「だいじょうぶ。まだ当分は動きがなさそうだ」

トマはパンをさしだした。

「それに、おれたちのほうが国境近くまで距離を稼いでいる」

「あの兵士たちは急いでいたのに……」

「まあ、こっちにとっては好都合さ。あんたが飛び込んできた時は面倒だと思ったけど、こうなるとかえってうまく運ぶかもしれない」

先に食べ終えていたらしいトマは、早くも荷の点検をしている。パンをかじりながら、イオエはトマの手に握られたものを見てほほ笑んだ。見覚えのある短槍。

トマも、イオエの視線に気づいて苦笑いする。

「まさか、あそこであんたに見破られるとは思わなかったんだぜ」

「それも、フツお嬢さんのおかげだったのよ」

イオエはまだほほ笑みながら、思い出していた。


旅の終わりは、隊商の馴染みの宿だった。イオエは宿屋の床に手足を投げ出して、大きく息をついていたが、やがて起き上がった。隊商と過ごした日々も楽しかったけれど、旅はこれで終わる。これから、イオエの本当の勝負が始まる。

イオエの目論見としては、父の知り合いであるこのリョウの商家で働かせてもらい、やがてはどうにか独り立ちするつもりだった。リョウの商人たちの結束は固く、他国者はなかなか成功できないという。それでも、イオエが切り拓く余地は、きっとある。人と物の集まるところなら。

やっぱりイオエは、父があきれるとおりのお調子者で、楽天家なのかもしれない。

そろそろ日暮れだ。イオエはさっき城門でも見せた、父からの手紙を取り出した。この場所はどのあたりなのだろう。訪問をするなら、昼の仕事が終わった今ごろがよいだろう。それなら礼儀にはずれたことにならないはずだ。

イオエは荷物の中から、用意しておいたとっておきの衣装を出した。だが、この国のすっきりした調度や壁飾りの前で見ると、なんだかずいぶん田舎くさい。ここも、たいして贅沢な宿ではないのに、壁の色合いや模様のさりげない上品さが決定的にちがうのだ。

——こんなことでひるんでいて、どうするの。

イオエは手早く着替え終えると、櫛を取り出そうとした。髪も直しておかなくては。

荷物の中をかきまわしていたイオエは、突然小さな叫びを上げて、右手を引っ込めた。まとわりつく一番上等の肩かけをふるい落としたその手を、呆然と眺める。指の先から血の玉がふきだし、掌へと転がり落ちていった。

イオエはあっけにとられていたが、やがて我に返ると、おそるおそる、荷物を左の手で探った。出てきたものは、さらにイオエを困惑させた。イオエは指の血を吸いながら、まじまじと見つめた。

肩かけの中から転がり出てきたのは、イオエの手の長さほどの、黒い鉄の棒だった。いや、ただの棒ではない。先端が二股に分かれ、そのどちらもが磨きたてられ、鋭くとがっている。イオエはその先端で指を突き刺したのだ。

どうして、こんなものが荷物の中に？

もちろんそれはイオエが荷物に入れた覚えのない、いや、それどころか今まで見たこともないものだった。

いったい、これは何に使うのだろう？

——武器。

自然に、その答えが浮かんできて、イオエはその黒い棒を手から取り落とした。まさか。だが、どう考えてもそれは人を突き刺す道具に見える。形そのものが危険で、ほかの使い道がイオエには思い当たらない。

それから、別のことを思い出し、イオエはぎょっとしてあたりを見回した。

ここは、武器を持つことを許されない神の町だ。その掟《おきて》に反した者は追放されるというではないか。

——冗談じゃないわ。せっかく、ここまでたどりついたばかりなのに。

いいや、でもわからない。全然別の用途があるかもしれないではないか。誰かに相談したいが、どうしよう。

まっさきにタマナの顔が浮かんだが、すぐに打ち消した。もしもこれがイオエの恐れるとおりのものだとすれば、イオエは役人に突き出されるかもしれない。いや、タマナはイオエをかばってくれるかもしれないが、それでは、今度はタマナに迷惑がかかる。

イオエはしばらく思案した挙句、その鉄の棒をさっきの肩かけにくるみ直すと、上着の下に隠して外に出た。

「おや、例の知り人のところに出かけるのかい」

門の前でタマナに声をかけられたので、笑ってうなずいたが、そんなつもりはなかった。肩かけの中の厄介ものをどうにかするまでは、誰も訪問するわけにはいかない。

誰が、も、なぜ、も気にかかる。だが何よりも急がなくてはいけないのは、不利になりそうなものを厄介払いすることだ。

こんなもの、詮索するよりも知らなかったことにすればいい。誰にもわからないように捨ててしまえばいいだけのことだ。

だが、思うようにはいかなかった。シュザクの、イオエの村であれば人のいない山も森もいくらでもあるのだが、この町はどこまで行っても街路に人があふれている。隊商の宿は市場のすぐ横、雑踏のただなかにあるのだ。道行く人はものやわらかで早口のセイの訛りを話し、それだけで、垢抜けて賢く、すべて見透かしそうに思えてしまう。イオエはそんな人たちを見て、すっかり気後れしてしまった。

それでも、うろうろと歩き回った挙句、イオエはようやくゴミ捨て場を見つけた。腐った魚や野菜が夏の陽に照りつけられていやな臭いを放っている。ただありがたいことに、その異臭のおかげで、人影がなかった。

――よし。

イオエは心の中で手順を繰り返した。

この厄介な代物を、肩かけごと落とす。そして、二、三歩歩いてから、振り返る。あ、落としちゃった。そして拾い上げると見せて、中の棒を振り落とし、どこかへ――その大きな腐りかけのカブの陰にでも――蹴りこむ。

だが、いざとなると、大事な肩かけを落としてもかまわないようなきれいな地面がない。場所が場所だから、そうしたところはなかなか見つからない。

――もういい。このへんで。

「あの、何かお困りですか」

心を決めて立ち止まった直後、柔らかい声が背後から聞こえ、ぎょっとして勢いよく振り向いたイオエは、その誰かにまともにぶつかってしまった。

「まあ、わたくしったら、すみません」

セイ訛りの礼儀正しい声が詫びを言っているが、イオエはそれどころではなかった。ぶつかった瞬間、本当に肩かけを落としてしまったのだ。そしてその肩かけに今、セイの国独特の複雑な髷《まげ》を結った娘が手をかけている。

「それは……」

娘が優雅に体をかがめ、拾い上げようとする肩かけを、イオエはひったくるように取った。この娘に怪我をさせてはいけない。だが、イオエは急いだあまり動作が乱暴になっていた。拾ったはずみに丸めていた肩かけはほどけ、間抜けな音を立てて、あの厄介な棒が石畳に落ちる。

「ああ……」

イオエは本当に泣きたくなった。へまな自分。厄介ごとにはまりこんで。

そっと娘を見やると、あわてた様子もなく、その棒を見下ろしている。それから、落ち着いてそれを拾い上げた。

「だめよ、怪我をするわ」

イオエのほうがあわてて手を出そうとするが、娘はにっこりと笑った。

「だいじょうぶよ、クナイ櫛の扱い方は習っていますから」

「え?」

イオエがまじまじと見守る前で、娘は本当に慣れた様子で二股の部分に人差し指を入れ、残りの指で先端をすっぽりと覆うように握った。

「ね、こうすれば、危なくないの」

「はあ……」

「もともとは、都の宮廷に仕える女官たちが護身用に持っていたものだそうです。髪に挿《さ》せば、櫛になりますから。そうして、いざというときはこれを使って、お仕えする高貴な方を守ったのだそうです」

イオエは気が抜けたように娘を見つめていた。そんなイオエを、娘も興味深そうに見ている。

「いったいどこで、これを手に入れましたの？」

「それよりも、教えてくださいな。これを持っていても、咎められることはないのですか？」

娘のうしろにはまだ十歳ばかりの少女が一人付き従っているだけだが、二人ともこの物騒な黒い櫛を見ても、動揺していない。

「そうね、たとえばあなたが、髪に挿しているならば。いくらリョウが武器を許さぬ町といっても、暮らしに必要な道具まで禁じられているわけではありませんもの。まさか、リョウにいる人間は、小刀を使わずに青菜も魚も丸ごと食えというわけにはいかないでしょう？」

娘ははきはきと答える。「よろしければ、事情を話してみませんか？　わたくしもリョウで生まれ育ったわけではありませんが、この町のことはよく知っています。口も堅いつもりです。今はこの町に隠れ住んでいて、そぞろ歩くにも夕暮れを待つほどの身ですから、うるさい役人などの目を引きたくないですし」

「いいのかしら……」

「いいえ、わたくしのほうからお願いしたいのです。実はわたくしにも、あなたみたいな方からお話を聞きたい事情があるのです」

「わたしみたいな……？」

「つまり、セイの外から来た方に」

娘はずばりと言うと、イオエが見とれるような笑顔になった。

「ね、お願い」

イオエはその場で決心した。思い切りの良さは、イオエの性格だ。父なら気が早いと嘆くところだが。

――この人にあらいざらい、ぶちまけてしまおう。

イオエの話を、娘は興味深そうに聞いていた。

「たしかに、このクナイ櫛は武器とも呼べるでしょうね。これをあなたの荷物に忍ばせた人間は、何を考えていたのでしょう」

「まったくわからないわ。わたしは高価なものを持っているわけではないし、荷物のことなど放りっぱなしだったから、こんな櫛一つ潜り込ませることは、誰にでもできたと思う。でも、これがわたしを陥れるためとも思えない」

イオエ以外の人間が、肩かけの中のクナイに気づく可能性は低い。ということは、入れた人間もイオエに直接の害があるとは思っていなかったのではないか。イオエが動転して、クナイを持ち出すことまでは想像できなかったろう。あのまま宿の荷物の奥に押し込んでおけば、誰にも気づかれずにすんだのだ。

そんなことを、イオエは思いつくままに娘に話していった。娘が的確な相槌だけで、自由に話させてくれるのが、ありがたかった。

そうやって考えをまとめるうちに、疑問もはっきりしてくる。

「ね、このクナイを髪に挿すことは、セイの人間ならみんな知っているの？」

「みんなというわけではありませんね。都からの渡来物ですから、セイでもありふれた品ではありません。それからね、もう一つ。あまり重いものですと、髪から抜けやすいでしょう？　実のところ、これはどちらかというと、髪飾りよりほかの目的で作られたものですね」

クナイ櫛を眺めていた娘が、ふと眉をひそめた。

「この、柄《え》のところ。ずいぶん磨《す》り減っていますね。まるでみがきこんだように」

柄の部分。ずいぶん丹念にこすったようなあとがある。

それを見つめていたイオエの頭に、一つの考えがひらめいた。

「……わたし、わかったかもしれない」

イオエはそう言って立ち上がった。「おかげで本当に助かったわ。どうもありがとう」

「お帰りになるの？」娘が目を見張って言う。「あなたに、危険はないのかしら」

少し考えてから、イオエはきっぱりと答えた。

「ないと思うわ」

「お急ぎですか？」

娘は名残惜しそうだ。

「そんなことはないけれど」

タマナはイオエの用事がしばらくかかると思っているだろう。そして、クナイ櫛を隠した人間が取り戻しに来るとしたら、もっと暗くなってからのはずだ。

「ね、わたくしの家に来てくださいな」娘が言う。「よければお力になるわ」

「でも……」

「遠慮なさらないで。わたくしのためにお願いしたいの」

「どういうことです？」

「さっきも言ったでしょう。わたくし、あなたのような方を探していたのです」

「わたしのような、とは？」

「セイの国とつながりが薄くて、わたくしの家との関係もなくて、そして勇気のある方」

娘は真剣な面持ちで言った。

「そういう方に、わたくしの味方になっていただきたいの。あのね、わたくしいつまでこの町にいられるか、わからないの。いざというとき、力になってくれる方が必要なのよ」

「どういうことか、よくわからないけれど……」

「ここではお話しできないわ。お願いします」

たしかに、この娘がいなかったらイオエは困った羽目に陥っていたかもしれないのだ。礼のつもりで、しばらく付き合えばいい。娘と少女という罪のなさそうな二人連れだから、イオエをだまして悪事をたくらむということもないだろう。

「わかったわ」それから、大事なことを忘れていたのに気がつく。「お互いに、名乗りもしていなかったのね。わたし、イオエというの。南のシュザクの国から来たばかりよ」

娘はクナイを手際よく髷に挿すと、にっこりして答えた。

「わたくし、フツと言います」

「なるほどね、そうやってツガヤの家と知り合いになったわけか。あんたみたいなまったくのよそ者に目をつけるとは、さすがツガヤ家だ」

トマはそこで言葉を切ると、短槍を置いて立ち上がった。

「すぐ戻る」

ゆうべも、こうやってトマは何度も姿を消した。誰かが、トマに知らせを持ってくるらしい。イオエはトマの相手を見定めようとそのたびに目を凝らしたが、いまいましいことに、トマの隠れ方はとても巧妙なのだ。

だが、今なら、あたりは明るい。イオエは手近の木に登ってみた。斜面の上のほうで何か音がする。あれは人の話し声ではないか？

「なかなかいい眺めだぜ」

ぎょっとして下を見ると、トマがにやにやしながら見上げている。

「いやだ、そこをどいてよ！」

「自分から登ったくせに」

それでも、トマは木から滑り降りるイオエに手を貸してくれた。

「そろそろ出発しよう」

「お嬢さんの居場所はわかったの？」

「大体ね。なんだか知らないが、お嬢さんを連れたまま、サガの兵が川を探してうろうろしているらしい。おかげで先手を取ることができそうだ」

「ねえ、トマ」イオエは残り火を生木でたたき消しながら言った。「あたし今、ちらっと人影を見たわ」

それからトマを見つめて、付け加えてみる。

「ずいぶん小さな影だったけれど」

「ふうん」

トマは興味なさそうに、馬の手綱をほどいていた。


フツの家は、イオエが仰天するほど贅沢なたたずまいだった。大きくはないが、細部への金のかけ方は、イオエの宿とは比べものにならない。

「お帰りなさいませ、お嬢様」

三人もの使用人に出迎えられ、イオエはまた仰天した。おまけにそのうしろからは、小柄で目つきの鋭い老婦人まで、しずしずと現れる。

「フツ、そのお方は?」

「友達ですの」フツはまったく物怖《ものお》じせずに答える。「ただいま戻りました、おばあさま」

「そのお方、ゲンの人間ではないね?」

「はい、もちろん。セイの人でもありませんが」

「そのくらい、一目見ればわかる」

老婦人はイオエから目をそらさない。イオエはその目にからめとられたように、動けなくなってしまった。自分の肩くらいまでしかない老婦人の目が、イオエの粗末な下着まで見透かしているような気がする。しばらくすると、老婦人はようやく、背を向けた。

「よかろう。心を尽くして、おもてなしするように」

「あなたは、ここの……?」

すっかり毒気を抜かれたイオエは、前を行くフツに小声でたずねる。

「一人娘」贅沢な居間にイオエを案内しながら、フツはにこりともせずに説明した。「ここはわがツガヤの家の別邸で、本来の家はイタヤの港町にあります。ツガヤの家は代々貿易で栄えてきましたから。わたくしはここで、病気の静養をしていることになっています」

「まあ、ご病気？　それでは……」

イオエがあわてると、フツはおかしそうにさえぎった。

「いいえ、わたくしはとても元気です。ただ、病気ということにしておかなければいけない理由があるの」

フツは笑いを消してすわりなおした。「わたくし、婚礼を控えていますの」

「まあ、おめでたいこと」

「いいえ、ちっともめでたいことではありませんわ。自分で望んだ縁組ではありません。相手は、北のゲンの国の、小さな領主、サガさまの御曹司。わたくしよりもずいぶん年下ですって。でも、このツガヤ家がたいそう取引を——おもに食料や武器を作る材料ですけど——させてもらっているので、お断りしたくてもできないの」

フツはそこで小さくため息をついて、続ける。

「ツガヤの当主はわたくしの兄ですが、いささか、いえ、かなり気が弱いの。だから断りきれないのよ。たしかに、商家の娘が領主夫人になれば、世間的には出世ですものね。けれど、わたくしがサガ家に嫁いでしまえば、ツガヤの家は絶対に取引を断てなくなる。わたくしはつまり、人質にされるのだということは、重々わかっているの。だからわたくしは病にかかり、港町の家も出て、穏やかなリョウで静養中というわけ。さいわい、ここは武器が禁止の町ですから、領主さまも手荒なことはできません」

「そんな大変なときに、どうしてわたしなどに関わるの？　それどころではないでしょう」

イオエはこの家の富に完全に圧倒されていた。これに比べれば、シュザクのイオエの生家だってみすぼらしい小屋も同然だ。こんな恵まれた境遇の娘が、なぜ、旅人の自分などに興味を持つのだろう？

だが、フツの返事は明快だった。

「わたくし、とても退屈しているの。わたくしはここにおとなしくしているしかない。こんなの、大嫌い。それなのに、自分で何とかしようにも、道を切り拓くすべがない。だから、わたくしでも何かできることがあるというのは、とても嬉しいの」

まったく境遇はちがうはずなのに、フツの言葉がイオエにも実感を伴って響いた。

「その気持ちは、わかるような気がするわ」

「それにね、イオエが悪い人だとはどうしても思えなかったのよ。だって、あなた本当にクナイの使い方も知らなかったし、わたくしが怪我しないかと心配してくれたでしょう」

フツはいたずらそうな目になってさらに続ける。

「わたくしは計算高いセイの女なの。この家には人目を引くような人を連れて来られない。それに、イタヤの家には、サガさまに手なずけられている使用人もいるから、誰でも信用できるわけではない。ならば、いっそのこと、セイに不慣れで、他国のことにくわしい人にいてほしいの。イオエのようにね。わたくし、あなたを利用させてもらうつもりなのよ」

イオエは笑い返した。

「ええ、わたしもあなたが気に入ったわ」

フツは声を立てて笑った。

「心からお願いします、この家に勤めてくださいな。それに、あなたはあの気難しいおばあさまのおめがねにだって、かなったのよ」

「わかったわ」イオエも心から答えた。「でも、とにかく、このクナイ櫛を押しつけた者と始末をつけてくるから、待っていてね」

フツは眉をひそめて問いかけた。

「危険ではない？」

「ええ、たぶん」イオエはクナイの磨り減った柄をなでながら答えた。「けりがついたら、すぐにお嬢さんのところへ戻るわ」

イオエは宿屋で、小さいが一人きりの部屋をあてがわれていた。

その夜、イオエは眠らずに、寝床の中で息をひそめていた。真夜中。部屋の戸がそっと——床に就く前に、イオエは蠟《ろう》を戸に塗っておいたのだ——開いた。忍び込んできた人影は、まっすぐイオエの荷物に向かう。その影が手を伸ばして荷を開いたところで、イオエは静かに声をかけた。

「クナイ櫛は、そこにはないわ」

影は動かなくなった。イオエは相手を刺激しないように用心しながら、片手でずっと押さえていた窓掛けを引き開けた。

その少年が、今、目の前で口笛を吹いて、馬の手入れをしている。

＊

カシイは呆然として、言葉が出なかった。こんなさまを見せたら余計にあやしまれる、否定しなければと思いながらも、その言葉が見つからない。

カシイの混乱するさまを面白そうに眺めていたババが、独り言のようにつぶやいた。

「堂々と正客の座についた、慣れた仕草。山の村の餓鬼であれば、何度か勧められるまではおどおどと戸口あたりで足を踏み替えておるわ。何より、その口ぶり、礼儀に則《のっと》った客の作法。もっともこの家での振る舞いを見るまでもなく、そなたの身分くらい、最初に見つけた時から知れておったがな。今でこそ汚れて傷だらけだが、その白く柔らかい、生きるために働いたこともなさそうな手を一目見た時からな」

カシイはもう反論する気も起こらず、じっとすわりこんでいた。

「おぬしが北の国からやってきたことは、見当がつく」テルヒがほほ笑んで言う。「わたしたちは、この森の中ならば、知らぬことはない。おととい から、おぬしの気配には気づいていた。そして、北の領主が一人、宗主の宮殿に捕らわれたままになっていることは、すでに噂が流れ始めている」

こんなところにまで、知れ渡っているのか。

「おぬしは、あのサガの息子だな」

もう黙っていても仕方がない。カシイはうなずいて言った。

「わたしが城を出たことも、噂になっているのか？」

「いや、それはない」

老婆がまた口をはさんだ。

「そんなことは、おぬしの城のみなが、口を閉ざして守るじゃろうよ。領主の御曹司には、どうしても城にいてもらわなければならぬ時じゃ」

この二人は、いったいどういう素性なのだろう。とても、こんな山奥の小屋に住み暮らすような人間には見えない。

「どうしてわかったのかはともかく、そのとおりです。そして、家臣には城を守ってもらわねばなりません。さもないと……」声が震えてきたのでいったん言葉を切り、大きく息を吸い込んでから、また続ける。「いつ攻められても、不思議ではないのですから」

二人が大きくうなずく。

「警戒すべきは宗主だけではない。北の国の、それも深山近くに巣くう領主どもの欲深さといったら、知らぬ者はないからな」

カシイはまだ警戒を解かぬまま、この家の住人二人の顔を交互に見比べた。

「お二人には、わたしがなぜ、こんな連山の中までやってきたかも、わかっているのか？」

テルヒが首を振った。

「だが、推し量ることはできる。おぬしの父親は、宗主に捕らわれている。宗主がおぬしの城を狙っていることも、覚悟せねばならぬ。そんなとき、おぬしの取る道の一つは、どこかに援軍を頼むこと。だが、今も言ったように、ほかの領主も虎視眈々とおぬしの城を狙っているだろう。一緒に力を合わせておぬしの城を守ってくれるような慈悲深い領主がいるとは、聞いたことがない。大体、そういった役目に御曹司を出すはずがない。歴戦の勇士が、お互いの利が一致するから同盟を結ぶようにと説得に回るほうが、よほど成功する見込みがある。御曹司というのは、いまや城の魂だ。迂闊に、外に出すべきではない」

テルヒのことが急におそろしく思えてきた。

「となると、おぬしは、こっそりと城を抜け出したことになる」

カシイは身を縮めた。

「父を助けようとしているのか？　だがおぬしは北にある宗主の宮殿ではなく、南へ向かっている。南にある何かが、父の命を助けるということか？　ならば、人の手で造ったものではないな。そんな見事な工芸品、宗主の心を動かすものがこの深山で見つかるとは、聞いたことがないからな」

テルヒの目が、カシイの腹の底まで見通さんばかりに鋭くなる。そこへ、ババがつぶやくように割って入った。

「……宗主は、珍奇な南の生き物がお好きじゃとか聞いたな」

「火の鳥です」カシイはうなだれて言った。「宗主の庭にも、まだ火の鳥はいないとか。だからもし、北まで火の鳥を連れて行けば……」

「なるほど。サガどのは、親孝行な息子を持ったものだ」

家臣を巻き込むわけにはいかなかった。どこからか攻められた場合に備えて、兵は一人たりとも無駄にはできない。そして、カシイの側仕《そばづか》えの小姓《こしょう》たちも連れてくるわけにはいかなかった。このカシイのくわだてが明るみに出たら、彼らは真っ先に責められる。成功するか否かにかかわらず、御曹司の無謀な行動を許したことだけで罰を受けるのだ。

自分のせいで、自分に仕えている者に累を及ぼす。

カシイの心の奥を、鋭い痛みが走った。もう、あんな思いはしたくない。

「だが、それは賢いやり方かな」

テルヒとババが、二人して微笑している。

「うまくゆく見込みは、ほとんどないと思えるが」

「でも、わたしにできることは、これしかない！」

カシイは、かっとして叫んだ。

この二人に、何がわかるだろう。

城は今、危急のときにある。

一ヶ月前、宗主から領主である父へ、突然の呼び出しがかかったとき、父は、半ばこの事態を覚悟していたのだろう。

「わたしがいない間、城を守ることだけに専念せよ」

出立の前夜、重臣たちを前に、父はそう告げた。

「領主が不在とわかれば、そして少しでも隙を見せれば、西側の領主が攻撃してくるかもしれない」

そのとき、すでに干草の刈り入れは終わっていた。あとは間近に控えた麦の収穫さえ終われば、秋が深まってからの果樹の収穫と屠殺の時期が来るまで、家臣たちは手が空く。

つまり、また領土争いの季節が来ているということだ。何百年もそうしてきたように。そして今、この北の城にとって、一番の脅威は、戦《いくさ》好きな西側の領主なのだ。

一方、東には温和なセイの国がある。奇妙な信仰を持っているのが困りものだが、武力で他を制圧しようとしない、味方にして損になることはない国だ。だからこそ、カシイはその東の富裕な商人の娘と婚約している。見たこともない娘だが、そんなことは問題にもならなかった。その婚儀が終わるまで、カシイは城にいなければならない。婚儀がうまくゆくかどうかで、城の財力に大きな差が出てしまう。

「隙を見せるな。そして、守ることだけに力を注ぐのだ」

それから父は、武器の配置、糧食の備蓄、領民を城へ避難させること、そのほかの細かい指示に移った。その間、カシイはずっと、父の横ですべてを聞いていた。ほかにすることがない。カシイの重要な役割は城の中心部に無事でいること、それがすべてだった。

父は、お気に入りの護衛を一人だけ連れて、城を発った。しかるべき威儀を正すに足るだけの供を連れて行こうとはしなかった。城の防衛には、できるだけたくさんの手が必要だ。それに、宗主に捕らわれる者は、少ない方がよいに決まっている。

その護衛――ハツルが、傷だらけになりながら、サガの城に帰り着いたのが、四日前のことだったのだ。

「領主さまは捕らわれています」

ハツルは傷の手当てを受けるよりも先に、一刻も早くと、カシイへの目通りを望んだのだった。

「何が宗主さまの機嫌を損ねてしまったのか……わたしは謁見《えつけん》の場に入ることを許されるような身分ではないので、はっきりとは知りませんが、どうやら、宗主さまの求めをお断りになったせいだと……」

——たぶん、ぼくを人質にさしだせということなのだ。

カシイは、蒼白になりながらハツルの言葉を聞いていた。宗主は、ある年齢に達した城主の子弟を、自分の下にとどめることを望んでいる。城主たちが、はむかわないように。父が拒むことも予測していただろう。カシイの今一番の役割は、東の裕福な商人の娘と結婚することだ。それが終わるまでは城を離れるわけにはいかない。だが、宗主は配下の領主が富むことは避けたい。だからこそ、今この時期になってカシイをさしだせと命じたのだろう。カシイの婚儀のことくらい、宗主の耳に入っていないほうが不思議だ。

そして今、宗主は父を捕らえた。この城を攻め落とそうとしているのかもしれない。勇猛な城主がいなければ、ひと思いに倒せるとほくそえんで。

そんなことを考え、顔色を失ったカシイの前で、ハツルは歯嚙みしていた。

「ああ、わたしがこんな手傷さえ負っていなければ、南へ向かうのに……」

「南へ？　何のために？」

「宗主さまは南の生き物がお好きで、夢の国のような見事な庭園をお持ちなのです」

それからハツルはこまごまと、その極彩色の庭のことをカシイに語ったのだ。

「その夢の庭にもまだいない、火の鳥をお求めになっているそうです。だから、その鳥を捕まえることさえできれば、それに免じて領主さまを放免してくださるかもしれないと思うのですが……」

ハツルはあざだらけの顔を上げて、けなげに言った。

「二日もすれば、いや、明日になれば、この体もまた動くようになりましょう。そうしたら、わたくしに南への旅をお許しください」

「だめだ」カシイはすぐに答えた。「城を出てはならぬ」

「しかし……」

「今は、この城を守る兵を、減らすことはできない」

それから、衝動に駆られて、カシイは口走った。

「それに、わたしのために命を落とすのは、そなたの弟だけでじゅうぶんだ」

言ってしまってから、カシイは口をつぐんでうなだれた。「……この話はせぬようにと、わたしがそなたに命じていたのだったな」

「もったいないことです。御曹司に、これほど悼《いた》んでいただけるとは」

つとめて感情を抑えているのだろう、ハツルは顔を伏せ、乾いた声で答えた。カシイも感情を交えずに、短く命令した。

「今のことは、誰にも言ってはならぬ。ハツルは、とにかく傷を治せ」

小姓も遠ざけた寝室で、カシイは一晩、考えた。自分の命と父の命を秤《はかり》にかけたならば、父のほうが重い。統治者の命は、指揮下の者が命を賭けて守るべきもの。カシイは幼い頃からそう教えられていた。そして、無駄に兵を損なってはならないとも。

ならば、今この城の中で動けるのはカシイしかいない。

夜明けには決心がついていた。宗主の宮殿へ行こう。そして同時に、カシイは月読の僧が語ってくれた鳥の渡りの話も思い出していた。火の鳥を持って行きさえすれば、父を放免してくれるかもしれない。それにもしも、宗主が放免を渋っても、カシイには交渉の手札が残されている。火の鳥を手に、願いが聞き届けられないのなら、この鳥を空へ放つと脅すことができるではないか。父さえ放免してくれれば、この御曹司も、火の鳥とともに宗主の下にとどまると……。

「立派な心がけだな」

テルヒが苦笑して言う。

「わたしには、これしかないのです。だから、わたしを自由に行かせていただきたい」

カシイはテルヒを睨みつけながら言った。

「城の者たちに追いつかれることは望んではいない。だが、それを恐れてもいない。別に、わたしの身に危険が迫るというわけではないのだから。だから、そんなことでわたしを脅そうとしても、益はない」

「おやおや、わしが追っ手と言ったのは、ちがうのだが」

横からババが口を出す。

「ただ、ここ何日か、森の中を見慣れない奴らがうろちょろしているのは確かだよ。ずいぶん大勢いたね。おそらくは、十人ばかり」

「そんなにたくさん……」

カシイは当惑してつぶやいた。城の守りに人手を割かなければいけないというのに。自分のことは放っておけと、置き手紙をしておいたのに。

ババが笑う。

「ちがうと言うのに。そもそも、わしらがそれに気づいたのは、もう五日も前のことだ」

カシイは、一瞬、その言葉が何を意味するのか、わからなかった。だが、それから愕然とした。

「それは、つまり……、つまり、わたしの城の兵ではないということか？」

「そうなるね。お前さんが城を抜け出すより早く、奴らはもう山に入り込んでいたのだから」

「奴らとは、いったい、どこの……？」

「知らせによれば、おそらく北の兵だ」

「北といえば、やはり宗主の兵か？　何のために？」

「それがわからなかったから、わしらも油断せずに、目を光らせていたのさ」

「わたしは、その監視の目をかいくぐっていかなければいけないのか」

気持ちがくじけそうになったが、カシイは気を取り直した。

「有益な忠告を感謝する。では、人目につかぬ夜になるまでここにとどまらせてもらえれば、ありがたい」

「まだ行くつもりなのか？」

「当たり前だ」

カシイは歯を食いしばってテルヒを見つめた。唇が震えているのを、悟られなければいいのだが。

「わたしが南へ行かなければいけない目的には、何も変わりはない。宗主が兵を出すほどに気を取られていることがほかにおありだというなら、むしろ今が好機だろう。わたしは火の鳥を捕らえて、北へ向かう」

「立派な心がけだ。だが、あまりに無謀だ」

「無謀は承知の上だ」

「テルヒ、そんな丁重な言い方では、この頑固な子どもには伝わらぬ」

ババがまた口をはさむ。からかうような響きに、カシイはきっとなって振り向いた。

「ご老人、何が言いたい？」

「いったい、宗主の兵どもは何を狙っているのだろうね？　考えてみるがよい。十人。たいした武器は持っていない。ならば、城攻めではない。逆に、斥候《せっこう》にしては数が多すぎる。わしがそれを聞いて、真っ先に考えたことはね」

ババの声には、まだ笑いが残っている。

「待ち伏せ、だよ」

「待ち伏せ？　何を」

ババの目は、カシイの顔にぴたりと当てられている。カシイはわけもわからぬまま、ぞくりとして、それから恐ろしい考えに思い当たった。

「まさか……？」

「たった一人で、勝手も知らぬ山の中をさまよっている領主の息子。まだ連山深くまで入り込むこともできないうちに、もう弱っている子ども。獲物にはぴったりだとは思わないかね。おそらく、殺すつもりではないのだろう。領主の御曹司は、手の内に大事に捕らえておけば、その父や城を無傷で手に入れるための道具に使えるからね。だから、奴らはたいした武器を持っていないのさ」

「だが、なぜ、わたしがここにいることを知っているのだ？」

「そう、なぜだろうね」

「ババ」

テルヒがたしなめるように言った。それからカシイに向き直る。

「そなたをいたぶるような言い方になってしまったなら、許してくれ。われらは、そなたの敵になるつもりはない。だが、考えてみるがいい。そう、そなたの言うとおりだ。なぜ、宗主の兵がそなたを待ち伏せできるか？　ふつうに考えれば、できぬはずだ。そなたが城を出ることなど、わかるはずがない。だが、宗主の兵以外の者をも含めて考えを巡らしたなら、すべてを仕組める人間が、一人だけいるのではないか？」

テルヒの目は、同情するようにまたたいている。

「そなたに父の急を知らせた者。宗主が火の鳥を好むと伝えて、そなたの南行きを焚きつけた者……」

「ばかな！」

カシイは叫んだ。「ハツルが、まさか……」

あとは言葉にならなかった。

「あんなに傷だらけになって、帰って来てくれたのに」

「だが、そのハツルという家臣は宗主の城から逃げ出せたのだろう、致命的な傷も負わずに？

それは、大変な僥倖《ぎょうこう》とは思わないか?」

テルヒが言う。「そなたの話を聞いて不審に思ったことがある。宗主の中庭は、宗主にとって大変に大事にしている場所のはずだ。他の人間が迂闊に立ち入ることも許さないのだろう。それなのに、捕らわれた領主の部下にすぎない者がその庭のことをありありと知っているというのは、なぜだ? まるで、宗主に特別に目をかけられているかのようではないか」

カシイはテルヒの言葉を否定したくて、懸命にかぶりを振り続けた。そんなカシイにババがにじりより、優しい声音でささやく。

「そのハツルとやらの傷は、ある程度は本物だろうよ。あの宗主のことだ、手引きをしなければ生きて帰さぬ、と痛めつけたのではないか? そして、いざとなったら自分の身がかわいくなるのは、誰しも同じじよ。たとえ、恩義を感じている主人を売る羽目になっても」

「ハツルは……、恩義など感じていなくても不思議はないのだ」

カシイは肩を落としたまま、声を絞り出した。

「恩義どころか……、わたしを恨んでいても不思議はない。わたしのせいで、ハツルの弟が死んだのだ、わたしよりも年少の、ハツルがとてもかわいがっていた弟が……」

言葉を失ったカシイの肩に、なぐさめるようにテルヒがそっと手を置いた。

「とにかく、今は休め。せめて、その雨に濡れた藁沓が乾くまで」

早く出て行かなければ。そう思いながらも、カシイは体に力が入らない。もう少しだけ、休ませてもらおう。そう思ったときには、すでに半分、眠りに引き込まれていた。

「やれやれ、酒の力を借りるまでもなかったか」

苦笑まじりのババの声も、ろくに耳には入らなかった。

＊

「あれで、あんたを見直したのさ」

山の、早い夕暮れが近づいていた。結局今日一日、イオエとトマは大した距離を移動しなかった。もっとも、トマはイオエに荷物と馬を任せ、たびたび姿を消したが。

少しだけ、トマのことがわかってきた。かなり多くの仲間が、目立たないように山の中を動き回っていること。そして、トマたちがこの広大な山を熟知していること。

「何が、神の山よ」イオエはくすりと笑った。「こんな得体の知れない人間がうようよしているのに」

「だが、得体の知れない人間だからこそ、フツも助けられるんだぜ」

トマは平気な顔でそう言い返した。

「そのとおりね、山のご一族」

イオエがからかうように言うと、トマはきっとした顔で振り向いた。

「そんなにこわい顔をしないで。大奥様の言ったことを繰り返してみただけよ。あたしは何も詮索しないわ。山のご一族ってなあに、なんて聞かないわよ」

トマはしばらく迷っていたが、笑い飛ばすことに決めたようだ。

「あんたはものわかりがいいよ。あのときだって、クナイを隠したのがおれだと、すぐにわかったものな」

「だって、あたしの荷物に近づける人といったら、普通に考えたら、隊商の一行か――一番できそうなのはタマナだけど――、トマだけだったもの。そして、フツお嬢さんが大事なことを教えてくれていたの。女ならば、クナイを櫛として使うことができる。そもそも、女の護身用の道具だから。では、タマナではない。そして、隊商のほかの誰かがあんな武器を隠す理由も思いつかない。残るのはトマ、あなただけ」

イオエはトマの持っている短槍を見た。二股になった槍先は、まちがいなくあのクナイだ。

「いつもそうやって杖の先に取り付けておいたのね？　だからあんなに柄が磨り減っていたんだわ」

「リョウの城門を入ったらすぐに、取り返しておくつもりだったのさ。なのに、いまいましい傭兵がどこかで見たような奴だなって顔でおれを眺めていたから、とにかくあそこから隠れなくちゃならなかったんだ」

「そこまで聞いて、あたしは初めて気がついたのよね。あんたの素性を、実はみんな、全然知らなかったってことに」

イオエは笑った。「隊商のみんなも、お気楽なものよね。セイの国に入る直前、ふらっとやってきたあんたを、傭兵の走り使いだろう、傭兵隊長への鼻薬が効いて、道案内役をつけてもらえたのだろうって勝手に思い込んで。あのとき、誰一人として疑わなかった。あんたが本当に傭兵隊の一員かどうかってことを」

「そりゃあ、おれがかわいい子どもだったからさ」

「自分で言わないの」

　だが、そのとおりだとイオエは改めて思った。トマのしていたことはつまり、傭兵の走り使いとしても隊商の走り使いとしてもおかしくない恰好で、いかにも自信ありげに、両方の間をそれらしくうろついていただけなのだ。あまりに無害そうで便利な少年だったから、双方信じてしまったのだ。自分側でないほうの走り使いだと。

　そして、トマはまんまとセイの国に入った。隊商の一行には、傭兵の好意による案内役だと思い込ませ、傭兵側には、隊商の一員だと思い込ませて。

「そんなにまでして、セイの国に、何を探りにきたの？」

「いや、ゲンから出られれば、それでよかったんだ。あのまま北にいると、まずいことになりそうだったから。だから、山伝いに北の関から南の関まで移動して、傭兵隊にくっついていたとんまな子ども一人、ちょいと眠らせて、手ごろな隊商にくっついたってわけさ」

　トマはあっさりと答える。「でも、今国境付近をうろちょろしている兵を片付ければ、もうだいじょうぶさ。まあ、しばらくはテルヒさまのところでおとなしくしていようかな」

「テルヒ？　誰なの、それ？」

　トマはしまったという顔で口をつぐんだが、やがてしぶしぶと説明した。

「おれたちのご主人だ。きれいな人だぜ」

「どこにいるの？　一緒に、その、あんたたちの陰謀とかの指図をしているの？」

「まさか」トマは笑い出した。「テルヒさまに、そんなことさせるもんか」

　そこでまた、口をつぐむ。次に口を開いたのは、野営のために馬を下りたあとだった。

「明日に備えてゆっくり休もうぜ」

それきりトマは焚き火の横に丸くなると、本当にあっという間に眠り込んでしまった。

＊

カシイは明け方前に抜け出した。平たい大きなパンを三枚と、瓢箪に詰めた水を、袋に入れて肩にかけ、夜具にと与えられていた革の上着はそのまま羽織って、小屋にあった靴も借りた。テルヒやババに礼を言わずに出発するのは心苦しいが、今はできない。これ以上引き止められたら、カシイは前へ進む気力がなくなってしまいそうだった。

でも、行かなければ。城にはカシイを育ててくれた男たちがいるのだ。ハツルの妹も。カシイをずっと慕ってくれていた幼い少女だ。

それに……。こうでもしなければ、カシイには、今生きている意味がわからない。宗主の軍が城を攻めに来れば、城兵はみな、戦うだろう。だが、カシイはその戦いに加わることが許されない。自分のために戦う兵たちが倒れてゆくのを、ただ見守ることしか許されない。

そんなことだけは、したくない。

最初から、逃げ続けているだけなのかもしれないな。ふと、そんなことも思ってみる。自分は、攻撃を待つ恐怖に耐え切れず、城を抜け出しただけなのかもしれない。

――だから、どうだというんだ。

ますます、道は険しくなる。いや、もうこれは道ではない。わずかに続いている足場を拾って、体を持ち上げていく。何日も体を酷使しつづけた痛みに、手も足も背中も、体中が重い。水を節約しなければと思いながらも、喉の渇きを我慢できず、何度も瓢箪を口に運んでしまう。今日は昨日よりも、さらに照りつける陽射しが過酷になっている。

だんだん、何も考えられなくなってくる。それでも足は機械的に、前へ出る。草の匂い、木の香り。遠い昔の、夏の野を思い出した。ほとんど忘れかけていたのに。父が狩を教えてくれたこと、剣の相手をしてくれたこと。そして、そう、遠くでほほ笑んでいるのは、母だ。二人を見守っている。遠い西の都から北の辺境の地へ輿入れしてきた母は、体が丈夫ではなかったらしい。それでも、やさしかった。カシイが眠る前には、珍しい話をたくさん聞かせてくれた。

今では、母を思い出すよすがとなるものは、もう、いつも懐に忍ばせている櫛くらいしかないが。黒檀《こくたん》という高価な木を細工して、先端が二つに分かれた細長い形に作られている。母は、繊細な透かし彫りが自慢で、いつも髪に挿していたものだ。

「これとて、馬鹿にしたものではないのですよ。都の宮殿に仕える女は、これを髪に挿して、自分や主君の身を守るのです」

母の残したほかのものは、はかなげな衣装ばかりで、カシイが身に着けるにふさわしくはなかったのだ。ああした母の形見はどうなったのだろう。父が、大切にしまってあるのだろうか。

そうだ、何もかもうまく片付いたら、城の女たちに分けてやればいい。

あの子に似合うものもあるだろうか。ハツルの妹。そして、カシイが死に追いやってしまった小姓の妹。

——泣くな、これからはわたしが兄の代わりになる。

そう言って抱き寄せた、幼い女の子の薄い肩の感触が、今でもカシイの手に残っているような気がする。

決して、カシイは身代わりに立てたつもりではなかったのだ。それが、あんなことになろうとは。気に入りの小姓と二人、春先の低山へ出かけたのもよくあることで、とりたてて危険だったわけではない。

誰に予測できたろう？　二人の少年が帰ろうとして谷川を渡り始めた矢先、季節はずれの雷雨が襲ってくるなどと。それでなくてさえ、春先の雪溶けのために川は増水していて、少年たちは渡ることができなくなってしまった。

ほかの道を探してきます、そう言ってカシイを岩場に残し、川岸へ向かったのも、小姓としての心得だったのだろう。カシイも何の疑問も抱かず、少年を行かせた。配下の者が自分のために動くことには慣れっこになっていたから。

そこへまさか、鉄砲水が襲いかかるとは。カシイの立つ岩場のすぐ下を流れていった濁流は、その目の前で、小姓の小さな体を容赦なく呑みこんだ。カシイは手を伸ばしたのに、助けられなかった。

死体は、ずっと後になって見つかった。

「ごらんにならないほうが、よろしいでしょう」

発見した家臣たちにそう言われたが、カシイは目を見開いて、その姿をいつまでも心に焼き付けておこうとした。

――あの子は、見ないですんで幸いだった。

ハツルがずっと、少女の顔を自分の胸に押しつけていたのだ。少女の涙も悲鳴も悲しみも、全部吸い取ろうとするかのように。

「御曹司が御無事だっただけで、あれは満足でしょう」

あのとき、ハツルは感情を交えない声でそう言った。

そして、カシイも、実はそう思っていたのではないか？　死んだのが自分でなくてよかったと。それを見抜いたハツルが、カシイに割り切れない感情を抱いたとしても、責めることはできないだろう。あのとき、カシイだって自分のずるさに気づいていた。だから後ろめたくて、少女に向かってあんなことを口走ったのではないか？

——泣くな、これからはわたしが兄の代わりになる。

——ハツルは、わたしの父に仕えていて、自由にならぬ。だが、わたしなら、いつでもそなたのそばにいる。そなたを守る。

と。そうだ、カシイは、あの少女にそう約束したのだ。

そうだ、だから、カシイは進むのだ。あの少女の、笑顔を守りたいから。

——そうだ、それだけのことだ。

カシイは笑い出した。誰もいない山の中にその声が響くのも、今では恐ろしく感じなくなっていた。

あの少女のために、何がしてやれるか。そう思えば、取るべき道は、とても簡単にわかる。あの子が自由に駆け回れ、何にもおびえることなく成長していける城を、そのまま残すこと。カシイはそのために、火の鳥を捕らえにいく。それだけのことだ。

テルヒの小屋から持ち出したパンは、思いのほかに味がよい。麦の香りの濃いパンをかじりながら、革の上着にくるまって朝露をしのぎながら、カシイは歩き続けた。一人で城を飛び出してきた時の身支度がいかにお粗末だったか、カシイは自分の無知と向こう見ずさに、今さらながらあきれる思いだった。足ごしらえにしたところで、ババがしていたように、頑丈な木の皮を編んだ靴に革ひもを巻きつけた、この装備でなければ、岩場を歩くことなどできはしなかった。

昼過ぎだった。カシイは南東の方角に、聞きなれない叫び声を聞いてはっと足を止めた。一瞬、人間の争いの声か、悲鳴かと思ったのだが、この声ははるか上空から聞こえてくるようだ。

急いで木立の切れ目へ飛び出したカシイが見たのは、連山の上空に動いているいくつもの黒い点だった。風に乗って切れぎれに、鳴き交わす声がカシイのところまで届く。

鳥の渡りだ。火の鳥が、東へ、そして南への移動を開始しているのだ。

知らぬうちにカシイの足が速くなった。あの鳥に追いつかなければ。鼓動もそれにあわせて高まる。標的を目にした緊張感もあるが、それ以上に安堵の思いが強く、心はいつになく軽かった。間に合ったのだ。必ず、捕らえてみせる。

＊

イオエは、トマの采配に感嘆していた。トマは静かに馬を進めながら、あちこちへ口笛を吹く。それに合わせて、いくつもの影が動く。いまだにその影を見極めることはできなかったが、イオエもいつのまにか、それらの動きに慣れてしまっていた。いや、イオエ自身もその影の一つになり、トマの指図のままに、馬を止めたり、歩いたり、時には戻ったりした。

トマの警告したとおり、道は狭く、馬では登れまいというところもたくさんあったが、いざその場所まで行くと、巧妙なわき道が延びている。

「この道、誰が作ったの？」

トマに聞いても知らん振りして答えてくれない。

だがやがて、トマはほとんど動かなくなった。イオエも今は慣れ、あれこれ聞くこともせずにトマの決断を待っている。しばらくすると、トマの右手の茂みが動き、何かささやいてまた離れていった。

トマが難しい顔でつぶやく。

「まずいな。かちあっちまう」

「いったい、何なの？」

トマはしばらく考えた末、イオエに聞いた。

「フツお嬢さんって、度胸はあるかい」

一瞬イオエは考えたが、すぐに答えた。

「そんじょそこらの傭兵より、肝は太いわよ」

「ようし」トマは不敵な笑いを浮かべた。「じゃあ、ぶつけちまおう」

トマは馬を下りると、イオエにも下りるように促した。

「ここで馬を守って、待っていてくれ」それから思いついたように聞く。「こわくないよな？」

イオエは睨みつけてやった。

「わたしはね、山の娘なのよ」

トマはふっと笑って、あっというまに姿を消した。

イオエは今度こそ一人きりで山の中に残された。

――結局、わたしは山の娘なのか。

イオエはずっと忘れていた、別の少年のことを思い出していた。まだイオエも髪を結うことのなかった少女の頃、いつも一緒に遊んでいた、年下のくせにきかん気の少年。あるとき、山の中へ姿を消してしまったのだ。そして崖から落ちているところを見つかって……。

イオエは首を振った。なぜ、こんなときにあの子のことを思い出すのだろう。

徐々に陽は傾いてきている。トマには大見得を切ったが、一人で山の中にいるのは、心細い。ここはもう、よほど深山の奥に入った場所のはずだ。そのせいだろうか、なんとなく見覚えのある気がする。

――あの子のことを思い出したのも、この場所のせいだわ。あの子は結局、いつのまにか村から姿を消していた。

名は、何と言ったろうか？

イオエは、西の、今にも太陽を呑み込もうとしている山腹を眺めた。角度はちがうが、あれは生まれたときから見慣れた山ではないだろうか？

疲れた足をなだめながらあたりを歩き回っていたイオエは、ふと聞きなれない音に顔を上げた。

ほら、また。腹の底に響くような重く、鈍い音だ。それに、遠いが、大勢の人間のどよめきのような。イオエは二頭の馬がつながれた木をちらりと眺め、あたりの木々の生え方を頭に入れた。

よし、この場所は覚えた。少し、高みへ登ってみよう。あたりの見当がつくだろう。馬のいななきの聞こえる場所から離れないように注意しながら、イオエは音を立てないように斜面をよじ登った。時折、風に乗ってさっきの物音がまた聞こえる。

ようやく見晴らしのよい場所へ出て、目を細め、音のした方角、南西の斜面をながめる。どこも同じ、夕映えに染まった山肌だ。だが、その一角に目をやったとき、イオエはおかしなものを見つけて、さらに目を細めた。

かなり広い範囲の谷が、黒々と見える。そこだけは緑が茂っていないのだ。枯れ木の森だ。その黒い森にはすでに夕陽も当たらない。見ているイオエはわけもなく背筋が寒くなった。あれは、虫にでもやられたのだろうか。そして、その中にいくつもの、さらに黒い影がうごめいている。夕闇にも光るのは、剣のひらめき。そしてさっきから時折響いていたのは、あれは……。

銃声だ。

イオエは息を呑んだ。あれは、兵士の集団だ。十人あまりの人影が剣を交え、争っている。と見るうちにも、一人が剣を構えてもう一人の背にぶつかり、重なり合って倒れた。

北の兵士なのだろうか？

イオエはがくがくする足で斜面を下りた。あの恐ろしい光景を見たくなかった。もう、どこにも行くまい。それにいざとなったら、この馬たちを逃がしてやらなければ。イオエはじっとしていられず、粗朶を集めた。今夜も山中で過ごすことになるのだ、ぐずぐずしてはいられない。持ち物を点検し、食べられそうな木の実を集める。そうだ、枯れ葉も必要か。手を動かしていると気が紛れ、銃声も少しは気にならなくなった。

だが、やがて自分のしていることに気がつくと、イオエは苦笑した。これでは、自分がいやがっていた山の生活そのままではないか。

――ううん、かまわない。今、必要なことをしているだけのこと。

いつのまにか、銃声も本当に消えていた。

実際のところ、トマはそれほど待たせたわけではないのだが、イオエにしてみればひどく長い時間だった。夕陽がいつまでも消えない。太陽は動いているのだろうか？

だが、ようやくその時が来た。日がとっぷりと暮れたころ。

いつでも消せるように、ごく小さく火を熾していたイオエのところへ、細い影が軽やかに走りよって抱きついた。

「イオエ！　無事だったのね」

「お嬢さん！」

イオエはしっかりとフツを抱きしめた。

「まるで魔法使いみたいよ、この人たち」

フツはうしろを振り返って、興奮した声で説明する。そこには得意顔のトマと、ほかに二人ばかりの少年が立っていた。

なんだか、その子たちもよく知っている気がする。そのはずだ、この子たちと丸一日、一緒に動いていたのだもの。影しか見られなかったけれど。

「進む道が、高い山にさしかかったところで、大きな石にふさがれていたの。崖崩れでもあったみたいに。そのとき、そこにいるその子が現れて、兵士たちに抜け道を案内すると言って、みんなでまた進んだの」

フツはトマにほほ笑みかけた。

「いつのまにかわたくしの輿が一番うしろになっていて、谷川を兵たちが先に渡りきった時、わたくしは輿の外から伸びてきた手に腕を引っ張られて、藪の中に連れ込まれたの。空の輿だけが川を渡り、兵たちがそれに気づいて追ってこようとしたのだけど、なぜか川の中にみんな落ち込んだり、ちがう方向にてんでに走り出したりして……。その隙に、この子がわたくしの手を引いて走り出したの。本当に見事だったわ」

フツはにこにこしながらトマを見て説明する。トマが珍しく、照れくさそうに横を向いて草を蹴った。

「あんた、いったい何者なの?」

まさか、これほど手際よくフツを連れてくるとは、イオエはまだ信じられない思いだった。こんな少年たちだけで。

「山の一族。それだけでいいだろう?」

トマはにやにやしている。

「あんたとお嬢さんのおかげで、思ったより早く仲間と合流できたよ」

「え?」

「このあたりで、別の仕事をしている仲間がいたので、お互いに力を貸しあったってわけさ」

トマはなんでもないことのように言う。

「ちょっと待って。わたしさっき、向こうの谷で、兵士たちの争いを見たわ」

「さて、まだ歩けるかい？　おれたちの根城に案内するよ」

トマはイオエの言葉には答えずに、別のことを言う。質問されたくないらしい。まあ、いい。そのうち聞く機会があるだろう。

「こわいばあさんがいるけど、大丈夫かい」

「ええ。こわいおばあさんには慣れていますの」

フツがにこにこして言う。ようやく、イオエも緊張がほぐれてきた。

「それにしても、お嬢さん」イオエは横を歩いているフツの手を握り締めながら言った。「よく、サガの兵がこんなに国境前でぐずぐずしていてくれたものですね。わたしは、ひょっとしたら追いつけないうちにゲンの国へ入れられてしまうのではないかと、あきらめかけていたのに」

「ああ、それはわたくしのせいなの」フツがあっさりと言う。「みなさん、わたくしのことをとても大切に扱ってくれてね。わたくし、丁寧にお願いしたのよ。わたくしは、顔を洗う水と、山に生える薬草がたくさんないと、すぐ熱が上がって病気になってしまうからと。ああ、あとは、頭が痛くなったときのために、特別な香草もね。わたくしのわがままを聞き入れようとすると、ずいぶん探し回らないといけなかったの。おかげで、あまり思うようには進めなかったらしいわ」

前を歩いていたトマが噴き出した。

「あんたたち二人とも、あのばあさんといい勝負だ、きっと」

＊

陽が落ちたころだ。左うしろのほうで、藪が掻き分けられる音がした。カシイは油断なく身構えた。獣かもしれない。このあたりは不思議なほど生き物の気配を感じない場所なのだが。

それとも気のせいか。

いや、ちがう。今度は背後でかすかな音がする。カシイはぎくりとして振り向いた。うしろに回られてしまった？　今度は左、手前。何ということか、敵は一人ではないのだ。カシイは身を低くするなり、右の藪の中に飛び込み、飛び込んだ勢いをそのままに斜め前方へ進んだ。大きな木があるのをさっき目の端にとらえていた。あの木陰に回り込んで、追っ手をやり過ごすことができれば……。

だが、目指す木にたどり着く前に、カシイはあわてて立ち止まった。今度はその木の向こうから音が聞こえてくる。今度こそ、カシイは恐怖にかられて動けなくなってしまった。

――どちらへ行ったら、いい？

どの敵も姿を見せないのが、かえって恐怖を募らせる。

――出てこい。

カシイは、懐の短剣を握り締めながら、歯軋《はぎし》りしてつぶやいた。

――姿を見せろ。

唐突に、前の藪で男が立ち上がった。一呼吸遅れてうしろからも。背後の敵のほうが大きい。

広い肩が、カシイがすっぽりと入るほどの影を作る。カシイはもう恐怖を意識すらしていなかった。ちらりと見やって、すぐに正面に向き直る。

どちらの男もまったく知らない顔だが、見慣れた武具を身につけていた。ゲンの国の兵士だ。

――武器を構えていない。

妙に冷静な頭でカシイは後ずさりながら考えた。刀は腰に下げたままだ。小僧一人、手捕りにできるとでも考えているのだろうか。だが、手には弓。腕のいい者なら、カシイの足を狙うだろう。それに、忘れてはいけない、敵はうしろにもいる。いや、さっき藪が動いたのがもしも伏兵だとしたら、三人以上だ。

カシイは必死に、追っ手が作る壁の裂け目を見つけようとした。相手の隙を突き、その裂け目に飛び込む。あとは、運がよければ、逃げ延びられるだろう。

前後の男たちは、確実に迫ってきている。なぜ、この男たちは攻撃を仕掛けてこないのだ？

そこで、正面の男が決心したように、弓を番《つが》えた。全身が凍りついたのも一瞬、カシイは体がかっと熱くなるのを感じた。短刀では、とても太刀打ちできない。カシイは思い直して、懐を探り、機会を待った。背後の動きはない。おそらく、正面の敵の攻撃の瞬間、それに立ち向かおうとするカシイの背中に隙ができたときを見計らって、周囲からいっせいに襲いかかるつもりなのだ。

――勝負に出るのは、武者が弓を引き絞る最後の呼吸の前だ。

その時を計り、カシイはできるだけ深い呼吸をくり返した。

――今だ！

カシイは武者の顔に、懐から出した目潰しを投げつけた。火の鳥を網で捕らえたら、動きを封じるために使うつもりだったものだ。そして同時に、体を思い切り右に投げ出す。

うしろの敵は、この動きを予想していないだろう。そこに一瞬の隙ができるはずだ。

思ったとおり、背後から攻撃がない。カシイは直前に目をつけていた、音が聞こえなかった右側の藪の中に飛び込むことができた。そのまま、四方に目潰しを投げつつ、姿勢を低くして這うように、しかしできる限りの速さで走り出す。矢が飛んでくるかと心配をしている暇はない。そんな暇があったら、標的にならぬように身を隠したままで、できるだけ遠ざかることだ。

しばらくは、自分の目論見が成功したかどうかもわからなかった。だが、やがて、自分がまだ息をして、動いていることに気づいた。

うまくいったのだ。カシイはようやく、身を起こし、そのまま走り続けた。

やがて前方の木肌にぶつかるほどの勢いでカシイは向こう側に飛び込み、あたりの様子を窺った。

静かだ。誰も追ってこない。追っ手を振り切ることができたらしい。

これほどうまくいくとは。

すばやく、自分の体を見下ろした。藪で引っかかれて、あちこちに擦り傷ができているが、それ以上の怪我はない。背負っていた袋の中の水も無事だ。

だが……。カシイはそこで初めて、懐が空っぽになっていることに気づいた。目潰しの袋を手当たり次第に投げつけているうちに、母の形見の、あの櫛も落としてしまったらしい。はるばる、西の都から運ばれた、黒光りのする櫛を。

だが、後悔したのはほんのつかの間のことだった。もう、母を恋しがるような子どもでいることは許されない。

そうだ、ちゃんと、敵の裏をかくことができたではないか。カシイは新たな力が湧き起こるのを感じた。

きっと、火の鳥を捕らえることだってできる。

カシイはなおも油断なくあたりの気配を窺いながら立ち上がり、また南を目指して歩き出した。


小屋の中では、テルヒとババがじっと子どもの報告を聞いていた。

「そうかい、宗主の兵は、うまく片付けられたかい」

ババがくっくっと笑う。

「兵が二人だけで助かったというものだ」

テルヒがつぶやくのに、子どもがにんまりとして応じる。

「残りの兵は、ほかの奴らがうまく黒森の方角へおびきだしていましたからね」

「カシイを見つけた兵は、ほかにはいないのだな?」

テルヒが子どもに向き直って、たずねた。

「はい。ほかの宗主の兵も、黒森の谷へおびきよせていましたから」

「あそこには、石の用意もしてあったね」

ババが聞くのにも、子どもは自信たっぷりにうなずく。

「使うまでもなかったですよ。カシイを捜していたゲンの兵士と、娘を捜していたサガの兵士を鉢合わせさせたおかげで」

「ならば、うるさい兵は、どうにかすべて始末がついたな」

「それで、あの子は、あのままにしていていいのですか？」

「おぬしらは、遠巻きにしたまま様子を見ているね？」

「はい」

「手は足りているか？」

「セイの国へ行っていた奴らとも合流できましたから、じゅうぶんです」

「よし。カシイはきっと、お前たちも追っ手の一味と思っているのだろうよ。結局矢が飛んでこなかったことにも気づいていないのだろうね」

「あの子が正面の敵に目潰しを投げる瞬間、投げ縄でうしろの敵も倒しました」

子どもが得意そうに言う。「簡単でしたよ。おれたちは小さいから、気配を消して近くまで忍び寄れます。あの子は勿論、藪の中にいたおれたちのことも、宗主の兵だと思っていましたけどね。でもあのまま、行かせていいんですか？」

「どうするね？」

ババがテルヒの顔を窺った。

「まだ早いだろうな」テルヒはつぶやく。「まだ、あの子は希望を捨てていない。城や父への忠誠心がもっと薄れるまで、そのまま見守るように」

子どもはうなずき、すばやく姿を消した。

「ババ、あの子の父親はどうなった？」

「いまだに、宮殿に捕らわれたままのようだよ。城攻めが片付くまで、命だけは取られないですむだろう」

「まだ、利用価値があるからな。たとえば、城に立てこもる兵の前に引き出して、領主の命令だ、城門を開け、と叫ばせるとか」

「兵には見えない背後から刀を突きつけてね」ババは上機嫌で言った。「案外、領主のほうも開城を歓迎するかもしれないよ。そうしてもっと荒れた城に飛ばされるとしても」

「父親のことは今のところ、どうでもよい」

テルヒは冷淡に言った。

「それよりも、カシイのことだ。わたしと同じような子どもだ。初めて見つけた。あの気力がくじけないようにして、仲間にしたい」

「それでは、おぬしのお手並み拝見といくかね」

ババがまた、くっくっと笑った。テルヒはそれには答えず、横にいたもう一人の子どもに言いつけた。

「すまんが、もう一度出てくれ、トマ。カシイをどうしても失いたくない」

「あの場所へ、行かせていいんですね?」

「そうだ」テルヒはうなずいた。「黒森の谷に」

「まだ、宗主の兵と領主の兵の死体が転がっていますよ」

「カシイにそれを見せるのも、やむを得まい。生き延びた兵はいないのか?」

トマは鼻を鳴らした。

「いましたけど、とっくに、それぞれ逃げ帰りましたよ。どっちも目指す獲物はかよわい子どもや娘っこのつもりだったから、もともとたいして戦う気はなかったんでしょう」

トマは思い出し笑いをする。「それでも、お互い正面から出会っちまったら、何もなしに別れるわけにはいかないでしょうからね。おかげで、おれたちはほとんど見ているだけですみました」

トマは立ち上がった。

「黒森へ行く前に、あの娘っこたちのところに寄って、ここに来るように言っておきます。なんだか、身じまいに入り用なものがたくさんあるんだって、そばにつけておいた奴らを困らせていますから」

「わがままな女どもだね。別に来てくれと頼んだわけでもないのに」

ババがぶつぶつと言うと、トマがなぜか嬉しそうに答える。

「じゃあ、ババがそう言って説教してください。ほかの奴らじゃ、手に負えませんよ」

「冗談じゃないね。放っておき」

「はいはい」

「酒を飲むかい」トマを見送ったババは、テルヒのさしだした杯に酒を注ぎながら、思い出したように付け加えた。「あの子はこの酒の味を知っていたよ」

「ほう。都に縁のある者が、城の中にいたのだろうな」

テルヒが杯を取り上げるのを、ババは見守りながら、ぽつりと言った。

「テルヒ、お前さん、酒をすり替えたね」

「何のことだ」

「とぼけるんじゃない。カシイに最初に会った時、薬酒を飲ませてここまで運ぼうと思ったのに、効き目がなかった。あれはただの果実酒だった」

じっとテルヒの顔を覗き込む。

「もう、薬酒を使うな」テルヒはその視線を受け止めて、静かに言った。「そんなことをしなくても、味方は集まる」

「ま、しばらく隠しておこうかねえ。それにしても、テルヒ、お前も、酒にこだわらなくなったねえ」

「ババが、わたしにも、あやしげなものを盛るのをやめたからな」

ババの手がぴたりと止まる。

「……そのことは言うまいよ。わたしと争いたくないならね」

「わかっている」

二人は難しい顔のまま、杯を干した。


完全に、方角を見失ってしまった。

そう気づいた時には、もう遅かった。今さら、兵と戦った場所へは戻れない。だが、この方角でいいのだろうか。

もう、カシイは進んでいるというより、ただざまよっているだけだった。火の鳥の声も聞こえない。死の恐怖をくぐりぬけたとたん、気力も使い果たしてしまったらしい。夕暮れの山はざわめいている。そのざわめきが恐ろしく、自分では冷静に道をたどっているつもりでも、カシイはいつのまにか、音のしないほうへしないほうへと道をはずしていた。

落ち着け。何度もカシイは自分にそう言い聞かせた。まだ望みがなくなったわけではない。とにかく、安全な場所で、少し休まなければ。それから、できれば水場を探すこと。

倒れるな。一度足を止めて、歩き続ける力を失ってしまったら、すべては終わりだ。

そうして、足元ばかりを見て歩き続けていたせいだろうか。

なんとなくあたりの空気の匂いが変わったのに気づき、顔を上げたカシイは体をこわばらせた。

周囲の森は一変していた。

いや、これでも森と言えるのだろうか。

生きた木がない。そこにあるのは立ったまま焼け焦げ、命を失った立ち木の、果てしない群れだった。何本かは力尽きて倒れているが、多くは枝を落とし、不気味によじれた姿のままで、暗い空を背景に、夜霧に身をさらしている。

体が大きく震えて、止めることができない。

ここは、黒の森だ。死の世界だ。火事で、山全体が燃えてしまうことがあるとは、聞いている。だが、これほどまでに、生の気配さえ感じられない場所とは……。草さえ、生えていない。

無常な速さで、闇が濃くなる。今度はうしろで、木が動いたような気がした。振り向いたカシイは、矢を向けられた時とも比べものにならない恐怖に襲われ、立ちすくんだ。

それは、霧の見せたいたずらだったのだろう。だが、木にもたれ、こちらをかっと睨みつけているのは、まぎれもなく血まみれのハツルの顔に見えたのだ。

カシイは、しゃがれた叫び声を上げると、あとさきかまわず走り出した。だが、いくらも走れずに焦げた根につまずき、倒れる。また起きあがって走り出す。岩場を手当たり次第によじ登ろうとしては、転げ落ちる。

そうやって叫び、泣き、その涙をぬぐう余裕もないまま、どれほどさまよったのだろう。

月が出るころ、カシイはぽっかりと黒い口をあけた太い木の根元に倒れていた。自分の体を持ち上げるたくさんの手と、いくつものささやきを感じたような気もしたが、何もかもが、もうどうでもよかった。


次に気づいた時、カシイは暖かい毛皮にくるまれていた。

起きようとしたが、やわらかい腕にかかえられ、身動きが取れない。

「動かぬがよい」

自分を抱いている声の主に気づき、カシイは目を見張った。

「テルヒ……」

だがテルヒはほほ笑んだだけで何も言わず、ただ、自分の胸にカシイを抱き寄せる。

その胸のやわらかさにカシイは仰天した。

「あなたは……、女、だったのか？」

「何も言うな。ただ、そうしておれ」

「わたしは、あなたに借りたものを、何もかもなくしてしまった。上着も、瓢箪も……」

「そんなことはどうでもよい」

「それに、母の形見の櫛も」

「ほう、それは気の毒なことをした」

「あの櫛を落とした罰だったのかもしれない」カシイはうわごとのように言い続ける。「わたしが、黒い魔の森にさまよいこんだのは」

「どういうことだ?」

テルヒの声はどこまでも優しい。

「あの櫛には魔力があって、うしろへ投げると森が出てくると、昔から聞かされていたのだ。母から、寝物語に。だが、わたしはうっかり落としたのだから、その森に救ってもらうことはできなかった」

「ほう」

テルヒは興味深そうに、話を聞いていた。

「おぬしの母上は、わたしと同じ国の生まれなのかも知れぬな。いずれ、ゆっくりと聞かせてもらおう。今は何も考えずに、ただ、眠れ」

カシイはそのまま、テルヒとともに、夢の中に落ちていった。

＊

セイの国から見る夕陽は、とても美しかった。あの国で夕暮れになるたび、イオエは山が神と崇められる理由がよくわかったものだ。

何よりも荘厳で、美しいからだ。そして、知識も華やかな文物も、あの美しい山の向こう――都からやってくるからだ。

けれど、こうして山中から見ると、陽はまだ午後の早い時間にあっけなく姿を消してしまう。これを見て神を感じられる人間は、多くはないだろう。

故郷の村を出てから季節が二つ、変わろうとしていた。もうすっかり、秋の気配が漂っている。

フツは、生き生きとしている。北の兵たちに連れ去られそうになったところを不思議な黒い影に導かれて右往左往し、あげくに自分だけが引き離されて、うやうやしく山奥へ導かれた時、その瞳が好奇心で輝いていたのと同じように。

「こわくはなかったもの」あとでフツは打ち明けたものだ。「だってあの子、トマには、イオエ、あなたと同じ訛りがあったわ」

イオエはあっけに取られたものだ。では、イオエが見覚えがあると思ったあのトマは、イオエと同じ、シュザクの人間なのか？

――ひょっとしたら。

イオエは、記憶の底のほうに眠っている、人好きのするたくましい若者の顔を思い起こそうとした。兄さん、と呼んで後をついて歩いたものだ。本当は、遠縁の従兄でしかなかったのだが。

まあ、いい。それはいつか、ゆっくり確かめればいい。トマは、親のことなどよく覚えていないらしいから、無理かもしれないけれど。

そのトマは、忙しそうに、またどこかへ偵察に出かけていた。

イオエとフツは、小さな小屋をあてがわれていた。身の回りの世話をしてくれる子どもたち三人ほどとは顔馴染みになったが、ほかに近づいてくる人間は、まだいない。

この山の中に、どれほどの人間が暮らしているのだろう？

まさか、子どもたちだけで暮らしているわけではないだろう。だが、大人といえば、イオエやフツが知っているのは、あの年老いたババという女だけだ。

テルヒさまとトマが呼んでいたのが、この集団の統治者らしい。神々しいほどに美しい人間だという。だが、イオエはまだ、その人物に会ってはいなかった。

「北の宗主がどこまで兵を出してくるか、じきじきに見極めに行っているよ、テルヒさまは」

フツが輿入れするはずだったサガの城は、戦わずに宗主に明け渡された。領主は北の海に浮かぶ孤島に追いやられたという。

昨夜、フツとイオエはそれを知らされた。

「ひとつだけ、気になることがあるのです。サガの御曹司はどうなったのでしょう」

「さて」ババの返事はそっけないものだった。「ただ、少なくとも、宗主の兵が入城して、血祭りに上げたわけではなさそうだ」

「そうですか」

ほっとした面持ちのフツに、ババは言った。

「とにかく、そなたたち、しばらくはセイへ戻れぬぞ。東の街道への道は閉ざされている」

「では、どうすればいいのでしょう？」

「ここにいることじゃな」

あの老婆には、魔法の力があったのかもしれない。とにかく、フツとイオエはすなおに従ってしまったのだ。

「後悔していませんか？」

イオエはフツにそっと聞いてみたが、聞くまでもないことだった。

「いいえ。ここは、面白い場所だもの」

そうしてフツは、今朝から、山の村の探索に乗り出したのだ。

平たく言うと、生活物資の在庫調査に。

食料は？

衣類は？

水はどうやって運んでくるの？

フツはセイの娘らしく、武器には怖《お》じ気《け》をふるったが、これだけの人間が山中できちんとした暮らしができる、その営みに大いに興味を持ったらしかった。

「だって、わたくしは商人の娘だもの」

イオエがあきれると、フツは当然のように言い放ったものだ。「それに、たしかにわたくしは、ここにいるのが一番よいでしょう。家へ帰れば、またぞろ、ほかの領主から、人質にと目をつけられるだけですもの」

ババはもっとあけすけだった。

「今までリョウにいたなら、いい隠れ蓑が使えるじゃないか。お嬢さんは信仰深く、お山に行ったということにすればいいのさ。神様に嫁ぐつもりだとね」

「フツ、本当にそんなことで人生を無駄にするおつもり？」

イオエが思わずそう問いかけると、フツより先にババにじろりと睨まれた。

「わしらは、山で生きることを無駄だとは考えないものだ。それは、リョウの人間も同じはずだよ」

イオエは言葉に詰まった。

「安心おし。決して、人生を捨てることにはならないさ」

——こんなことになるとは、思ってもみなかった。

イオエは、自嘲した。

山の暮らしを嫌って逃げ出した自分が、結局また山で暮らし始めている。これでは、故郷にいるときと大差ない。

ひょっとして、とイオエは考える。

大奥様は最初からすべて承知で、フツを山へ逃がしたのだろうか。老婦人は、この山で新しい生活を開けと、孫娘を進んで送り出したのか？

イオエは、あたりを見回した。かぐわしい木々。豊かな下草。冬の厳しさは、想像を超えているだろう。

それでも……。それでも、ここには北の領主の兵は攻めてこられない。訓練されていない馬では、容易に登れない場所だから。戦車のわだちを絶壁がはばむから。いつも霧雨にけむっている山の高みでは、銃の火縄を操ることもむずかしいはずだ。それでもなお、急襲をかけようとする歩兵には——イオエは微笑を浮かべた。一対一の戦いとなったら、この山に潜伏する、山を知り尽くした手勢の敵ではないはずだ。それがたとえ、少年たちでも。

誰も知らないうちに、この山の中に新たな勢力が育ちつつある。

だいたい、とイオエはまた、考える。

そこまでして、こんな何もない山を占領しようとする、どんな理由が北の軍団にあるだろう？

ここに住んで平地の生活を捨てる覚悟を持っていない者に。

そして、平地の生活を捨てた者には、捨て身の強さがある。

「山がお好きらしいな」

イオエは、物思いからさめて振り返った。一人の少年がそこに立っていた。トマより少し年長だろう。だが、粗末な身なりでも争われない品がある。

「ええ」

イオエは用心しながら答えた。まだ、山の民《たみ》の全容をつかんでいるわけではないのだ。心を許すのは早すぎる。

イオエの表情に、少年は苦笑した。

「そんなに身構えなくてもよい。わたしも新参の客分だ」

イオエは、少年が両手に包帯を巻いているのに気づいた。

少年もイオエの視線に気づき、照れくさそうに笑う。

「山の中で迷って、手当たり次第に岩をつかんで登ろうとしたのだ。おかげでこんなみっともない傷を作った」

「みっともないなどということはないわ。怪我がそれだけですんで、よかったこと」

「カシイ」

ババに呼ばれた少年が振り返る。

「新しく岩屋を作る。手伝っておくれ」

「すぐゆく」

少年は白い歯を見せて返事をすると、イオエに向き直った。

「失礼する。またいずれ」

「ええ、わたしも手伝えるかも」

物怖じしない、品のよい子だ。イオエは見送りながら考えた。どんな素性なのか。この山には、思いもかけない人間がいるのかもしれない。ここでの生活も、悪くはなさそうだ。

もう一度空をふりあおぐ。山の稜線の上に、気の早い明星が姿を見せていた。

青の衣

「あの、よろしいですか」

戸口に遠慮がちな声がした。女はとっておきの微笑を浮かべ、喜んで戸口に立った。

「よいですとも。御山《おやま》を一緒に拝んでくださる方は、いつでもお待ちしているのですから」

そこにいたのは、まだ十四、五の娘だった。女はすばやく品定めをする。粗末な身なりではないが、着こなしがなっていない。もう少し飾り紐の色を明るくして、衣の裾も短めに、腰の細さを際立たせれば、男の目を引くことができるのに。

だが女はそんなことはおくびにも出さず、終始にこやかに、娘の手を取って庭へ案内した。女の住んでいる小屋は、慕い寄ってくる者たちのお陰で、一年ほどのあいだに見違えるように立派になっている。庭の向こうにはさらに小さな染物小屋があったが、そちらはみすぼらしいままだ。女が誰にも手をつけさせないのだ。

「ほら、ここから見る御山はとても貴いお姿でしょう。いつも、ここで御山の話をお聞かせしているのです」

娘は目を輝かせて、女の話に聞き入る。

この国は、御山と暮らす新しい世に入ったのだ。神の山、御山には新しく神がお住まいになったと託宣したこの女に、是非一度間近で教えを請いたいと、娘はわざわざ川を越えてやってきたのだ。

一帯の西にそびえる高い峰々を、このあたりでは御山と呼ぶ。毎夕、太陽の荘厳な色に染め上げられる御山は何よりも美しく、その西にあるという貴い都の姿もかくやと思わせてくれたものだが、はっきりと神を持ち出す者はいなかった。今までは。

――御山には神がおわす。信じて崇めれば、よいことがある。

そう言い出したのが、娘と向かい合っている、この女だ。最初は誰も信じなかったが、村人の心が変わったのは、毎年春や秋にセイの国の山沿い一帯を苦しめていた洪水が、今年は一度もなかったせいだ。そんなことは村の古老も記憶になかったのに。だから今年、村の暮らしはとても楽だった。そのころから、まず、若い女たちがささやき始めたのだ。村はずれの一人暮らしの女、不思議な染物の腕を持っていると遠巻きにされていた女の言うことは、本当なのではないか。なぜなら、あの女だけが御山の変わることを前の年から予言していたし、春先の死人のことも、見つかる前から、ひょっとしたら人柱が立っていると言い当てていたのだから。

それまで村の鼻つまみ者だった女なのに、娘たちが連れ立って話を聞きに来るようになった。その評判が徐々に広まった。離れた村の娘さえも、こうしてはるばるやってくる気にさせるほど。

――評判は、本当だった。

今、娘は、御山を指差してその荘厳さを讃える女をうっとりと見つめ、そう考えていた。神の使いである女は年を取ったとはいいえ、まだ美しい。その唇からこぼれる言葉は、鄙《ひな》びた訛りもなく、都の息吹を伝えてくれるようだ。

実は大して意味のない女の話を長々と聞いた後で、娘は心を清められた思いに恍惚として立ち上がった。

「ありがとうございます。あの、これはほんのお礼で」

わずかな貨幣の入った袋を、女は鷹揚に受け取った。

「でも、お寂しいでしょうね、息子さんがいなくなって」

娘はすなおに思ったままを言ったのだが、女の顔はとたんに厳しくなる。

「あの子は、オシヲは、都へさらに深い神様の教えを学びに行ったのです。母であるわたしは、心から喜んでいます」

「まあ、失礼なことを言いました」

娘が体を縮めると、女はまた、鷹揚に手を振って許す仕草をした。

「まだまだ、信心が足りませんね。またいつでもいらっしゃい。わたしの知っている限りのことをお教えしましょう」

「はい、ぜひ」

娘が立ち去ると、女はさっさと小屋に入った。手の中の、貨幣の重さを掌で計りながら。

＊

秋は急速に去ろうとしていた。

オシヲは首筋をなでる風の冷たさに身震いしながら、草の実を摘む手を速めた。

山の日暮れは早い。だが、もう少し頑張ろう。この袋が一杯になるまで。

足元ばかりを見つめて斜面を上がっているうちに、枯れ葉の落ちた広葉樹の疎林のあたりはもう抜けてしまった。今オシヲがいるのはかなり登ったあたりで、針葉樹がどこまでも続いている。だが、心配はいらない。このくらいの高さまでなら、もう何度も御山に登っている。木々の根元には、オシヲが探している宝があった。村の誰も知らない、オシヲだけの宝だ。オシヲの目はすばやく地面を這い回る。

山に登ることを、村人はみんな避けている。色々理由はあるが、一つには、山には生活の足しになるような木の実や草の実がないと思っているからだ。

——みんな、知らないものな。

ほら、あった。

オシヲはほくそ笑みながら、手を伸ばす。お目当ては、オシヲの小指のつめほどの大きさの青い草の実だ。遠くかすむ御山の頂のような、澄んだ深い青。

この実で染物ができることは、オシヲと母さんだけの秘密だ。

「ねえ、オシヲ、青い実を採ってきて」

秋になると、母さんはそう言ってせがむ。

「また、あの秘密の染物をする季節だから」

青い実をすりつぶし、母さんが天蚕《てんさん》から採って紡いだ絹糸を染める。すると、本当にきれいな青に染まるのだ。だが、母さんが望むだけの実を集めるのは大変なことだ。この木は、村の近くにはあまりない。低山で見つかる限りの実を集めたところで、袋に入れればほんのわずかなものなのだ。だから、母さんの喜ぶ顔が見たいばかりに、何年か前から、オシヲは徐々に遠出をするようになっていた。もっと必要だ。今まで集めたものだけでは、全然足りない。特に今年は。

なにしろ昨日、母さんが上気した顔でこう告げたのだ。

「すごい頼まれ仕事。山向こうの村長《むらおさ》の息子が結婚するので、衣装ひとそろえ作ってくれと言うの」

母さんは染物や衣の仕立てで、セイの国のこのあたり一帯に知られた名手なのだ。オシヲと母さんの家が、村はずれの、低山に入りかけた場所にあるのも、一つには染物や機織《はたおり》をするだけの広い場所が必要だったからだ。

「あの青い衣がいいと言うの。たかが村長の息子のくせに、都の高貴なお方と同じ色の衣をほしがるなんて。なにしろ、昔々の神様が、身を守るために青い衣を投げて、洪水を引き起こしたというわれがあるほどなのよ。そんな特別な色、あたしだけが知っている染めの色の衣で婚礼を挙げるなんて、身の程知らずなのだけど」

そんな憎まれ口をたたきながらも、母さんが久しぶりの大仕事に乗り気でいるのはよくわかった。何といっても母さんは染物となると夢中なのだから。それにきっと礼金も多いのだろう。

「これで、なんとか御光《みひかり》の日を迎えることができそうよ」

新年の第一日を、村では「御光の日」と言って、盛大に祝う。一年に一度、太陽が御山の最も高い峰の向こう側に沈むのだ。その年越しの支度も、今年は贅沢にできるかもしれない。

「さあ、忙しいわ。オシヲ、集められるだけ青い実を集めてきてちょうだい」

だから、オシヲは今日も御山へ登ってきたのだ。それにオシヲは山にいるのが好きだ。ここなら、村の誰にも会わなくてもすむから。

もっとも、御山に行くことは、母さんには黙っていなくてはいけない。

「何があっても、御山へ行ってはいけないからね」

今朝も、母さんはそう釘を刺した。

「この夏の頃から、近くの村の者が御山へ分け入っては、二人も行方知れずになっているそうよ。二人目は、ついこのあいだで、川向こうの村の男。腕のいい大工だったのよ。昔はあたしも仲良くしていて、この家を建ててもらったものだわ」

母さんはオシヲが出かけようとしても、後を追ってきて、まだくどくどと続ける。

「今年はね、御山が動く年なのかもしれない、きっと。御山がお目覚めになるのかもしれないからね」

「またそんなことを言って」

オシヲはうんざりした。

「そんな寝言を言っていると、また笑われるぞ。それでなくても……」

村の鼻つまみ者なのに。その一言は、胸の中にしまっておいたが。

「いいね、御山は人が立ち入っていいところじゃないのよ。今じゃ、どんな神様がお住まいになっているか、わからないんだから」

「そんなこと言うのはおかしいよ」オシヲは我慢しきれなくなって、とうとう言い返した。「あの山に、神様なんかいるもんか」

とたんに母さんの目がつりあがった。

「なんて罰当たりなことを言うの。いいこと、西には神様と、神様の御子《みこ》が住む都があるでしょう。御山は、その都にとても近いし、神様の御子の一族がお造りになった昔々の石の城があるの」

石造りの城か。母さん、見たことはあるのかい？　そんなのは、年寄り連中の昔話に顔を出す、ただの作りごとじゃないか。

だが、そう言うだけの勇気がオシヲにはない。

「ねえ、オシヲ、あの御山を見てごらん。あんなに美しいお姿じゃないの。あれがただの山であるはずがないでしょう」

——ただの山だよ。

だが、オシヲはまた黙っていた。

——美しいけれどただの山だよ、母さん。おれはよく知っている。だって、母さんのために、秋になると毎日のように登っているんだからね。

外の風が冷たい。オシヲは返事もせずに、外に出た。御山のことでは、母さんと何を話しても無駄だ。

それでも、母さんの声は粗末な小屋の外まで追ってきた。

「いいかい、決して御山に行ってはいけないのよ」

オシヲの集落は、御山へと続く低山のすぐふもとに、へばりつくようにして広がっている。東へ半日歩いたところに、この地方の領主の館を中心にした大きな村があり、さらに三日も歩けば開けた町と、そして海へ出るそうだが、オシヲはこの寂れた村しか知らない。周囲の土地は岩が多く、ろくに作物も育たないので、住人は狩で暮らしを立てている。

立ち入ることはなくても、御山は、どこに行っても目に入る。そして、村の暮らしに関わっている。この村に雪が少ないのも御山が雪雲をさえぎってくれるおかげだが、その一方で、雪溶け水が東の一帯に流れ込む春や、嵐の多い秋には、毎年どこかの村が犠牲になる。御山からの谷川が低地に流れ込んだところに扇形に広がるこの一帯は、みんな同じような標高で、幾筋にも分かれ広がった枝川は、いたるところで氾濫の危険にさらされる。どこの村が犠牲になるかは、運次第、御山次第というわけだ。

母さんほど激しくはないが、村々の誰の心にも、気まぐれで美しくて大きい御山を恐れ、崇める心はあるのかもしれない。御山は威圧的な壁のようなものだ。その影から、オシヲの暮らす村々は逃れられない。

その御山に向かって歩いていると、背中側の村のほうから、角笛の音が聞こえた。猟犬を集めているのだ。男たちが狩から帰って来たのだろう。とたんに村のそこかしこからにぎやかな人声が上がり、一箇所に集まってゆく。出迎えの女たちだ。子どもの声もする。

オシヲは、その騒ぎを無視して歩き続けた。

オシヲは村人の数に入れてもらえない。

母さんが、夫の子ではないオシヲを産んだせいだ。オシヲの村の男たちは全員が団結して、低山の中腹で狩をする。乏しい獲物だから、男たちの気がそろわなければ成功はおぼつかない。また、村の中では血縁関係がからみあっていて、どの家も身内と言えるような固い結びつきを誇っている。

そんな中で、十三年前、母さんは行商人の子を産んでしまったのだ。すでに夫が死んでいたとはいえ、村の人々にとっては許せることではない。オシヲは村に馴染めぬまま、大きくなった。遊んでくれる友達もいなかった。それでも、母さんはオシヲをなめるようにかわいがってくれた。気が向いたときだけ、だが。

「だって、村の男など、真っ平だったのだもの」

母さんは、よくそう言い放つ。

「外の風を運んでくるような男がいいの。あの人は、ここらに生まれたようなつまらない男じゃなかった。なにしろ、神様の国から来たのだもの」

本当かどうか、わかりゃしない。だが、母さんは神様の御子のいる都を何よりも大事に思っているのだ。

都かぶれ。村の女たちが、母さんのことをそう呼んでいるのを、オシヲは知っている。本当にあるわけでもない古い城などをありがたがって信じ、素性もわからない男に都生まれだとたぶらかされて、父《てて》なし子を産んだ馬鹿な女だと。結局、オシヲの父親は、オシヲが生まれる前にまたどこへともなく姿を消してしまった。

「ね、だからオシヲ、お前はこのあたりの子どもとは出来がちがうの。見てごらん、その肌の白いこと、髪のしなやかなこと」

そんなことを自慢げに言う母さんに、オシヲは何度も無駄な抗議を繰り返し、やがてあきらめた。

十歳そこそこの男の子に、姿の美しさが自慢になるとでも思っていたのだろうか。きれいな顔など、いたずら盛りの少年たちは、なぶり、泥をこすり付けて、恰好の餌食にするだけだと、わからなかったのだろうか。

たしかに、母さんもきれいすぎるのだ。美しいからなおさら、村の女たちは母さんを疎《うと》んじる。どうして、自分の母さんはほかのおっかさんたちと同じように、泥まみれでわずかな土地の芋を掘り、家畜の糞を肥桶《こえおけ》で運ぶような仕事をしないのだろう。オシヲは小さいとき、よくそう考えた。どうして、乏しい食料で食べさせる工夫を、ほかのおっかさんたちと熱を込めて話せないのだろう。

「あたしを誰だと思っているの。あんな女たちと話をして、何が楽しいの？　あたしはあんな女たちとはちがうんだから。それに、あたしらをのけ者にするなら、それはあたしらが悪いんじゃない、悪いのは村の奴らのほうよ」

そんな母さんとオシヲが、細々とでも暮らしていけるのは、オシヲがわずかに育てている鶏と、村共有の罠からこっそりくすねてくる獲物と、そして母さんの染物の腕があるためだ。母さんは染物に熱中すると、オシヲのこともそっちのけになるし、ろくにものも食べない。紅も緑も、母さんは、誰よりもよい色合いに染められる腕を持っているのだ。中でも特別なのが秋の青色染めだ。母さんはそのわざを誰にも教えず、だからよけいに仲間はずれにされている。でもとにかく、このあたりで青い色を染められるのは母さんだけだから、母さんのことは毛嫌いしても、その品物をほしがる人間があとを絶たないのだ。

秋になると、母さんはせっせと糸を紡ぎ、小屋で染物に精を出す。空腹になると自分は手当たり次第、そのへんにあるものに手を伸ばして空腹を紛らわすが、オシヲのことなど忘れてしまう。

そんな母さんでも、オシヲにとってたった一人の母だ。母さんが染物で手が放せないときは、今日のように、オシヲが食べ物を用意しておいてやる。本当は、小鳥を焼いてやるつもりだったのに、色々事情があって、結局ゆでた卵しか置いてこられなかったが。でも母さんは、怒りはしないだろう。オシヲが餌をやっている鶏は臭いと嫌うが、そのくせ産んだ卵は喜んで食べるから。子どものようにわがままで気まぐれな母さん。

だから、オシヲはその母さんのために、今日も御山へ入る。もう、低山の青い実は採りつくしてしまったのだ。母さんは、オシヲが御山へ行ったことを知れば、きっと怒る。けれど、青い実がなくても機嫌を悪くして、オシヲに当たり散らす。いいのだ、どこで採ってきたかさえ知らなければ、母さんは機嫌を良くしているのだから。

御山、か。たしかに結局、オシヲと母さんは御山に頼っているのかもしれない。母さんが使う糸だって、もとはといえばオシヲが御山から採ってきた天蚕と自生の山桑を庭で殖《ふ》やして、母さんが紡いだものなのだ。

そう、母さんは大変な思いをして、オシヲを育ててくれた。そのことには、感謝しなければと思っている。だが……。

「まだまだ、これでは実が足りないの。オシヲ、知っているわよね、あたしは役に立つ子が大好きなの。いろんなことを知っている子とか、母さんのほしいものを持ってきてくれる子とかがね」

たしかに、野山の草のことなら、母さんよりもオシヲのほうがずっと詳しい。だが、それほどたくさんの青い実が、そう簡単に見つかると思っているのだろうか。

「だって、お前はいつでも、あたしがほしいだけ持ってきてくれるもの。だいじょうぶ、きっとオシヲにならできるわ」

いかにも母さんらしい答えだった。そんな母さんの期待に応えたくて、こうして日暮れまで、山奥で青い実を探し回っている。オシヲは、ふっと自分を笑いたくなった。

——何をやってるんだ、おれは？

母さんと暮らす小さな家の中は、時々とても息苦しくなる。いつも母さんの顔色を窺っているのは、疲れる。それでも母さんのもとへ帰っていくのは、ほかにオシヲの帰る家がないからだ。家か。あんなの、雨露をしのげるというだけの、みすぼらしい小屋に過ぎないのに。脇にちっぽけな、古びた染物小屋をくっつけているから、よけいにみすぼらしく見える。でも、母さんはその小屋をとても大事にしていて、オシヲでさえ、染物小屋には立ち入らせないのだ。

——おれがこんな思いをして採っている実で染めたきれいな衣を着て、花婿は嫁を迎える。新しい家を築いてゆく。親から独り立ちする。

独り立ち。それができたら、どんなにすばらしいだろう。

——家に帰らないでいようか。

突然、そんな考えが頭をよぎった。オシヲは自分でもびっくりして、つい立ち止まった。

そんなこと、今まで思いつきもしなかった。でも、そうだ、母さんのところへ帰らないで——

もちろん、オシヲを受け入れてくれる家などどこにもないから村へも帰れないということだが——、一人で生きていけたなら、どんなに楽に息ができるだろう。

――それにしても、どこで暮らすっていうんだ？

御山で。

またもすんなりと答えが浮かぶことに、オシヲはさらに狼狽《ろうばい》した。

――この御山で、一人きりで生きていけるだろうか？

オシヲは初めて見るような目で、御山を眺めて考えた。

村の大人たちは御山で狩をしない。だから、低山などより獣は豊かだ。オシヲが飢えないくらいのものはなんとかなる。村共有の罠の獲物を盗むより、御山でこっそり狩をするほうが見つけられる危険はずっと少ない。オシヲは、今もそうやって母さんと二人分の食料を賄《まかな》ってきているのだから、一人で生きていくのは、もっと楽なはずだ。

だが、食べることはどうにかなるとしても、どこに住む？

――石の城に。

自分で答えて、それからオシヲは笑い出した。

ばかばかしい。石の城なんて、ありはしないのだ。そんな作り話の昔の城を信じるなんて、それじゃ母さんと一緒になってしまう。

だが、御山に住むという考えは、オシヲの心を強く惹きつけた。

帰るのを、本当にやめようか。

どちらにしても、もう少し登ってみることにした。じっとしていると、寒い。それに今日は、暗くなって村の大人たちが家に引っ込むまでは帰れない。見つかったらひどい罰を受ける。どのみち、明日の朝までのその場しのぎにはちがいないが、いやなことは少しでも先に延ばしたい。

明日になれば、大人たちの怒りも少しは冷めているかもしれないから。

そんなことを自分に言い聞かせ、少しずつ山を登っていた時だ。

押し殺したようなうめき声が、かすかに茂みの向こうから聞こえてきた。

何かいる。

オシヲは油断なく身構えた。今のは獣の鳴き声だろうか。

オシヲはじりじりと這うように進んでいった。もしもこんな山の奥でこそこそしているような奴なら、どうせろくでもないことをしているに決まっている。二人もの男が御山で姿を消したことを思い出した。母さんではあるまいし、神の怒りに触れたなどと信じることはできない。御山に怪しい奴が入り込んでいるというほうが、よっぽどありそうなことだ。御山にいる人間はそれだけで、どこか後ろ暗いところがあるのだ。オシヲはそれをよく知っている。なにしろ、自分がそうなのだから。

そして、そんな、何かたくらんでいるような人間なら、見極めておかなくてはならない。ひょっとしたら、山の中に何か値打ちのあるものを隠しに来たのかもしれない。だったら、あとで横取りできる。見とどけておいて損はない。

がさりと草が音を立てた。

もうまちがいはない。獣でも、鳥でもない。

オシヲは聞き耳を立て、物音の数をとらえようと神経をさらにとぎすましながら、近づいて行った。

まさかとは思うが、もしも本当に山賊の一団だったりしたら、うかつに偵察もできない。

進むにつれ、物音が決してかぶさっては聞こえてこないことがわかった。だいじょうぶ、向こうも一人ということだ。

少しだけ安心して、オシヲはそっと頭だけを藪の上に突き出してみた。

目の下は谷川のほとりで、大きく曲がったところに小さな岸辺ができている。その川原の大きな石の陰にうずくまっている者がいた。肩のあたりに、あるはずのない細い棒が突き出ている。

——あれは？

オシヲはまた緊張した。

武器だ。

矢にでも当たったのだろうか。

いったい、誰にやられたのだろう？

そいつは両手を背中に回してその棒をつかみ、引き抜こうとしているようだが、うまく力が入らないらしい。

このことを村長に知らせれば、オシヲのしたことを大目に見てくれるだろうか。どんな奴かを見極めようとして、オシヲは身を乗り出した。同時に、人影が大きくあえいでのけぞり、長い黒髪がゆれた。

——女だ。

その意外さに、オシヲはつい身動きして、足元から枯れ枝を蹴落としてしまった。

その気配を感じたのか、獣のような素早さで、女は振り仰いだ。オシヲと目が合う。

そのままうしろを向いて、逃げ出せばよかったのだ。相手は手傷を負っていて追いつかれる心配はないし、村まで走り戻って自分の見たことを大人たちに告げればよかったのだ。

だが、女の目に浮かんだ何かがオシヲを放っておけない気持ちにさせてしまった。この女を村の大人たちに売り渡すことなんて、できない。

そんな思いに駆られ、オシヲはそのまま滑り落ちるように斜面を下りて川原に立った。

まだ離れたところから、そっと声をかける。

「おれが抜いてやるよ」

女の目は、物狂おしく光っていた。追い詰められた獲物のようだ。オシヲは決して目をそらさずに、ゆっくり近づいた。向こうの気迫がまさったら、女は手負いのまま、藪に逃げ込んでしまうだろう。鹿のように。ウサギのように。あと三歩。二歩。

オシヲが女の肩に手をかけると、女は体をこわばらせたが、動こうとはしなかった。やはり右肩に矢が突き立っている。女の利き腕が右手だとしたら、これを抜くことは容易にはできなかったろう。現に、血は止まっている。しばらく時が経ってしまったのだ。

「動くな」

オシヲは腰に下げている短刀を引き抜き、まず川で洗った。本当は刃を焼きたいところだが、今火を熾してはまずいかもしれないと思い、やめておいた。

鋭い刃で傷口をえぐられると、女はうめき声を立てたが、そのまま拳を口に当て、必死でこらえていた。長引かせるほうが気の毒だ。オシヲは矢をまっすぐに引き抜いた。

血が噴き出てきたが、オシヲが衣の片袖を裂いて傷口に押し当ててやると、じきに弱くなり、やがて止まった。

「これでいい。しばらく動かないほうがいいけどな」

それから、オシヲは不思議になって女を見た。

「それにしても、よく手当てをさせたな。見ず知らずのおれなんかに」

女は、ぐったりと大きな石に寄りかかっていたが、オシヲが水を飲ませてやると、かろうじて首をもたげ、オシヲをまともに見つめた。

そのとき、オシヲは初めて女の美しさに気づいた。何と白い肌だろう。なんと深い瞳だろう。まだ若い。オシヲと、十もちがわないだろう。

オシヲの感嘆も知らぬ女は、まだオシヲから目を離さずに薄く笑った。顔に血の気がない。

「今さら、逃げられはせぬと観念した。それに、そなたは、わたしの追っ手には見えぬ」

「追っ手？」

「まさか、村人とて、そなたのような土臭い、獣じみた童《わらべ》を使うはずがない」

オシヲは女の居丈高《いたけだか》な物言いにむっとしたが、我慢した。たしかに、鄙びた村の人間の数にも入れてもらえない、はぐれもののオシヲが、文句を言えた義理ではない。

「それに、そなたはわたしと同じ匂いがする」

「同じ匂い？」

「そなた、この山に逃げ込んできたのだろう？」

オシヲは言葉に詰まった。そうだ、たしかにオシヲも逃げ込んできたのだ。夜明け前、村が共同でしかけた罠から山鳥を盗むところを見られてしまったのだ。いつもなら、まだあんな時間に出歩いている者などいないのに、今朝に限って。でも、母さんがどうしても温かい肉をほしがったから……。

「いったい、どうしてこんなけがをしたんだ？」返事に困ったオシヲは、逆に問い返した。「誰にやられたんだ？」

「逃げられると思ったのだ。あの男よりも速く走れると思った。だがまさか、まだ矢を隠し持っていたとは」

女は言葉を切り、オシヲを値踏みするようになおも見つめる。

「そなたを見込んで頼みがある」

女の切れ上がった眦《まなじり》は、切羽詰まった真剣な光を湛えている。

「何だ？」

「肩を貸してくれ。わたし一人では、崖の上まで戻れぬ」

オシヲは首を振った。

「お前、しばらく動かないほうがいい。風の当たらないところまでは背負っていってやるから、そこで夜を明かせ」

「だめだ」女は激しい口調で叫んだ。「どうしても、わたしはあの崖の上まで戻らなければ」

結局オシヲのほうが折れた。女は何とか立って自分で歩くことができた。それでも斜面の足がかりを見つけて体を持ち上げる動作はきついらしく、自分でもそれを悟ったのか、途中からはオシヲに肩を借りるようになった。びっくりするような細い骨だ。女は荒い息遣いで、必死で足を運んでいる。どうにか登りきれたのは、山を知り尽くしているオシヲが、女にも登れる道を選んだからこそだった。

「ここでよい」

大きく迂回して、崖の上まで出ると、女はそう言ってすげなくオシヲの肩から自分の手をはずし、オシヲを押しやった。

「これ以上近づくな」

「勝手な言い草だな」

そこまで女の迫力に押されっぱなしだったオシヲも、さすがにむっとした。それに、もう日が暮れてきている。女の様子も心配だ。このまま、二人で夜を越したほうが心細くないだろうに。オシヲがむっつりとすわり込むと、女は思いがけず優しい動作でオシヲの髪を掻きあげた。

「そなた、腹は空いておらぬか？」

女の指は懐に入り、そしてオシヲの口元に伸びてくる。甘いものが唇から差し込まれた。

「干した杏《あんず》だ」

めったに口にできないご馳走だ。だが、その美味よりも、女の手つきの優しさにオシヲは魅入られた。誰にも、こんなに優しく触れてもらった記憶がない。思わずそう言うと、女は笑った。

「そんなことはあるまい。そなた、こうしてきちんと髪を結っているではないか。身じまいをしてくれる母者《ははじゃ》でもいるのだろう？」

そういえば、そうなのだが。たしかに、今朝母さんは気が向いたらしくて、オシヲの髪をいじり始めた。

「オシヲの髪はやわらかくて、凝った髪形ができるね。お前の父さんと同じようにしてあげる。都では、だれもがこんなふうに髪を整えているのよ」

最初は嬉しくてされるがままになっていたオシヲだが、あまりに母さんが手間取るので、つい我慢しきれずもじもじと動きだしてしまった。と、母さんの手がぴしゃりと頬を打った。

「どうして言うことを聞かないの、我慢のない子ね」

母さんの気分があっというまに変わっていくのがわかった。だからオシヲは、ぐいぐいと髪を引っ張られる痛みに涙がにじんできても、歯を食いしばってこらえた。それでも、今朝はまだましだったのだ。どうにか遅くならないうちに出かけることができたし、母さんも、文句を言いながらも髪を結い上げた。うっかり母さんを苛立たせると、足蹴にされることもあるのだから。

だが、そんなことを、この女に言う必要はない。オシヲは体を硬くして、女がまた懐の包みからもう一つ杏を出すのを見守っていた。

この女も、そうだろうか。気分が乗ったときだけちやほやして、機嫌が悪くなれば邪険になるのだろうか。

だが女は同じように優しく、次の杏をオシヲの口に含ませると、オシヲの肩をもう一度、そっと押しやった。

「また会える」女は笑いかけた。「だが、そのためには、そなたは聞き分けよく、ここでわたしに従わねばならぬ」

「本当に、また会えるのか?」

オシヲは立ち上がりながらも、未練がましく聞いてみた。女はうなずいて、また笑った。

オシヲは振り返り、振り返りしながら山を下った。どうにか、村の大人たちの折檻《せっかん》を受ける覚悟もできていた。

あの女は、確かに追われていた。あれは逃げるところを背後から襲われた矢傷だ。追っ手とはどういうことだろう。

オシヲはいつもより念を入れて村の大人たちの噂話に耳を傾けたが、人を襲うような山賊の話は出ない。母さんの言っていた男たちの失踪も、それほど気に留められていないようだ。実を言うと、厳しい村の暮らしに耐えかねて、もっと豊かな海沿いのほうへ出てゆく男たちは、昔からあとを絶たないのだ。特に、その男というのが、手に職を持っている石工や大工だったなら。

だとすると、あの女が特別に狙われたのだろうか。居所を隠すのも、追われているからかもしれない。

それにしても、女はどこから来たのだろう。オシヲに体を預けたとき、いい匂いがした。そして、話す言葉もどこかちがっていた。まるで遠くからやってきたように。あんな女が、もう冬が近いというのに一人で生きてゆけるのだろうか。

御山は、人の住む場所ではない。まして、あの女の手はとてもやわらかくてきれいだった。力仕事などしたことのない、赤ん坊のような手だ。

あんな女が、厳しい御山の気候で、暮らしていけるのだろうか。女のことが、オシヲは気になって仕方がなかった。そして、腹を空かせて眠れないような夜遅くまで——母さんは染物小屋から帰ってこない夜が続いていた——女が今頃どうしているか、考えていた。

もう、夜は冷え込みがきつい。オシヲなら、まず枯れ草を集める。ふかふかになるほど下に敷いて、落ち葉を詰めた穀物の袋でも布団にすれば、上々の寝床が出来るだろう。それでも、雨露をしのぐ場所はどうしても必要だ。うまい具合に、岩棚か、洞穴《ほらあな》でも見つけられればいいが。それとも、小屋を作るか。

オシヲは翌日もその翌日も、前にも増して熱心に山に登るようになった。どのみち、青い実を採るのにも必要なことなのだ。母さんはどうにか上着と飾り帯の分を染め終えた。だが、まだまだ足りない。あの実は、一度霜にあたってしまえば見るまにしぼんでゆく。急がなければならないのだ。それにもちろん、女にまた出会えるかもしれない。

七日目、オシヲはまたあの谷川へ行ってみた。だが、谷川には人影もない。がっかりしたが、ここまで来たのだからと気を取り直し、淵で魚を捕ってみることにした。食料棚が、また寂しくなっているのだ。石を積んで簗《やな》を作り、魚を追い込んで、小さな銛《もり》で突く。一時間ほどで、獲物は七匹。まずまずだ。この時期になると、山の川には産卵のために細長い魚が上ってくるのだ。

ふと、何かの気配を感じ、振り向く。

すると、そこにあの女がいた。動作はゆっくりだが、肩の傷はもう心配ないようだ。このあいだより、顔色もよい。

「今日は、誰から逃げてきたのだ？」

女にからかうように聞かれ、オシヲはむっとして答えた。

「そんなことはしていない。漁をしているだけだ」

「ほう。えらいこと」

子ども扱いして。腹が立ち、一瞬、このまま立ち去ろうかとも思ったが、オシヲは思いなおして、松葉を敷いた上に載せた魚を女にさしだした。

「やるよ」

女は目を輝かせて見る。

「魚を食べるなど、何日ぶりであろう。これは、焼けばよいのか？」

「うん。だが、まず臓物は抜いたほうがいいぞ」

「ぞうもつ？」

「腹の中のわただ。食えないことはないが、苦いから」

「どうやって抜く？」

オシヲはあきれた。この女は自分で魚の下ごしらえもしたことがないのか。

「やってやるよ」

オシヲが小刀ですばやく腹を割き、川の水で内臓をきれいに洗い流すのを、女は興味深そうに見守っている。なんとなくオシヲは得意になった。

この女は、まるでちがう国の人なのだ。オシヲとも、オシヲの村のほかの誰とも。山歩きなどに慣れていないことも、このあいだわかっている。

「さあ、これでいい」

オシヲが捌《さば》きおえた魚を持って立ち上がると、女はその魚を受け取った。

「では、お帰り」

「追い返すのか？」

オシヲは不服だった。このあいだ助けてやったのに。今日だって、獲物を分けてやったのに。

オシヲの表情を読み取ったらしい女の笑いが、微妙に変わった。

「この先へ立ち入ると、そなた、村へ帰れなくなるぞ」

その笑顔が、なぜかオシヲをひるませた。笑っているのに、女の目はこわい。

「それでも、よいのか？」

問われて、オシヲはたじろいだ。帰りたくないと思っていたことは、嘘ではない。でも、このまま村と母さんを捨てる決心があるかと聞かれたら……。

「迷うような者に、御山で生きてゆく資格はない」女はさっさと背を向けた。「だから、お帰り」


それでも、オシヲは毎日谷川に通った。魚、パン、果物。このあいだのことで懲りたから、盗みはせずに自分の家のものだ。ただ、村長の家から、鹿の毛皮はこっそり持ち出した。これからの季節には暖を取るものが何より必要だ。

女はどれも喜んで受け取ったが、決してオシヲに自分の住処を教えなかった。オシヲも、もうそのことを聞こうとはしなかった。女の後をつければ、きっと見つかるだろうに。

でも、そんなことをして、もしも女に気取られたら、あのきれいな目で睨みつけられる。女は、母さんなんかとも比べものにならないくらい、美しい。嫌われたくない。オシヲにとって、女は誰よりも惹きつけられる相手で、同時に誰よりもこわかった。

秋は深まり、青い実はどんどんたまっていった。

そんなある日。腹立たしい思いをかかえて死んだウサギをぶらさげ、オシヲはどこまでも御山を登っていた。こんなに高く登ったことは今までにもない。いつもは、家に帰りつくのにかかる時間を計っているからだが、今日はもう、そんなことはどうでもよかった。

このあいだ、手ひどく折檻されたのに、また村の罠からウサギを盗んできたのも、そんな捨鉢な気持ちのせいだ。今夜の食べ物を確保しておかなければという計算があったのも、もちろんだが。それでも無意識に青い実を探しては摘んでいる自分に気づき、オシヲは舌打ちして、肩から提げた袋をその辺に放り投げた。

ここまで登れば、もう誰にも見つかる心配はないだろう。

オシヲはウサギを下ろして、枯れ草の上に体を投げ出した。

「畜生」

「どうした」

突然、からかうような声が聞こえた。なんと、すぐそこにあの女が立っている。

内心、今日も会えればいいと思っていたくせに、いざ女に見られると、かっと頬が熱くなった。さりげなくウサギを隠そうかと思ったが、それもためらわれる。

「その獲物はお前がしとめたのか?」

オシヲはかぶりを振った。

「盗んでやったのさ」

「おや、今日は威勢がよいこと。そのウサギをどうする?」

「肉はもちろん、食べるさ。毛皮は寒さよけに使う。ウサギは小さいが、毛皮を首に巻けば体の熱が逃げていくのを防げるし、靴の底に敷いてもいい。手袋を作れば氷で手をやられることもない」

「それも、わたしにくれるつもりだったのか？」

オシヲはまたうなずいた。オシヲは、こんな毛皮がなくても、家に帰れば寒さはしのげる。そう、家に帰れば。オシヲはまだ子どもだ。いくら、腹の立つことがあったからと言って、いつかはまた帰らなければいけない。

御山に、石の城はないのだから。

「ここの冬は、きついから。少しでもたくさんのものがあったほうが、いいから」

「そなたは、よい子だね」

思いがけない言葉を聞いたオシヲは、驚いて女を見た。

嘘つきのオシヲ。盗人のオシヲ。母にさえ疎まれるオシヲ。そのオシヲを、この女はほめてくれた。

——この女と一緒にいたい。

唐突に、そんな思いが湧きあがる。だが、それをどう言えばいいのかわからず、オシヲはうつむいてもごもごと言った。

「冬さえ越せば、楽になるから」

女も自分の体を抱くようにしながらうなずいた。

「そう、越すことさえできれば」

「できる」オシヲは叫んだ。「おれがついているから」

女はまたオシヲにほほ笑みかけた。

「ありがとう」

その返事にはげまされ、無駄と知りつつ、またオシヲは探りを入れてみた。

「もう、霜が毎朝降りているだろう？　凍えることはないのか？」

「そんなことを聞いて、どうする」

女はいつもそんなふうにオシヲをはぐらかす。

「そなた、また村にいたくないわけができたのか？」

オシヲは目をそらした。どういうわけか、この女には隠し事ができない。

母さんの、さっきの猫なで声が耳によみがえる。

「オシヲ、どこかに泊まり込んで、草の実を摘んでくることはできない？　もっと草の実が必要なの。家に帰らずに摘んだほうが、早く集まると思うのだけど」

今朝、母さんはそんなことを言い出したのだ。

「そろそろ、母さんと離れてもいい頃だし、お前だっていつも一緒はいやでしょう？　男の子は、そうやって独り立ちしていくものだもの」

いつもの母さんの理屈と同じで、それだけ聞けばまちがってはいない。だが、いかにも親らしい顔をしている母さんのうしろの炉辺で、若い男がにやにやとあぐらをかいているとあっては、全然ちがう。

オシヲは唇を噛んで、返事もせずに家を飛び出した。背後で、母さんが男にねだる、甘えた声が聞こえた。

「ねえ、都の話を聞かせて」

もう二年くらい、こんなことはなかったのに。だが、たまたま村に近づく姿のよい旅人を見つけると、母さんは呼びとめ、家の客にしてしまうのだ。

いつも、そうだ。母さんはオシヲのためだ、オシヲがしたいことだろうと言って、結局自分の好きなようにオシヲを操る。

そんな不満を、オシヲは女にぶつけていた。女は真剣に耳を傾けてくれる。

「そう、都からの客なのか」

「それだって本当かどうか、わかるもんか」

オシヲの話を女はにこやかに聞いていたが、やがて言った。

「では、今日はわたしのところに来るか?」

「いいのか?」オシヲは驚いた。「今まで、一度も近寄らせなかったくせに」

「これだけ世話になっているのだもの」女は背を向けて歩き出した。「ついておいで」

オシヲはあわててウサギをつかみ、木の枝に引っかかっていた肩提げ袋も取り上げて、女についていった。


女の住処は、崖からずいぶんと離れたところだった。一度は遠ざかった谷川が、かなり上流でもう一度台地の脇を流れるところだ。

登るにつれて、オシヲは不思議なことに気づいた。道が歩きやすくなっている。明らかに、これは誰か人間が作った道だ。だがこんなに高いところは、このあたりの者は誰も登ったことがないはずだ。なぜ、道があるのだ? オシヲでさえ、今日が初めてだというのに。

やがて、さらに信じられないものをオシヲは見つけた。道の片側に、石が規則正しく積みあげられている。ほとんどが土に埋もれているが、手で土を崩してみると、下からしっかりした石組みが現れた。しかもそれは道に沿ってずっと続いていた。

「ここは……」

女が意味ありげに笑う。

「ついておいで」

中に石壁が隠れている崖を大きく回ると、開けた高台に出た。そこには、不思議なほど四角い、小高い丘がある。そしてオシヲの背より高いあたりに石組みが整然と並んだ、大きな砦《とりで》があった。オシヲの家なら、五つや六つ、入ってしまうだろう。

オシヲは棒立ちになった。

「これは、まさか……」

城だ。石の城だ。オシヲは夢中でその丘の上に駆け上がってみた。しっかりしている。丘の上に石組みが並んでいるのではなく、土の中に石垣が埋もれているのだ。一番上の石は風にさらされたのだろう、もろくなっているが、三段目あたりから下は、まるで切り出したばかりのように、角さえ欠けていない。

「誰が、こんなもの作ったんだ？」

「この山へ逃れてきた人間たち」

女はそっけなく言う。オシヲは口をぽかんと開けてあたりを歩き回った。

——本当に、城だ。母さんは正しかったのだ。

女を振り返る。聞きたいことがありすぎて、何から聞けばいいのか、わからない。

「どうやって見つけたんだ?」

広い御山の中で、この石組みを見つけるのは、砂山の中で石一つ見つけるようなものだろうに。

「昔々の話に、この場所のことがあった。童の戯《ざ》れ歌に、道順を教えた言葉もあった。だからわたしは、この山を目指したのだ」

女は苦笑してオシヲを見やる。

「もちろん、本当にあるかどうか、わたしも半信半疑だった。いや、一か八かの賭けだったといってもよい。だが、本当に聞いたとおりだった。これほど高ければ、登ってみない限り、下からはわからない。だから探すのに、ずいぶん苦労したが」

「これは、城か?」

オシヲはおそるおそる、そう聞いた。

「城? そんなものではない」

女は不思議そうに言う。

「これは、谷川の水を溜めるものだ。今に、全容が現れればわかるだろう。谷川から水を引いて使う溜め池だ。大部分、土に埋もれていたために、ここまで掘り出すのも大仕事だった。だが、あとは谷川から水を引いて、たまった土をその水に押し流させるようにすれば、やがては使えるようになると言った。わたしも一安心だ。暮らしの上で、水は何より大事だから」

「言った? 誰が?」

何気なくそうたずねると、女の目がきつくなった。

「誰でもよい」

そう言い捨てて、女はさっさと歩き出す。

「ここで寝起きするわけにはゆかぬ。行こう」

「誰か知らないが、いったいどうして、こんなものを作ったんだ？」

オシヲはまだ興奮していた。

「言ったろう、ここで暮らすためだ。本当に、昔、ここに誰からも知られずに村を作ろうとした者たちがいたのだ」

「じゃあ、これが作られたのは……」

「一番上の石組みを見ればわかるだろう、遠い昔のことだ。百年二百年、それとももっと古いのかもしれない」

「それで、その人たちは？」

「それも、今の有様を見ればわかるだろうに。誰も住んでいない、つまり死に絶えたのだ。そなた、ここに人が住んでいるなどと、聞いたことがあるのか？」

オシヲはためらいながら、頭を振る。母さんの寝物語は、本当のことではないから。

「そう、ないだろう？　つまり、その者たちは生き延びるのに失敗したということだ」

「みんな？」

「そうだろうな」

女は平然と言うが、オシヲは震え上がった。ここは、死者の住処なのか。

「……こわくないのか、こんなところにいて」

風が吹きすさぶ石組みの間には、荒涼とした空気がただよっている。さすがのオシヲも、山の霊はこわい。これを作った人間は、すべて死に絶えたのだ。

「こわい？」女は嘲るように笑った。「死んだ者など、こわくはない。わたしが恐れるのは生きている人間だ。死者よりも生者のほうが、よほどむごい……。さあ、おいで」

女がオシヲの手を取ってくれる。オシヲは途方もないものを見たことにまだ呆然としながら、すなおについて行った。

いくらも離れていないところに、木造の小屋があった。小さいが、しっかり建ててある。

「この小屋は、誰が作ったんだ？」

さっきの石組みとは打って変わり、こちらはまだ新しい。木の香りがする。今年のうちにできたようだ。

「なんだか、よく似ているな。おれの家に」

オシヲは何気なくそう聞いただけなのに、女はまた、急にこわい顔になる。

「聞いてはならぬ。知らなければ、わたしがそなたを嫌いになることもない」

オシヲは体をこわばらせた。大人はいつも、機嫌よくしているかと思うと、急に掌を返したように冷たくなる。

だが、それから女は笑顔になった。

「しばらく入ってはならぬ。ここで待て」

オシヲは好奇心にかられて、小屋の周りを回ってみた。どこかで、猫の鳴き声がする。山猫だろうか。オシヲがぶらさげているウサギの匂いを嗅ぎつけたのかもしれない。それからオシヲは眉をひそめた。なんだか、小屋の中から鳴き声が聞こえたような気がしたのだ。だが、小屋には窓が一つもなく、戸も女が閉めてしまったために、よくわからない。耳を澄ましたが、もう何の声も聞こえなかった。戸の隙間に耳を近づけようとした時、その戸が内側から開いて、女が姿を見せた。

立ち聞きしようとしたことを叱られるかと思ったが、女はにこやかにこう言っただけだった。

「さあ、そのウサギを煮よう」

ウサギの肉を捌いたのは、やはりオシヲだった。だが女は意外に器用な手つきで火を熾し、たった一つしかないらしい鍋で汁に仕立ててくれた。

——こうして暮らしていけばいいのか。

自分の家でない場所で眠るのは初めてだ。だが、オシヲの心は落ち着いていた。何より、あの石の廃墟を見たことが大きい。たとえ女に拒まれたとしても、いざとなったら、あそこへ逃げ込めばいいだけのことだ。女だって、力ずくでオシヲを追い払うことはできないだろう。

御山は、人の通わぬ場所ではなかったのだ。昔、あれだけの石を切り出して大きな石組みを作った人々が、確かに存在したのだ。

すっかり体も温まり、オシヲは満足して空の椀を置くと、女を見た。無心に汁をすすっていると、オシヲの視線に気づいてこちらを向き、にこりと笑った。

「さあ、床の支度をするから外へ出ていておくれ」

「おれがするよ」

だが女はきっぱりと首を振る。

「言いつけを聞けないなら、帰るがよい」

大人はいつもこうだ。言うことを聞かないなら、と言って脅す。

でも、今夜は泊めてもらうのだから文句は言えない。

外は星の降るような夜空だった。冬の訪れを告げる三連星《みつれぼし》がもう東の空に昇っている。オシヲは身震いを抑え、そのあたりを歩き回った。いったい、女は何を手間取っているのだろう。あんなに狭い小屋の中なのに。

ずいぶん待ったあとで、ようやく女に導かれた。小屋の片隅に藁が積まれている。女に手招きされて、オシヲは遠慮なく、藁の中へもぐりこんだ。麻の袋はないが、前に考えていたのよりは、ずいぶん上等の住処だ。あっというまに眠気が襲ってくる。考えてみれば、今日はいつもよりずっと長い距離を歩いたのだ。

そのとき、かたわらに気配を感じて、オシヲはしぶしぶと半分だけ目を開いた。女が体を寄せてきたのだ。女の匂いは母さんに似ているようで、でももっとなつかしい。

「それで、そのおまえの家の客は、本当に都から来たのか？」

「さあ。母さんは、そう思っているけど」

「名は？」

オシヲは眠い頭で懸命に思い出そうとした。

「たしか、なんとかのジョウ、と言っていたような気がする」

長たらしくて、オシヲには覚えられなかったのだ。母さんもそうだったらしい。

「ジョウと呼ばせてもらうわね」

母さんは甘い声でそう言っていた。

「そう。それで、どんな服を着ていた？」

こざっぱりした恰好だった。だが、革でできた靴は丈夫そうで、そして背中に不思議な模様をつけた上着を着ていた。

「どんな？」

うろおぼえで、オシヲは丸い花のような印を掌に描いて見せた。

「そう……、一人？」

「うん」

女はそこでオシヲが今にも眠り込みそうなのに気づいたようだった。

「暖かい？」

オシヲの肩を古い衣でくるみこんでくれる手つきは母さんとはちがう。しかし、オシヲは満足して、すぐに眠り込んだ。

夜中に、ふと夢の中で猫の鳴き声をまた聞いたような気がした。

かわいい声だな。子猫だろうか。ああ、これは昔、母さんに内緒でこっそりと飼っていた猫だ。いつのまにかいなくなったと思っていたら、こんなところにいたのか。

オシヲは嬉しくなって声をかけた。

「ほら、こい」

自分の声で目が覚めた。自分がどこにいるのかわからず、あわててあたりを見回す。

そうか、ここは御山の中の小屋なのだ。ぼんやりと明るい。どこかから光が漏れてくるようだ。それに、女がいない。一緒に藁の中に入ったはずなのに。

もう、朝が近いのだろうか。かすかに光が射し込んでくる。いや、この光は変だ。床のある部分が、光の線で四角に切り取られている。

だが、オシヲはまだ眠かった。きっとすぐに女は帰って来るだろう。

枕元でまた山猫の鳴き声がする。小屋の中にいるのかな。起きて確かめようと思いながら、オシヲはまた眠ってしまった。

次に目を開けると、夜はすっかり明けていた。女はにこやかに朝の粥を煮ている。

「さあ、今日は遠くまで薪を採りに行って。昨日使い切ってしまった」

女が指さす小屋の隅に、四角い場所がぽっかりと開いている。ちょうど、薪を積んであって、すべてを使い尽くしたときのように。昨日もこんな場所があったろうか。暗くて気がつかなかっただけかな。

——馬鹿だな。

オシヲは優越感を隠して、その空間を見つめた。何も、薪を取ったあとを、こんなにきれいに掃き清めることはないのだ。どうせ、すぐにまた薪を運び入れるのに。でもこの女はずいぶんきれい好きだ。きっちりと建ててある小屋は、どこもかしこも磨かれている。そんなことより、食べ物を集めたほうがいいのに。

朝の冷え込みは、昨日よりさらにきつくなっている。前の晩に薪を集めておかないなんて、手際が悪すぎる。

「わかった、すぐに採ってきてやる」

オシヲはすぐに一抱えの粗朶《そだ》を集めて家に戻ってきた。家の周りにいくらでも散らばっているので、造作もないことだった。

「おお、そなたはえらいこと。でも、どうしよう。家の中に入れては泥がつくだろうか」

「外に積んでやる。さしかけの軒下なら、雨にあたらないだろうし、壁が厚くなるわけだから小屋も暖かくなる」

大人のくせに、そんなことも知らずに、よく生きてこられたものだ。

オシヲは昼過ぎまでかかって、薪を集めては小屋の周りに積みあげることに精を出した。こうしておけば当分もつし、隙間風も通しにくくなる。

何度か、あの猫の声が聞こえたが、手を止めて耳を澄ませるたびに、また消えてしまう。生き物はみんな、冬ごもりの支度に忙しい時なのだ。

「さあ、もうじゅうぶん」

女の口ぶりは、オシヲに帰れと言わんばかりだ。それがわかったが、オシヲはうつむいた。ここで、一緒に暮らせないだろうか。

何度も女にそう頼もうと思ったのに、いざとなると、また言葉がうまく出てこない。

「今なら、日が暮れないうちに家に着けるだろう」

「うん」

オシヲは仕方なくうなずいた。今日は帰ろう。母さんも、優しいかもしれない。

そこで、オシヲは思い出した。昨日、女と出会うまでに集めた青い実を、小屋の外に置いてあることに。

あれがないと、母さんは最後の染物ができない。

――帰るしかない。

ようやく、オシヲはそう決心した。草むらの中に隠しておいた袋をさぐる。

「ほう、その匂いは、ジョウザンの実か」

「知っているのか？」

オシヲは女を見た。ほかの誰も、母さんでさえ、名前は知らなかったのに。

「染物に使うのだろう？」

「そうだよ」

青い色に染められるのは、この実しかないのだが、独特の青くさい匂いがするのだ。

「あれ？」

オシヲは袋を持ち上げてみて、がっかりした。ずいぶん少ない。よく見ると袋に穴が開いている。きのう、乱暴に扱ったせいだ。あわててあたりを見回すが、まとまって落ちている様子はなく、とぎれとぎれに青い点が散らばっている。このまま来た道を戻れば拾えるだろうか。だが、ためしに一粒拾ってから、オシヲは苦い顔になって投げ捨てた。土のついた部分が赤茶色に変色している。これでは染物に使えない。

「おれ、また採らなくちゃ」

この実を採れるのも、あとわずかのことだろう。もうすぐ冬になってしまう。

女は笑った。

「ジョウザンならどっさり生《な》っている場所を知っている。ついておいで」

「本当か？」

半信半疑でついていったオシヲは目を見張った。青い実を宝石のように鈴なりにした茂みが、本当に見つかったのだ。この女は、魔法使いのようだ。

「こんなにたくさん……」

母さんが、どんなに喜ぶだろう。わずかの時間に、オシヲの肩提げ袋はまた一杯になった。今度は、袋の穴もちゃんとふさいである。

「それから、染める時にこれを混ぜるがよい。さらによい色が出る」

女が渡してくれたのは、この間、自分の肩を突きさしていた鏃《やじり》だった。

「こんなものを？」

そんな染め方は、聞いたことがない。

女は笑った。

「その鏃は、鉄で出来ている。鉄のものを交ぜると、染物は色が鮮やかに、洗っても落ちにくくなる。それだけの土産があれば、きっと母者はお前を喜んで迎えてくれるはず」

その言葉に背中を押され、オシヲは山を下りた。たしかにこれだけのものを持ち帰れば、きっと母さんはオシヲを見直してくれるだろう。

母さんだって、色々と言うけれど、結局はオシヲがいなければやっていけないのだから。

家に帰り、中へ一歩踏み入れるなり、生臭い空気がオシヲを包んだ。

あの小屋の匂いのほうが、よほどかぐわしい。どうして似ているなどと考えたのだろう。

「おや、帰って来たの」

物憂げに床から半身をおこした母さんが髪を掻きあげる。袖の奥に見える白い二の腕から、オシヲは目をそらした。

「これ」

それだけ言って、肩に提げていた袋を、床に投げ出す。とたんに青くさい匂いが立ち込めた。

「おやまあ、これなら何とか間に合うかしら」

床から這い出してきた母さんは、片手を伸ばして袋のはしをつかんで引き寄せて、また暖かい寝床へ戻ろうとする。

「おい、不精な女だな」

ジョウが、これも不精に寝たまま、そんな母さんを笑う。オシヲはうつむいたまま、横目で睨みつけた。

「それはなんだい？」

「染物に使う実でしょうに」

「へえっ。そんなちっぽけな実がかい？」

「知らないの？」

母さんはすわりなおして、まじまじと男を見つめる。

「あたしは、あんたみたいな人に教わったんだけど。神様の衣の染め方だと言われて」

「おれみたい？　どういうことだ」

母さんは目をぱちくりさせて、それからとってつけたように笑った。

「ああ、そのことはどうでもいいの。ねえ、おなかが空かないこと？」

母さんはそう言いながら、近くの鉢を引き寄せて、ジョウの口に胡桃《くるみ》を押し込んでやる。

「そろそろ胡桃も終わりなのよ」

――それは、おれが採ってきた胡桃じゃないか。母さんは、おれに胡桃菓子を作ってくれると言ったのに。

オシヲは思わず口から出そうになった言葉を押しとどめる。

オシヲの視線に気づいたのか、男がだらしなく口を動かしながら振り向いた。

「その子には、いいのか？」

「ああ、大丈夫。あの子は、自分で食べ物を見つけることが上手なの」

母さんは屈託なく笑う。

「きっとまた採ってきてくれるわ」

そうして、オシヲの袋をぞんざいに隅に押しやった。あんなに苦労して採ってきた実の入ったまま。

どうして、こんなところに戻ってきたのだろう。

――母さんに、ほめてもらいたかったからさ。

オシヲの心の中で、嘲る声が聞こえている。

その夜から、母さんは染め汁を作り始めた。ジョウは、村のあちこちを回っているようで、小屋の中から消えてくれたのが、オシヲにはありがたかった。

「やっぱり、オシヲがいてくれると助かるわね」

そんな言葉一つで心をやわらげてしまう自分が、オシヲは自分でも腹立たしい。それなのにまた、オシヲの手はこうして母さんを助けている。

「どうしてジョウはこの実のことを知らなかったのかしら」母さんは手を青黒く染めながら、不思議そうにつぶやいた。「都で始まった染めの技法なのに」

オシヲは手を止めた。

「あの男、本当に都から来たのか？」

「ちゃんと名前をお呼び。ジョウさんと」

母さんは決め付けてから、また独り言のように続けた。「そりゃあ、何も知らなければ、こんな実をすりつぶして青く染めるなんて、わかりもしないものね。都の人間なら誰でも知っているというわけでもないのねえ」


その次の朝までは、たしかに母さんの機嫌はよかったのだ。だが、昼過ぎ、髪を洗った頃から、母さんは理由もわからず不機嫌になっていた。ジョウが家にいないのが原因だろうか。オシヲが話しかけても、口も利かない。

——いったい、何が気に入らないんだ？

何度もそう聞きたくなったが、オシヲはこらえた。下手に母さんを問い詰めると、何倍にもなって返ってくるのだ。それでなくても、探るようなオシヲの目つきそのものが母さんには気に入らないようで、オシヲが何もしなくても、叱る言葉が矢継ぎ早に飛び出す。

――あたしのどこが不機嫌だと言うの、あたしの何が気に入らなくてお前はけちをつけるの、どうしてそんなにおびえてあたしを見るの、おどおどするのをやめなさい、泣くの、しゃべるの、どっち？　もうあたしを責めることはしないの、根気がない子だね、ほら、これしきの小言で泣くのはおやめ……。

オシヲが、立ち居振る舞いすべてに小言が飛んでくることにさすがに痺《しび》れを切らし、外へ逃げ出そうとしたときだ。長い時間身動きも我慢してすわっていたせいか、足がしびれていた。よろけた弾みに、染物小屋に持っていこうと置いてあった、染め汁の入った甕《かめ》にぶつかる。あわてて手を差し伸べたが遅かった。

「オシヲ、なんてことを！」

母さんが仁王立ちになって目をつりあげる。甕はあっけなく割れ、青黒い汁とくさい匂いを家中にふりまいていた。オシヲは後ずさりしながら、ささやくように言った。

「母さん、まだ実は残っているよ。染物はできるよ」それから思い出して、懐から女にもらった鏃を取り出して、床に置く。「絞り汁をとったら、この鉄の鏃を交ぜると、もっと鮮やかな色になるんだってさ。おれ、教えてもらったんだ」

外に出たとたん、ジョウにぶつかった。

――今頃帰ってきたって、遅いよ。

オシヲはうしろも振り返らずに走り出した。

どこへ行く？　山しかない。あの女が受け入れてくれるかどうかはわからないが、もう母さんのところにはいたくない。

男の前では、決してオシヲの名を呼ばず、まるでそのへんの子どもの一人に過ぎないとでもいうように、「あの子」としか呼ばない母さん。オシヲには男の名を呼ばせるくせに。オシヲにはうまいものを食べさせなくても、男には食べさせようとする母さん。

——もう、帰るまい。

ふと、オシヲはうしろを振り向いた。あとから母さんが追いかけてきてくれるような気がしたのだ。だが、細い一本道には寒々とした夕闇があるばかりだった。


もう、母さんはいらない。母さんもオシヲを愛してくれたのかもしれない。母さんなりのやり方で。でも、母さんの抱いてくれる手にはいつも、その柔らかさの奥に、ひどく硬くて冷たいものがある。今優しく母に抱き取られている自分は、次の瞬間には、気が変わって突き放されているのではないか。だから、オシヲはずっと母さんを信じすぎまいと努めてきた。いつ放り出されても、立ち直れないような傷を負わないように、身構えて生きてきた。

母さんが自分以外の誰かの手を取り、自分を家の外に追い出す幻影におびえながら。

外はとっぷりと暮れていた。今から御山へ登ることはできない。それに、たとえあの石の堰《せき》にたどりつけたとしても、女に何と言えばいいのか、今のオシヲには言葉が見つからない。

結局、オシヲは村の共同の家畜小屋にもぐりこんだ。牛が七頭ほど飼われていて、屋根裏には干草がたくわえられている。その中に潜り込めば、夜を過ごせるだろう。

夕方の乳搾りが終わったあとの小屋には、甘い匂いが立ち込めていた。また、あの女の小屋を思い出す。造りはオシヲの家と似ていたのに、あの小屋にはとてもなつかしい、心をなごませるものがあった。いったい、どこがちがうんだろう。

そんなことをうとうとしながら考えていると、突然冷たい風が吹き込んできて、オシヲはとたんに目が覚めた。

「どうだ、少しは草を食ってるか？」

「いや、全然駄目だな。乳も、相変わらず出る様子がない」

下から、そんな話し声が聞こえてくる。

オシヲは物音を立てないように注意しながら、板の隙間から下をのぞいた。一頭の牛を、三人ほどの男たちが取り囲んでいる。その内の一人は、村長だ。どうやら、村長の持ちものである牝牛の具合が悪いらしい。そのために、男たちは夕食をすませて、また様子を見にやって来たのだろう。

「もう少し様子を見るか」

「そうだな。まあ、ゆっくりしよう。いい物を持ってきた。ほら、体があったかくなるぞ」

「こいつはありがたい」

誰かが、酒でも持ってきたらしい。オシヲはこっそりとため息をついた。どうやら、長くなりそうだ。今さら外に出るわけにもいかないし、自分がここにいることを知られてもまずい。体が動かせなくて、なんとなくあちこちに痛みを感じるが、無理やりそれを無視してまた眠ろうとしたときだ。耳に御山という言葉が入り込んできたオシヲは、頭を起こして耳を澄ました。

「じゃあ、本当に御山に女が逃げ込んだっていうのか？」

「都のお触れでは、そうなっておる」そう答えたのは、村長だ。「誰か、そのことに勘づいているか？」

「いいや。だが、そのせいか？　ここ数日、あの見慣れない男が聞き回っているのは」

ジョウのことだ。オシヲはそう直感した。村にいるよそ者といったら、たった一人だけなのだから。

「ほう、あの男は、村はずれのあばずれ女とよろしくやっているだけかと思ったが」

男たちの下卑《げび》た笑い声が聞こえる。オシヲは体を硬くした。母さんのことを馬鹿にするのは、許せない。

「なあ、村長」もう一人の声が聞こえた。「お触れが出ているということは、その女を捕まえたら、褒美がもらえるということだな」

「やめろ」村長がぴしりと言う。「御山には立ち入るな。それがわしらの掟のはずだ、よくわかっているだろう」

「知っているよ」たしなめられた男が、不満そうに言う。「だがなあ、なぜなんだ？　なぜ、おれたちは御山に入ってはいけないんだ？」

村長のため息が聞こえた。

「詳しく話すと、かえってよけいな詮索を招いてしまうと、わしの父は言っていたが……。ここだけの話にできるか？」

「もちろんだとも」

村長の声がさらに低くなった。もう、オシヲがいくら耳を澄ましても、聞き取れない。

だが、今聞いたことだけでもオシヲにはじゅうぶんだった。

御山のあの女は、都から逃げてきたのだ。そして、その女を捕まえた者には褒美が出るらしい。なおも懸命に聞き取ろうとしていると、かすかに「山狩り」という声が聞こえ、そのあとで村長の声がひときわ高く聞こえた。

「いかん。山に入り込んだ者は、もう人ではなくなるのだ。放っておけ」

そこで人声はとぎれた。牛が鳴き、男たちがあわただしく動く気配だけがわかる。やがて、村長が安堵の声をあげた。

「おう、少し乳が出たな」

「まだ少ないけどね」

不満げな声にもめげず、村長は機嫌の良い声になった。

「まずは一安心か。お前ら、用心のために、一晩ついていてくれるか。何かあったらわしを呼びにこい。ああ、その酒は自由にやってくれ」

また冷たい風が吹きこんだ。村長は帰ったらしい。残った二人の声はぼそぼそとして、一向に聞き取れなくなった。

だが、オシヲは、気が気ではなくなった。さっき褒美と言い、山狩りと言った男の声に、心当たりがある。母さんのところに、時折忍びこんできたことがある、まだ若い男だ。顔立ちはよかったが、母さんに隠れて、ひどく陰険にオシヲをいじめた。

――こいつは信用できない。

だが、屋根裏に追い上げられた形のオシヲには、どうすることもできない。

夜明け、牛の具合がよくなったのを確かめて二人の男は小屋を出て行った。それを見届けて、オシヲは山へ急いだ。途中、村の男たちが使う山道にいくつか草を結んで足を引っ掛ける罠を仕掛ける。男たちの猟銃の弾丸も盗んでおいた。男たちは決まりきった隠し方しかしないから、見つけるのは楽なものだった。こうしておけば、男たちはたとえ山に入っても、あの女のところに容易には行き着けないだろう。

オシヲの勘が当たれば、あいつはきっと手柄を独り占めにしようと、仲間も連れずに山に登ってくるはずだ。

叫び声を聞いたのは、オシヲがまだ石の堰にたどりつく前の、最後の崖を登りきらないときだ。全力で走ったオシヲの目に飛び込んできたのは、あの女を組み伏せようとする男の姿だった。

遅かった！

オシヲは頭に血が上り、男に飛びかかった。

いつのまにか腰に提げていた小刀を右手に握っていたのは、狩人の村に生まれた習性のせいだ。だが、やがて気がついて見ると、オシヲが組み敷いている男が動かない。男の首筋からはまだ血が噴き出していて、オシヲの小刀は真っ赤に染まっている。

オシヲの体が大きく震えだした。人を殺してしまったのだ。なおも震えながら、倒れている男の横にひざまずく。もう息をしていない。

そこで初めてオシヲは男の顔を見て、さらに衝撃を受けた。これは村の男ではない。見たこともないほど鮮やかな青い衣を着ている、この男は——。

これはジョウだ。

なぜ、ジョウがここに？　邪魔者のオシヲがいなくなって、母さんと「よろしく」やっているはずではないか。母さんはジョウがいるからこそ、ずっとオシヲを追い出したがっていたはずだ。なぜ、オシヲより早く、ここまでたどりつけたのだろう？

「そんなことをしなくてもよかったのに」

冷静な声にオシヲが顔を上げると、ジョウに組み敷かれていた女が半身を起こしてこちらを見ている。

「わたしが殺せたのに」

女は衣を乱したまま、荒い息をついている。右手には長い針が握られていた。オシヲがその針を見つめているのに気づき、女も自分の右手を見る。

「わたしはこうして、一人ならず男を倒してきたのだもの」

混乱していたオシヲは、女の言葉の意味を理解するどころではなかったが、女はそれにかまわず続ける。

「それにしても、この男は、わたしがここにいるという気配を感じたのだろうか。迷うことなく、ここまで登ってきたようだ」

オシヲははっとして顔を上げた。

「ひょっとしたら、おれが教えてしまったのか？」

「どういうことだ？」

「おれは昨日、母さんに言ったんだ。染め汁に鉄を交ぜることを教えてもらったと」

そうだ、母さんさえ知らなかった染めの秘法をオシヲが知っていることに、あの時ジョウは不審を抱いたのではないか。しかも、オシヲは女からもらった鏃まで置いてきた。

あのあと、ジョウが母から色々と聞きだしていたとしたら。どうして都渡りの染物の秘法を、オシヲが知っている？　誰かに教えてもらったから、と推論するのはごくたやすいことだ。

そして、オシヲに親しくしてくれる村人などいない。オシヲが頻繁に出入りしているのは山だけだ。ひょっとすると、御山に都から女が逃げ込んだということも、ジョウは誰よりも早く知っていたのではないか。

――見慣れない男が聞き回って。

ごく簡単なことだ。ひょっとしたら、ジョウはオシヲが家を飛び出した直後から、後をつけてきたのかもしれない。

そして、牛小屋でのゆうべの会話を、ジョウも外から盗み聞きしていたのか。

朝になるのを待って、オシヲの後をつける。そして、オシヲの行く手に見当をつけると、途中で手間取っていたオシヲを追い越して……。

できる。おととい、オシヲの袋から点々とこぼれた青い実があるではないか。もう使い物にならないからと、そのままにしていた実。女の小屋の近くから、石の堰を越えて、ずっと道しるべとなってしまう実。

「そうだ、きっとおれのせいだ」

オシヲはうなだれてつぶやいたが、女はきっぱりとさえぎった。

「そんなことはどうでもよい。遅かれ早かれ、この男はわたしを見つけたはずだ。そなたに、都の印をつけた男が村に入り込んでいると聞いたときから、わたしは用心していた」

だがそこで、女は力尽きたように、また草の上に倒れた。

「どうした？」

オシヲは女を助け起こそうとして、ぎょっとした。女の顔は死人のように血の気がない。まるで、初めて会ったときのように。そして、女の体からも濃い血の匂いがする。女の両手が、痛いほど強くオシヲの両肩を握り締める。

「こうなっては仕方がない。そなたしか頼る者がいない。わたしを連れていってくれ。あの小屋に」

「え……」

オシヲは女の体を見下ろして、息をのんだ。左足が膝の下で、切り飛ばされている。

「その足は……」

「わたしの武器は、組み敷いてきた相手にしか使えぬ。わたしがこいつのうなじを狙うより速く、この男はわたしが逃げられないように、わたしの足を狙ってきた」

「早く、手当てしないと」

オシヲはうろ覚えの知識で自分の衣の片袖を引きちぎり、細い紐を裂きとると女の太ももを力いっぱい布で引き絞った。それから残りの布で傷口全体をくるみ、できるだけきつく押さえる。以前、クマに片足を食いちぎられた男が出たとき、こうして手当てするのを手伝ったことがあるのだ。

「これで、血が止まるといいんだけど」

「とにかく、わたしは戻らなければ」

「あの小屋へか?」

オシヲは半分あきれながら聞いたが、女はきっぱりとうなずく。なぜ、あの場所にこれほどこだわるのだろう。

「できっこないよ」

女は到底、動けそうにない。かなり距離があるから、オシヲが女を担いでいくのも不可能だ。

「それでも、行かなければ」

女は懸命に立ち上がろうとしたが、くずおれてしまう。

「ほら、見ろ」

女は追い詰められた獣のような目になって、あたりを見回す。その目が石組みのところで留まった。

「では、あの石の堰のところまで連れて行ってくれ。どうにか風がしのげるだろう」

女を半ば担ぐようにして動くのは大変だった。だが長い時間をかけて、ようやく北西の角、いちばん風をさえぎる隅まで二人はたどりついた。それだけで、女は精根尽き果てたように荒い息をしている。

「あの死体は?」

「そなたが始末するしかない。石の堰から掘り出した土がこれほどあるから、日暮れまでに埋めてしまうことができるだろう」女は笑おうとしたようだ。「不運の中の小さな幸運、とはこのことだな。埋めるための土だけはじゅうぶんにある」

だが、オシヲが立ち上がろうとすると、女は強い力で引きとめた。

「その前に、そなたにしてもらわなければならぬことがある」

「何だ？」

「そなたがくれた、鹿の毛皮を覚えているか？」

オシヲはうなずいた。

「小屋まで行って、あれを持ってきてほしい。そして、その中にあるものも、一緒に」女の目がぎらぎらと光っている。傷のせいで、熱が出てきたのかもしれない。「そなたを信じて、頼む。そなたしか頼める者はいないのだ。よいか、毛皮の中のものを、ここまで無事に運んできてくれ」

オシヲはすなおに立ち上がった。ジョウの死体は見ないようにした。まだ何も考えられない。指図してくれる女のいることが、とてもありがたかった。

宙を歩いているような頼りない足取りで小屋に近づくと、また猫の鳴き声が聞こえてくる。今日ははっきりわかる。小屋の中からだ。女が、猫を飼っていたのか。

いや、ちがう。さらに近づいたオシヲは気づいた。似ているが、猫の声ではない。これは……。

中は、以前に一度オシヲが泊めてもらった時と変わりなく見えた。ただ一点をのぞいては。

あの朝、女が薪を使い切ったと指さした一角に、今は何かある。こんもりと藁を積んだ上に、オシヲがやった鹿の毛皮が敷いてある。今しも、その毛皮が動き、そしてふっくらとした小さな腕が突き出した。鳴き声がひときわ大きくなる。

「赤ん坊？」

オシヲはあまりに意外なものを見て、度肝を抜かれた。こんな山の中に。毛皮の中のものを、ここまで無事に運んできてくれ。

赤ん坊は顔を真っ赤にして泣き喚いている。オシヲは赤ん坊を抱いたことなどない。だが、このままにしておくわけにはいかない。何よりも、この泣き声を誰かが聞きつけてここに来てしまったらと思うと、恐怖がこみ上げてくる。

まだ混乱したまま、オシヲは不器用に赤ん坊を抱き上げた。いっそう喚くかと覚悟していたのだが、驚いたことに赤ん坊はぴたりと泣きやんだ。涙に濡れた、くりくりした目がオシヲをきょとんと見上げている。

女のもとに赤ん坊を運ぶまでには、たいそう時間がかかった。この慣れない荷物を落とすわけにはいかず、オシヲはこわごわと足を運ぶしかなかったからだ。待ちかねたように女が抱き取ってくれた時には、本当にほっとした。

赤ん坊は女の気絶しそうな様子になど頓着せず、自分から勢いよく女の乳房に吸い付いていった。女が愛しそうにその小さな頭をさする。

そうか、この匂い。

なつかしいのは、乳の匂いだ。

ようやくオシヲにも、ものを考える余裕ができた。

「この子は、お前の……?」

「いいや」女はかさかさに荒れた唇をゆがめた。「わたしが産んだ子ではない。都から、わたしがお連れした大切な御子だ」

「だから、お前は追われていたのか？」

「そうだ。都にいては命を取られる御子だから、母君がわたしに託したのだ。わたしはこの御子とともに、何としてもこの地で生き延びてみせる。遠い昔、若君の御先祖が移り住もうとしたこの場所で生きてゆく」

やっと、女の謎めいた行動の一部始終が腑に落ちた。

「だから、おれがあの小屋に近づくのをずっと禁じていたのか？　この子を見られたくなかったから？」

「そうだ」

「だけど、このあいだはおれを泊めたぞ。あのとき、この子は……？」

「一晩、地下倉にお隠ししていた」

そうか。だから、オシヲを小屋に入れる前に、自分だけが先に入ったのだ。床を敷くからとオシヲを外に出した時も、きっと今のように乳をやって赤ん坊を寝かしつけていたのだろう。あの晩、オシヲの枕元で聞こえた泣き声は、実は床下から聞こえていたのだ。

「あのときは仕方なかった。追っ手のことを、そなたから聞きださなければならなかったから」

ジョウのことか。都から女を追ってきて、都好きのオシヲの母さんに目をつけたジョウ。都の印を上着につけたジョウ。

「ジョウというのは、都の武官によくある名なのだ。追っ手の中にも、わたしと同じことを考えて、この国を目指した人間がいたわけだ」

「そうして今日、おれがジョウに居場所を突き止めさせてしまったわけか」

女の目が、今にも眠りそうに潤んできている。オシヲが額に手を当ててみると、やはり熱が高い。

「もう、しゃべるな」

もしもこの女が死んでしまったら。そう思うと、体中が凍りつくほどの恐怖に襲われる。人殺しの自分と、この乳飲み子の二人で、御山の冬をどうやって生き抜いたらいいのだ。

「案ずるな、わたしは死なぬ。必ず生きて、春を迎えよう。三人で」

三人で。

その一言を、オシヲも繰り返した。そうだ、自分はこのまま御山で、この二人とともに生きていけばいいのだ。そのことだけを、忘れないようにしよう。

女がまた口を開く。

「そなたは、自分を責めるに及ばぬ。ジョウもわたしと同じく、石の堰のことを知っていたのだ。わたしがいることを確信したのは、なるほど、そなたの一言のせいかもしれぬが、そもそもそなたの村に目をつけたのも、そのあとそなたより早くここへたどりつけたのも、石の堰がどこにあるか、心得ていたからだ」

女は一度言葉を切ってから、話し始めた。

「このまま、冬さえ越せれば。あの小屋なら冬を越せる。それに、堰もまた使えるようになる。冬が終わって雪溶け水を引き入れれば、水にも困らない」

——やがては使えるようになると言った。

女の言葉がよみがえる。

誰がそう言ったのだ？

そこでオシヲは気がついた。姿を消した大工と石工。女がオシヲにしたように、優しい仕草でねだっただろう小屋を――オシヲの家とそっくりの――建てられる大工と、堰の石組みを調べられる石工。

そして、女の力になった二人の男は、そのまま帰ってこなかった。

「わたしが、こわいか？」

女がオシヲを見つめて聞く。オシヲはその顔に、笑い返した。

「人を殺したおれに、こわがるものがあるか？」

女は安心したようにため息をついて、オシヲの肩に体を預ける。二人の間には乳を飲み終わって満足そうに寝入った赤ん坊がいる。オシヲは鹿の毛皮で自分もろとも、二人を包み込んだ。暖かい。二人につられて、オシヲも眠くなってきた。

「名は、何と言うんだ？」

「若君の名は、まだお前にも明かせぬ」

「ちがう。お前の名だ」オシヲは女にほほ笑みかけた。「気づいているか？　おれたちは今まで、お互いに名乗りもしていなかったのだ」

女もほほ笑んだ。顔に血がついているというのに、とてもきれいな微笑だった。

「そうだな。ババと呼んでもらおうか」

「おれはオシヲ」

「オシヲ。……少し、眠ってもよいか」

女はすぐに安心したように目を閉じた。赤ん坊はその腕の中で、とっくに安楽な寝息を立てている。オシヲはまたしっかりと二人を抱きかかえた。おれが、この二人を守る。母さんはオシヲを見捨てた。でも、この女は、オシヲと人の死によって結びつけられてしまった女は、決してオシヲと離れはしないだろう。

オシヲも目を閉じた。もう少ししたら、小屋に二人を移そう。でも、今だけは。人の温かさを感じて、今だけは眠らせてくれ。

女が手の中にまだ針を隠していたことに、オシヲは気づかなかった。

＊

たやすく人の言いなりになりそうな娘を見送りもせず、女は小屋に入った。庭の向こうの染物小屋のことは見向きもしなかった。この頃は忙しくて、染物どころではない。あの小屋はあのまま朽ちさせてしまおう。

——いや、それよりも、祈りの小屋として立派に飾り付けてしまおうか。

女は新しい思いつきに、一人うなずいた。

いい考えだ。そうすれば、誰もあの小屋の下を掘り起こしたりできなくなる。あそこに埋まっているもののことを、心配しなくてよくなる。これから慕い寄ってくる者たちに、外壁や屋根を飾り立てる仕事をさせればいい。ただ、絶対にあの小屋の中に入れるわけにはいかない。オシヲさえ、立ち入らせなかったのだもの。

オシヲ。もう帰ってこない、わたしの子。

ずっとわたしをかわいげのない目で見ていた息子を、とうとう失ってしまった。

でも、仕方がない。子は、いつかは出て行くものだもの。

女は投げやりな仕草で髪を掻きあげる。秋の終わりのあの日、髪を洗っていて初めての白髪を見つけた。それに気がくさくさして、つい、オシヲに当たり散らしてしまった。

けれど、どうして、オシヲに続いてジョウまで出て行ってしまったのか。妙な男だった。あんなに根掘り葉掘り、山のことなど聞いて。

突然いなくなった男とオシヲのことを、村ではあれこれ取り沙汰した。だが、わたしは自分の言い分を押し通した。

「二人とも、冬が来る前にこの村を出ました。ジョウは都へ戻るために。そして、オシヲはジョウについていって、都で自分を試すために。だって、男の子というのは、広い世界を見たがるものでしょう?」

その嘘をつき通すのが、母の愛情だったのだ。

オシヲ。あの子の、ジョウを見る凶暴な目を、わたしはいつからか恐れるようになった。あれは母を盗る男を憎悪する目、まるで恋人を奪い返そうとする一人前の男の目だった。

まさか、だからといって本当に殺すなんて。でもそれほど、オシヲはわたしの愛がほしかったのだ。だから、そのオシヲをかばうのが、息子の愛情に応え切れなかった母の、せめてもの愛の証《あかし》だ。

一方で、わたしは御山が動く、ひょっとしたら人柱が出るかもしれないとも、言い続けた。どんなに笑われてもやめなかった。何も出てこなければ幸いだが、もしも誰かの死体が見つかったときのために、身を守る手段を講じておく必要があったから。

そう、まさかまさかと恐れてはいたけれど、オシヲは本当にジョウを殺してしまったのだ。わたしの愛を求めて争いあった男を。

そのことがはっきりしたのは、この春先、村に一つの死体が流れ着いたときだ。

青い衣に包まれた死体は、御山から流れ下る谷川から村へ流れ込む枝川が、運んできたのだ。いつもの年ならば、雪溶け水の洪水で、あちこちの村で死人が出るし、そうした死体にまぎれて見過ごされたかもしれない。だが、今年はわたしの予言していたとおり、御山が動いた。洪水が起きなかったのだ。洪水のかわりに、例年よりはるかに少ない雪溶け水は整然と川を下り、そして浅瀬にたった一つの死体を残していったのだ。

その死体は山の獣の仕業だろう、半ば白骨になっていたし、髪もあらかた抜け落ちていて、誰のものともはっきりしなかったが、ただ、美しい青い衣を着ていた。このあたり一帯で、わたししか染めることができない青い衣によく似ていた。

わたしを疑う者もいたが、わたしはちがうと言い張った。すべては、神様の思し召しだと。村々を洪水から救ったのは、また御山に新しい神がお住まいになられ、新しい御業《みわざ》を始められたからだ、この死体は人柱となったのだと。

——わたしが前からそう言っていたとおりになったでしょう？　この死体はきっと都から逃げてきたという女にちがいない、それが、御山の神が動くきっかけになったのです。青い衣が流れたから、神の御業が現れたのです。

――青い衣？　川の水にさらされても色あせない、こんな鮮やかな青は、わたしでさえ染める腕を持たない。こんなことができるのは都の人間だけ。疑うなら、ほら、わたしの染物の色と比べてごらん、たしかにちがうでしょう？

村のみんなも、最後には信じてくれた。

もちろん、本当は、わたしの染めた布だったのだけれど。でも、それを知っている者は村には誰もいなかったから。死体が着ていたのは、わたしが去年染めた最後の布。オシヲの言うとおり染め汁に鏽を入れて何度も染め返した、今までにない鮮やかな青い衣だ。夜なべで染め上げた、ジョウへの贈り物。ジョウもとても気に入ったのだろう、その翌朝、まだわたしが目覚めないうちにそれを着て出て行った。

染め汁に鉄を交ぜて、あの透き通った青を染める秘法を知っていたのは、わたしのほかには二人だけ。オシヲと、ジョウだ。その二人がいない今、わたしの言うことを嘘だと見破れる者は誰もいない。あんな青色、二度と染める気はないし。

何もかも、オシヲのためだ。決して、自分の身がかわいいからではない。もちろん、わたしが関わった旅の男がいつも不審な消え方をするなどと、そんな噂が立つのは真っ平だったけれど。なぜって、年寄り連中の中には、まだ覚えている者がいるかもしれないから。オシヲの父親も同じように、いつのまにか姿を消していたことを。

ううん、心配することはない、わたしは本当に、ジョウには指一本、触れていないもの。わたしは何も関わっていないもの。

ジョウの死には。

あとは、十四年前の男の死がわたしのせいであることを、今までと同じように誰にも気取られなければよいだけ。ううん、本当はわたしのせいでもなかったのだ。あんなに大きな男が、いくら酔っていたとはいえ、ちょっとわたしに押されて染め汁の甕に頭をぶつけたくらいで、事切れてしまうなんて、若い娘だったわたしにどうしてわかったろう?

女はまた染物小屋をながめて、首を振った。

いけない、こんなことを考えている場合ではない。オシヲのことを考えてやらなければ。でも、きっともうだいじょうぶだ。あの死体は都の女ということを、みな疑っていないから。

オシヲは今頃、都にいるにちがいない。いくら焦がれても、このつまらない村から離れられない母親の代わりに、母親の憧れを胸に抱いて。

でも、オシヲ、ジョウを殺すことはなかったのに。ジョウは決して、わたしに溺れてなどいなかった。わたしを抱きながらも、いつも何かに耳を澄まし、何も見逃さないように油断なく身構えていた男だった。わたしの愛を求めて争うほどの価値もない男だったのに。でも、オシヲはそれほどまでにわたしを愛してくれていたのだ。だからわたしもオシヲに応える。

さあ、今日も御山を拝もう。神様がこれからきっと、何もかもよくしてくださる。わたしは御山が動くのを予言した女、神に祝福された女なのだから。

きっと村は、もう洪水に襲われることはなくなるにちがいない。そうして何年も経てば、きっとわたしの言葉をどんな頑固者でも信じるようになるだろう。そして、御山は神の山として、ますます崇められていくだろう。

そう、わたしはいつまでも幸福に暮らせるはずだ。

山の向こうから来た男のことなど、もう忘れて。

白の針

タクシは思う。針を最初に作った人は本当に偉いと。細い鉄を伸ばして、しかもこんなに小さな穴を開けた道具を思いつくなんて。この簡単な道具さえあれば、布も革も糸で綴じ合わせて、大きく形作ることができる。

この世で初めての針を見た人は、きっと魔法でできた道具だと思ったことだろう。

――針には、魔力が宿っているからね。いい加減に扱ってはいけないよ。

亡くなったおばあさまは、よくそんなことを言っていた。

――ことに女にとって、針は宝物なのさ。いざとなったら身を守るのにも使えるし、切羽詰まったときに心からの祈りを込めて投げ捨てた針は、奇跡を起こすことさえあるのだそうだよ。

――本当？

幼かったタクシが目を丸くすると、おばあさまは笑って首を振った。

――さてね。幸い、わたしはそんな大変な目に遭わずに、生きてこられたからねえ。

優しかったおばあさまは、お話の上手な人でもあった。

タクシはそんなことも思い出しながら、新しい糸を針穴に通す。今日からは白糸。昨日までは、暖かい綿をはさんで仕立ててもらった胴着に、自分で染めた青い糸で刺し子を施していたが、とうとう仕上げられたのだ。それは上々の出来ばえで、今、タクシは大得意で着ている。そのあと、自分の物を作らせてやったのだから今度はと、さらした麻布でお客用の敷布を仕立てろと命じられたのだ。どこまでも同じ縫い目ばかりが続く退屈な仕事だが、母さんの命令だから仕方がない。

針を動かしていると、また取りとめのない思いがタクシを襲う。

冬の間は、こうして過ごすしかないのだ。

タクシは外を眺める。

また雪が降り出していた。

冬になると、東に連なる深山から強烈な風が吹き降ろす。その風は雪雲を伴い、タクシの村を雪で閉ざしてしまう。

――もう、飽きた。

タクシはざらざらした麻布に針を通しながら、小さくため息をつく。毎日毎日、こんな針仕事ばかりしているのだもの。春が来るまで。だがそうした苦情は、決して受けつけてはもらえない。

「タクシ、お前は自分がどんなにありがたい身の上か、わかっているのかい？　こんな厳しい冬のさなかにもぬくぬくと部屋の中で、安楽に細工物をしていられるというのは、何よりのことなのだよ」

――はい、わかっています、母さん。

「世の中には、戦によって雪の中に焼け出され、住む場所もなくなってさまよう者がいる。いや、この村にだって、食べるものにも事欠き、春まで持ちこたえられるだろうかと毎晩おびえて、体を寄せあって眠る人が多いというのに」

――はい、そのとおりです、母さん。

タクシは面倒な角縫いのかがりを仕上げながら、心の中でつぶやく。

タクシは、村一番の大地主、ミネ家の娘だ。贅沢な暮らしをさせてもらっているわけではないけれど、毎日、明日の粥をどうやって炊《かし》ごうか、この吹雪がやむまで、薪は持つだろうかと案じることはない。

タクシの父は三年前に病死したが、母さんは村でも評判のしっかり者だし、跡取りである兄のゴウシはそろそろ成人を迎える。今年も一家そろって無事に春を迎えられるだろう。

ふと、タクシは窓の外に動くものを認めて、目を凝らした。誰だろう。こんな雪の日に。

タクシは敷布を卓台に置き、部屋の外へ出た。家はかなり広いけれど、大半は、今タクシが出てきた広間と、大きな台所が占めている。

台所のかまどには暖かい火が燃えさかっていたが、見知らぬ人などいない。

「今、誰か来なかった？」

かまど番をしている老婆のユナに尋ねる。

「よそ者の、得体の知れない男ですよ。この家に置いてもらえないかと言うんです」

ユナはそっけない口ぶりで答えた。

「もちろん、承知するわけにはいきません。あれは、よほどよそで食い詰めてきた者ですね」

「今、どこに？」

タクシは興味をそそられてたずねた。

「奥様が哀れんで、食べ物をやれとおっしゃるので、裏の戸口に出してやりましたよ」

タクシがそちらへ向かおうとするのを、老婆はあわてて止める。

「とんでもない、関わり合いになってはいけません」

だが、タクシはもう裏の扉を開けていた。

大きな男が、ぎょっとしたように動作を止める。意外なことに、男は食べ物を腹の中に詰め込もうとはせずに、大事そうに袋に入れているところだった。

「それ、どうするの?」

男は黙ってまた同じ動作を続けている。そのことが、タクシの興味をそそった。なんだか、ほかの物乞いとはちがう。着ているものも粗末だけれどそんなに垢じみていないし、こちらをまっすぐに見たときの目は、きれいに澄んでいた。

そうだ、それに、この男にはちっともおずおずとしたところがない。

こうして戸口に食べ物を恵んでもらいに来る人間は、ことに冬は珍しくない。多くは旅の者だ。自分の住んでいる場所では暮らしてゆくあてがなくて、ほかに生活の場を求めているのだ。そんな、物乞いをするところまで堕ちていった人間は、こちらの顔色を窺うような、いやな目つきをする。

――自分には何の価値もない、それはよくわかっている。でもあんただって、一歩まちがえばおれと同じようになるのだよ、お嬢さん。

そう言われているような気がするのだ。

だが、この男はタクシなどまるで眼中にないかのように、ユナにもらったパンと干し肉を一つ残らずしまいこむと、とってつけたように頭を下げて、さっさと立ち去った。

なんとなく気になって、タクシは男のうしろ姿を目で追っていた。

あの男も、行き場を求めているのだろうか。

そうした人間の目指す場所は、ほとんど決まっている。

この村のずっと西にある、都だ。都へ行けばなんとかなる。みながみな、憧れを込めて、かすかな希望を託して、そう考えるらしい。

だが、タクシには、都は恐ろしい場所としか思えない。

まだ幼かったころ、夜中に起こされて、母さんに背負われ、東の山のふもとまで逃げたことがある。

「早く。ひょっとしたら、敗走してくる兵が、村に入り込むかもしれない。あいつらは何をするか、わからない」

母さんのその言葉は、あとから兄さんのゴウシに聞いたものと、記憶がごっちゃになっているのかもしれない。ただ、たどりついた高台で見せられた空だけは、はっきりおぼえている。暗い闇夜に、西の方角が真っ赤に染まっていた。

あとで何度もタクシは考えた。都はずいぶん遠い。歩けば三日もかかるそうだ。だから東の深山からはっきり見えたあの火事は、きっと都をなめつくしたほどの恐ろしいものだったにちがいないと。

「そうさ、都に行ったとて、安楽な暮らしがあるわけでもないのに」

不思議な男が現れた日の夕食の時、母さんは、眉をひそめてそう言った。

「そりゃあ、うまい汁を吸っている一握りのお大尽《だいじん》はいるのだろうけど。でも、大方の者は豪奢な暮らしを見せつけられながら、その日の暮らしにも事欠いて苦しんでいるのに。人が集まるから、疫病もひどいと聞くし。都の天子さまでさえ地位を脅かされ、荒くれた武者どもがひしめく中に押し込まれて、明日のこともわからぬというじゃないか」

ゴウシがうなずいて言った。

「情勢はよくないようだよ。いったいどの家とどの家が争っているのか、当の武者たちにもわからなくなっているようだ。もう十年も前になるのだろうか、天子さまの生まれたばかりの赤ん坊がさらわれたあたりから、どんどんきなくさくなっていった」

「天子さまの息子は殺されたんでしょう？」

タクシがたずねると、ゴウシが母さんを見てから言う。

「そう、そうだ」

この話題になると、母さんも兄さんも口が重くなる。

台所で同じことをたずねたときのユナは、もっとあけすけだった。

「誰も知らないんですよ、天子さまの御子たちがどうなったか。かろうじて天子さまは救い出されて閉じこめられているって聞きますがね、ほかのお方はお命を落とされたかどうかさえ、わからないありさまですって」

「でも、十年あまりも前のことでしょう？　そのあと、行方を確かめようとはしなかったの？」

「誰が確かめるって言うんです？　天子さまのお住まいを襲って火をかけるような奴らばかりが、都にはいるんですよ。天子さまご自身のことは、自分たちの後ろ盾にしたいからとお飾りにして、うわべは奉っていますけど、自分らの一族の血を受け継いだお跡継ぎがほしいから、それまでの御子は邪魔になったんです。そういった武者どもは今、自分らの血筋の娘を天子さまに押し付けあっているんですとさ。お気の毒ですよ、天子さまも」

そこでユナは口を滑らせすぎたと思ったのか、タクシを追い立てた。

「さあ、ユナは後片付けがあるんですよ。お嬢さんも自分の仕事をしてください」

あくる日、タクシはまた、あの男を見た。

運よく雪がやみ、薄日が射している。

男は雪道を東の丘のほうへ登っていくところだった。

どこへ行こうというのだろう。あれでは、都とは全く方角が逆ではないか。

好奇心にかられたタクシは、あとをついていった。まだ、日は高い。牧場の柵を修理している兄のところへ食べ物を届けなければならないが、時間はある。

男はほどなく、家畜小屋の一軒に入った。春先、牛のお産がある時には使うが、今、小屋の中は空のはずだ。大事な牛は、雪溶けまで安全に村の囲いの中におさめているから。

雪道は、物音を消してくれる。タクシがそっと近づくと、中から話し声が聞こえた。

「もう大丈夫よ、心配しないで」

思いがけないことに、それはきれいな女の声だった。きっと、まだ若い。

「ここにとどまっていたほうがいい」答えたのが、今見かけた男だろう。「この先、いつ歩けなくなるかわからない。ここなら雪もしのげるし、食い物も見つけられそうだ」

「どうやって？」

「おれが働く。うまく頼み込めば、仕事がもらえそうだ。そうすれば、お前はこの小屋で体を休められる」

「そうね」女がほっとしたようにため息をつく。「そのほうがいいかもしれない。あたし、もうすぐ歩けなくなるかもしれないから」

「おとなしくしているんだぞ。昨日の家で仕事がもらえないか、もう一度頼んでみるから」

男が出てくる気配に、タクシはあわててそばの藪の陰に隠れた。

「じゃあ、静かに待っていろよ。夜には帰るから」

振り返って小屋の中に男が投げかけた微笑は、意外にも、とても優しそうだった。

男の背中を見送ったタクシはためらった。小屋の中を覗いてみたい。だが、お互いに名乗りもしていない相手に、それは無作法だろう。タクシはしばらく迷った挙句、籠の中にあった蜜漬けの果物を取り出し、包んであった竹の皮ごと、そっと戸口に置いた。慎重に何歩か後ずさりしたあと、くるりと背を向けて走り出す。

——兄さん、今日のお昼はパンだけで我慢して。


翌日、家のそばで薪割りをしているあの男を見つけても、タクシは驚かなかった。母さんが、口はきつくても情は濃いことを、よく知っていたから。それに、いつも家の仕事をしていたユナの連れ合いが、今、足を悪くして動けない。だから、薪割りや雪の重みで壊れた塀の修理など、仕事はいくらでもあるのだ。それに村の中で、手間賃を払う余裕のあるのは実際のところ、タクシの家くらいだろうし。

そのまま、男は名乗りもせずに、タクシの家に馴染んでいった。

「いいのかい、母さん」

ゴウシは気が進まないようだが、母さんは鷹揚だった。

「母屋の中には入れないし、住まいも離れた家畜小屋をあてがったからね。外仕事をさせるぶんには、めったなまちがいも起きないだろうよ。しばらくこの村に置いてやりたいのでね」

ミネの家の女主は、家中から信頼されている。気難しい老女のユナも一目を置いているくらいだ。そのために、自然に男も受け入れられていった。いつも慎重な母さんにしては珍しい。だが、タクシが聞いても笑ってこう言うだけだ。

「あの男にも、事情があるようだからね」

ふと、タクシはあのきれいな声を思い浮かべた。ひょっとしたら、母さんもあの女のことを知っているのかもしれないという気がしたのだ。だが、タクシは黙っていた。

――ミネの家の娘が盗み聞きをするとは、何たること。

そう叱られるに決まっているからだ。


冬至が近づいていた。

冬至の夜は、村中が来たるべき年を祝って祭を行う。

――これから厳しくなる一方の冬を前にして、気持ちをふるいたたせたいのさ。

亡くなったおばあさまは、タクシにそんなことを話してくれたものだ。

この日のために太らせておいた鶏を屠《ほふ》り、大事に屋根裏にしまっておいて甘みを増した果実を出す。

「これを、丘の上の小屋に持っておゆき」

冬至の日、母さんに言いつけられて、タクシが食料を詰めた籠を手にしたときだ。

「奥様」

ユナが現れて、何か耳打ちする。即座に母さんは顔つきを変え、タクシに向き直ると籠を取り返した。

「お前はよい、家にいなさい」

「どうして?」

タクシは不服顔でたずねた。人形の服がもう少しで仕上がりそうなところを呼び出され、しぶしぶ外出の支度を調えたと思ったら、母さんの気が変わったというのか。だが、母さんの返事はそっけなかった。

「子どもは黙っていればいいの」

そして、タクシを置き去りにしてユナと二人、急いで家を出て行く。そのまま、いつまで経っても帰ってこない。ゴウシは家畜の世話にかかりきりで、タクシが不満をぶつけても、相手にもしてくれない。

いらいらと待っていたタクシは、夕暮れどきに、とうとう決心した。行ってみよう。

雪を掻き分けて、タクシが丘の家に近づいた時だ。

かすかな泣き声が小屋から聞こえる。

——赤ちゃん?

タクシは一瞬、びっくりして立ち止まり、それから全速力で駆け出した。だが、たどりつく前に、小屋のドアが開いて母さんとユナが出てくる。

「おや、タクシ、迎えに来たのかい」

勝手なことをしたと叱られるかと思ったのに、意外にも母さんはにこやかに言った。

「さあ、一緒に帰ろう。何もかも、無事にすんだよ」

仕方なく、タクシは母さんのあとについて、せっかく登ってきた道を戻り始めた。だが、この上機嫌な様子なら、聞きたいことに答えてもらえそうだ。

「母さん、あれは赤ん坊？」

「そうだよ。思いのほか安産でよかった」

タクシはこのあいだ聞いたきれいな声を、また思い出した。

――あたし、もうすぐ歩けなくなるかもしれないから。

あれは赤ん坊が生まれそうだという意味だったのか。

「うちに帰って、何か精のつく食べ物を届けよう。聖なる夜に生まれた子どもは、祝わなければいけないからね」

母さんの声が弾んでいた。

「聖なる夜？」

「タクシ、おぼえていないかい、亡くなったおばあさまが話してくれたことを。昔々、古い年は冬至で終わり、翌朝から新しい年が始まった。だから、お日様が一番弱くなったあと、また強まっていく冬至は、節目の祝い日だったんだよ。そうしてある年の冬至の日、宿もなかった若い夫婦が、家畜小屋で新しい子どもを授かった。その子は、神様に祝福された子どもになったというのさ」

タクシは、母さんをじっと見た。

「だから母さんは、あの夫婦を小屋に泊めることにしたの？」

母さんはほほ笑んだ。

「事情を打ち明けられた時、この村があの夫婦を締め出すことがあってはいけないとは思ったんだよ。ミネの家の名にかけてもね。ただ、なにも、言い伝えをそのままに、あの夫婦に家畜小屋をあてがったわけじゃない。あの夫婦者のほうから、人の住んでない場所がよいと望まれたんだよ。何かわけがあるらしいね。いまだに名を明かそうとしないし」

「それでいいんですか」今まで黙って脇を歩いていたユナが、不満げに問う。「いったいどんな素性の者か、わかりゃしない。たしかに女のほうはすなおそうですがね、男は一筋縄じゃいかない強情者みたいだ。あの若い女、たぶらかされてここまで連れてこられたんですよ。そうだ、きっと子どもができちまったから、仕方なく……」

「まあいいさ」

母さんがさえぎると、ユナも口をつぐむ。目を丸くして聞いているタクシにはふさわしくない話題だと、気づいたようだった。

母さんがとりなすように言う。

「もう少し待ってやろうじゃないか。春が来るまではね」

タクシは、冬のさなかに出現した赤ん坊を見たくてたまらなかった。

その翌日のうちは小屋へ行くことも許してもらえなかったが、しつこくせがんだせいか、さらに次の日になってお許しが出た。

「母親のほうも、もう大丈夫だろう」

タクシは有頂天で、見舞いに持っていけそうなものを籠に詰めた。赤ん坊って、どのくらいの大きさなのだろう。タクシの宝物の人形よりも、小さいのだろうか。人形の着物が着られるだろうか。それからタクシが秋に編んだ、羊毛の膝かけは、赤ん坊の毛布にならないだろうか。

籠からあふれるほどの品々を無理やり詰め込み、丘へ駆けていったタクシは、小屋から少し離れた木の下に、あの男がいるのに気がついた。今までほとんど話したこともなかったが、父親になった人だもの、お祝いを言わなければ。

だが、男は一人ではなかった。誰か、タクシの位置からは見えない人と話をしている。

「なぜ追ってきた」

その声の冷たさは、盗み聞きするタクシにさえわかるほどだった。だが答えた声は、男の声の不穏な響きに似合わず、朗らかだった。

「ようやく、また会えたというのに、そんな冷たいことしか言えないの？」

これは、女の声だ。

「おれのことは忘れてくれと言ったはずだ」

「勝手な言い草」女の声の調子ががらりと変わった。「今さら、あたしと離れられるとでも思っているの？　忘れてくれ？　できるわけがないじゃない」

「タキはようやく赤ん坊を産むことができた。このまま、捨てておくことはできない」

「だから、あたしのほうは捨ててしまうと？」

「すまない」

「すまないと言うくらいなら、戻ってきて。あんたの住む場所は、もう深山しかないのよ」

「だって、タキはどうする？」

「あの人は下界の女だもの。下界の人間の中で生きていけるでしょうに」

「そんな。今になって放り捨てることはできない」

「じゃあ、あたしはどうなってもいいの？」

「タキは、おれの子を産んでくれたんだ」

「それが何？　子どもなんて、自然に生まれてくるもの。その証拠に、あたしにだって……」

「何だと？」

男の声が緊張する。

「今、何と言った？」

女の声には、反対に余裕が感じられた。

「こんなことを、今言うつもりはなかったのよ。でも、あたしにも子が生まれるの。あんたの子が。さあ、どうする？」

男は押し黙った。枯れ枝を踏む音がこちらに近づいてくる気配に、タクシはあわててさらに体を小さく縮め、手近の藪に隠れた。

「また来るわ。考えておいてちょうだい、オシヲ」

男は答えなかった。そのまま、あたりは静かになる。タクシは辛抱できるぎりぎりまでこらえた挙句、そっと片方の目だけを藪から出してみた。もうあたりには誰もいない。

しびれる足をさすりながら、タクシは今の言葉を考えてみる。

あの女は、誰だろう？　聞き覚えのある声ではなかった。村の女ではない。ならば、女のほうも、あの夫婦者を追ってやってきたのだろうか。

「タキと、オシヲ」

タクシはつぶやいた。それがあの夫婦者の名前らしい。タクシはようやくこわばりの解けた体を伸ばして、家畜小屋のほうを窺った。小さな窓には暖かそうな色の火が灯っている。

追ってきた女のほうは、いったいどこへ行ったのだろう？

雪道にはすでに足跡がいくつも乱れていて、どれがあの女のものなのか、判然としない。

村のどこかに泊めてもらうなら、すぐにわかるけれど。そんなことを考えていた時、

「あの……」

うしろから呼び止められた。タクシが籠を抱えたまま振り向くと、思いがけないほど近いところに、白い小さな顔があった。

「オシヲを知らない？」

「……いいえ」

とても若い。兄さんのゴウシと、いくらも年が離れていないだろう。それに、タクシとほとんど同じくらいの背丈しかない。

とっさにタクシは決心した。こんな弱々しく見える人に、さっきのことを知られてはならない。

「あの、これ、お見舞いです」

「ありがとう」タキというらしい女の人は、ぱっと笑顔になった。人目を惹く目鼻立ちではないけれど、なんてかわいらしい笑い方をするんだろう。「赤ちゃんは今寝ているけれど、家にどうぞ」

そして、はにかんだように付け加える。

「家といっても、家畜小屋だけれど。それも、あなたの家のご好意で使わせていただいている。あなた、ミネの家のお嬢さんでしょう?」

「はい。あの、あたし、言いつけられた仕事があるので、もう行きます」

籠をタキに押しつけると、そのまま返事も聞かずに、タクシはもと来た道を走って戻った。赤ん坊は見たい。でも、それはあとでもいい。それよりも今は、オシヲというあの男の顔を見るのがこわかった。


村のどこにも、もちろんタクシの家にも、さっきオシヲと話していた女はいない。それどころか、女が村に入ったことさえ、誰一人気づいていなかった。

まるで、タクシは山のあやかしに化かされたような気分だった。

でも、分別のある大人なら、山に行ったはずはない。深山は人の住むところではないのだから、立ち入ってはならない。山には、恐ろしい山女さまが住んでいる。雪の山を、通った跡も残さずに、自在に行き来できる山女さまだ。特に、こんな雪の日に山女さまの領分に入ったら、生きては帰れない。

それは村の子どもたちがずっと聞かされてきた戒めだ。

もうすぐ年が変わるという日、村に芸人がやってきた。こういう旅芸人は、冬の間、暖かい宿を求めて村から村へとさすらう。今年の年越しにタクシの村に流れてきた芸人は、マナリと名乗る年取った男で、孫ほどの年齢の小さな少年を連れていた。

「いや、あれは孫じゃありませんね」ユナが苦々しげに言う。「ああいう奴らは、子どもを買ったり、どうかするとさらったりするんですよ。自分の見世物に使うためにね。だからごらんなさい、あの子どもの哀れな様子。藁沓《わらぐつ》は穴が開いているし、ろくに世話もしてもらっていないんでしょう、あんなに痩せこけている」

年越しの日の午後、その子どもは見事な手妻《てづま》を披露した。空の鍋から常磐木《ときわぎ》の輪飾りを取り出してみせたのだ。だが喝采をよそに、マナリは子どもを引き立てて、それまで泊まっていたミネ家の干草小屋から、すぐに外へ出て行ったそうだ。

「ありがとうございます、ですが暗くなる前に次の村に着きたいので」

年越しと新年を祝うために、家には遠方から客が来ていた。おかげで、いつもよりたくさんのご馳走の準備に駆り出されていたタクシは、マナリたちが出発したことを聞かされた時も台所にいた。タクシはあわてて、子どものために取っておいた食べ物を持って、外へ急いだ。

まだ、追いつけるかもしれない。

また雪が降り始めていた。村はずれまで来た時、ようやく人影が見つかった。粉雪の向こうに動いている大きな影が一つ、かなり遅れて小さな影が一つ。

「待って」

足を引きずっている子どもがびくりとして立ち止まる。前を行くマナリはタクシに気づいていないらしく、どんどん進むが、かまわない。かえって都合がいいくらいだ。

タクシは小走りに近づいた。

「これを、あげる」

子どもの手は、小さくて固かった。毎日酷使している掌には、あかぎれが一面にできているようだった。おまけに凍えて、爪も指先も紫色だ。

自分の手の中に託された包みを見てから、子どもがおずおずと顔を上げる。タクシは安心させようと、にっこりと笑ってみせた。

「いいの。あげる。あんたの名は?」

子どもは首を振るばかりだ。マナリが一度もこの子の名を呼んでいなかったことを思い出した。名前さえ、つけてもらっていないのだろうか。

それからタクシは思いついて、着ていた胴着を脱ぐと、子どもの薄い肩にかけてやった。ついこのあいだ、青糸の縫い取りを仕上げたばかりのお気に入りの胴着だけれど、タクシは、これがなくても凍えはしない。

「これで、少しは寒さがしのげるでしょう」

振り返り、振り返りしながら次の村へ向かってゆく子どもを、タクシは満足して見送った。

夕暮れになって、オシヲがやってきた。

「どうも、お招きにあずかりまして」

「待っていたよ。おかみさんの具合はどうだい？」

面映《おもは》ゆそうにうつむくオシヲの肩を、ゴウシは上機嫌でたたく。

「長くは引き止めないよ。だが、今夜だけは年越しの夜だ、我が家の客になってくれ。おかみさんにはどっさり土産があるぞ」

広間へ迎え入れられるオシヲと入れ替わりに、タクシは台所へ行った。タキのための土産を用意しているほうが、オシヲと顔を突き合わせているより、気が楽だ。

「今夜は忙しいですよ、お嬢さん。年越しの祝いの食卓が、ご家族とお客さん合わせて六人分。そのあとは台所を清めなくちゃならないし。手伝ってくださいね」

仕事の山にのぼせているユナのそばにいると、いろいろ難しいことを考えないでもすむ。

ようやく夕の食膳が調いかけた時、戸口をたたく音がした。

「誰だい、こんな時刻に」

雪が積もる間、表玄関は閉じているので、家の出入り口はこの台所だけなのだ。

「おやまあ、戻ってきたのかい」

無愛想なユナの声に重なるように、聞き覚えのある声がする。タクシは顔を上げた。これはマナリの声だ。

「すみません、ひどい雪で、崖の道がふさがれております。もう一晩、泊めてもらえませんかね」

ユナは渋い顔をしたが、うしろから母さんが声をかけた。

「いいよ、年越しの客が多いのはめでたいことだ。だが、昨日までと同じ干草小屋で静かにしていておくれよ。今夜はほかにもお客がいるからね」

「へえ、ありがたいこって」

あの子も一緒にいるはずだ。そう思いつき、マナリのあとから外へ出たタクシは、子どもを見つけて眉をひそめた。

子どもは、別れたときと同じみすぼらしい身なりで、おまけに、頬に真新しいあざがある。マナリが去っていくうしろで、タクシは子どもの腕をつかんで引き止め、小声でたずねた。

「あたしのあげた胴着は、どうしたの？」

子どもはおどおどと首を振るばかりだ。なおも顔を近づけると、タクシの手をふりほどいて、逃げるように走り出す。追いかけようとしたタクシは、うしろから袖を引かれた。

「おやめなさい、お嬢さん」ユナがささやく。「あの子に何をやっても、すぐにあいつが取り上げちまいますよ。手向かったりしたら、なおさら折檻されるだけです。夜までお待ちなさい。マナリに見つからないように、何か食べさせてやりましょう」

だが、タクシは気がおさまらなかった。ユナの目を盗んで、母屋から道を挟んで反対側にある干草小屋に向かう。

双子のように二つ並んだ干草小屋の片方で、人の気配がする。戸口に耳をつけると、中から話し声が聞こえた。

「そう、よし。ほら、もう一度」

マナリではない。女の声だ。ためらいがちに戸をたたくと、すぐに開けられた。

「おや、お屋敷のお嬢さんですか」

タクシを見下ろして微笑を浮かべたのは、今まで会ったことのない女だった。母さんよりは若いけれど、圧倒されるような威厳がある。そして、とても美しかった。鹿のような黒い目、これも野生の鹿のように優雅な立ち姿。

誰だろう？　もちろん、村の女ではない。

「やあ、これはこれは、お嬢さん」

奥の干草の山の上から、マナリが声をかける。

「そいつのことは、どうぞご内聞に。か弱い女を雪道で拾ってしまったものでね、見捨ててもおけないでしょう。連れてきてやったんですが、女を連れ込んだとお屋敷の方々に知られちゃ、ご機嫌を損ねちまうかもしれないからね」

なんだかマナリの口調がおかしい。舌がうまく回っていないし、よく見ると目がうつろに宙をさまよっている。酒に酔っているのだろうか。

「マナリ、あんたは寝てなさい。夜になったら、またお屋敷に呼ばれるかもしれないでしょ。その不思議な酒の匂いをさせて参上するわけにはいかないからね」

女は陽気にそう声をかけると、タクシを促して外に出、うしろ手に戸を閉める。

「お嬢さん、お持ちになっているものはあたしが預かりましょう」

女が笑顔のまま、手をさしだす。タクシはあっけにとられたまま、持ってきた菓子を渡した。これを隠し持ってきたことを、女はいつのまに見抜いていたのだろう。

「ほら、これはお嬢さんがお前に下さったものだよ。お礼に、さっきの芸をもう一度やってごらん」

女が後から出てきたあの子どもにそう声をかけ、指を振ると、子どもは器用に宙返りをしてみせた。

「よしよし、ほら、褒美だよ」

女がタクシから受け取った菓子を投げると、子どもはもう一度宙返りをして、口でくわえた。

「よし、さあ、もう一つ」

今度の菓子は雪の上に落ちたが、子どもはすぐさま拾って口に詰め込む。

——この子だって人なのに、犬みたいな真似をさせて。

腹を立てるタクシに、女が笑いかけた。

「お嬢さん、あたしのやり方は気に食わないでしょうね。でも、あんたが前にやった食べ物はこの子の口に一つも入らなかったようだけど、あたしは口に入れてやりましたからね」

「おい、何をやってるんだい」

小屋の中からマナリがわめく。

「今行くわ」

女は子どもを引き立て、タクシには見向きもせずに小屋の中へ戻っていく。歩く時、わずかに右の肩が下がるのがわかった。マナリは上機嫌な声だ。

「なあ、おれと一緒に来れば、お前にもいい物をやるよ。飲んだ奴が夢心地になって、なんでもこっちの言うことを聞くようになる、魔法の飲み物だぜ」

「すてきね」

女は甘ったるい声で言いながら、タクシの鼻先で戸を閉めた。最後にもう一言、こう言っているのが聞こえた。

「あんたが気に入ったわ。今晩、ゆっくり聞かせてちょうだい」

締め出されたタクシは、腹立ちまぎれに駆け出した。だが途中で立ち止まった。

あの女の声。

――そうだ、このあいだ、オシヲと言い合いをしていた女だ。

タクシは思わず振り向いた。だが、小屋は静まり、雪が降りしきるばかりだった。


年越しの晩、家々ではご馳走を振舞う。

夕食どき、マナリは、さっきのだらしない様子とはうってかわった物慣れた腕前で、新しい曲を横笛で奏でてみせた。それに合わせ、子どもが道化た踊りを見せる。タクシの家に集まった客たちは上機嫌で祝儀を振舞っていた。

頃合を見計らって外に出たタクシは、恐ろしい怒鳴り声を聞いた。いったい何事だろう？

暗がりに目を凝らすと、マナリが、うずくまっている子どもに、盛んに悪態をついているのだった。

タクシに気づくと、とたんにマナリは愛想笑いを浮かべた。

「これはお嬢さん、またへまなところをお見せして」

子どもが、師匠の笛を袋にしまいながらこっそりと涙をぬぐうのをタクシは見たが、どうしてやることもできない。

「これから、どうするの?」

「邪魔者はもう引き取りますので。へい、どうぞよいお年を」

「そう」

それ以上引き止める理由も見つからずに、タクシは子どもが干草小屋へ消えるのを見送った。

マナリも続こうとしたが、そこに上機嫌のゴウシが現れて声をかけた。

「おい、酒が残っている。最後に一杯どうだ、年越しの晩だからな」

「へい、ありがたいこって」

マナリはまた愛想笑いを浮かべ、もう一度客が集まっている広間へ入っていった。兄さん、何かおまけの芸を披露させようというのだろうか。

一方で、夕食の終わったあとの女たちは忙しい。真夜中が来る前に台所を清め、かまどの上に大きな供え物の菓子とろうそくを飾らなければならないのだ。これは神様のものだから、次の日の夜まで誰も手をつけてはならない。そのほかにも、鍋釜は磨きたて、食料はすべて食料庫にしまう。新しい年も食料庫が満たされるようにとの願いを込めるのだ。母やユナに指図され、タクシも子どものことどころではなく、忙しく手を動かした。

「さあ、これでいい。あとはタクシ、戸口を掃いてきておくれ」

かまどを司《つかさど》る山の神様は、台所へと続く道をやってくる。だから、その道を通りやすくしなければならない。そのために、戸口から門へと続く通路の雪を掃いておかなければならないのだ。

中の飾り付けがすべて終わってから、タクシは外へ出た。よい塩梅《あんばい》に雪はやんでいる。

門の近くまで行ったときだ。土塀のすぐ外側の暗がりから押し殺した声が聞こえた。

「早く、山へ戻れ」

オシヲの声だ。タクシはとっさにまた門の陰に隠れた。このあいだと同じような、険しい声音だ。

「一人ではいや」

媚びたような甘い声は、あの女のものだ。

「オシヲ、あんたも一緒に戻ってくれなければ」

「言ったはずだ、おれはもう、お前とは暮らせない」

「そうかしら？」女が笑う。「あんたは何度もそう言って、あたしから離れようとした。でも結局、いつもあたしのところへ戻ってくる。どうしてだと思う？」

「今度はちがう」

「ちがいやしない。どうしてかというとね、もうあんたが、人里では暮らせない人間になっているからよ。あんたは人との交わりを絶った。人の決まりごとも関係ない。情も知らない。あんたはもう、山にいるしかないの。見ていてごらん、このままタキとかいうあの女とまともな暮らしをしようとしたところで、すぐに飽きるから。毎日同じ場所で眠り、同じ仕事をし、小さな家に閉じ込められるのはね。そうなったら、あの女は今あんたと別れるより、もっと辛い目を見るわ。家畜小屋なんかでまともでないお産をするより、もっとね」

オシヲは答えない。

「あたしも、あんたのためにずいぶん苦労したのよ。あんたを捜して、こんなに西のほうまでやってきてしまった。そのついでにいいものが手に入りそうだから、勘弁してあげるけれど。ずっとほしかった都渡りの花の種だけどね。でも、明日には山へ帰るわ。安全な山の住処に戻る頃合だもの。もちろん、オシヲ、あんたも一緒にね」

しばらく沈黙が続く。

「まだ迷っているの？　でも、もう遅いわ。実はね、あたし、タキの父さんにあんたたちの居所を教えるように、人に頼んでしまったんだもの」

「何だと？」

「怒る？　でも、オシヲ、本当は今、ほっとしたんじゃない？」

また、オシヲの答えはない。タクシはじりじりしてきた。いっそのこと、姿を見せてやろうか。そうしたら、オシヲはきっとタキと赤ん坊のことを思い出すはずだ。だが情けないことに、思いとは裏腹に、なかなか立ち上がれない。おまけに声もかけられなくなってしまった。暗がりの中で、女がオシヲの首に手を回し、オシヲが苦しそうなうなり声を上げながらも女を抱きしめるのを、見てしまったからだ。

タクシにだって、なんとなくわかる。あの二人が何をしているのか……。

いたたまれず、タクシは物陰を伝って台所へ戻った。もう、外へ出る勇気はない。

広間の話し声は、タクシの狼狽も知らずに陽気だった。

「よう、仕事はすんだのか」

ゴウシがほがらかに声をかけてくる。だいぶ酒が入っているようだ。タクシは曖昧にうなずくと、広間の片隅に落ち着いて膝を抱えた。今見てきた光景が頭の中で渦を巻いている。

――オシヲは、このままタキを置いていってしまうのだろうか。

タキの笑顔が、目の前に浮かぶ。どうやったら、あの笑顔を守れるだろう。

——そうだ、明日の朝になったらタキのところへ行って、今見てきたことを話そう。タキが知らないままでいるのは、絶対によくない。

そう思いつくと、少し心が静まった。凍りつく寒さの外から急に暖かい場所に落ち着いたせいもあって、眠くなってくる。もうずいぶん夜も遅いのだ。なんだかし忘れたことがあったような気もしたが、意識はぼんやりとかすんでゆく。うたた寝は、なんて気持ちがいいんだろう。

「さあ、年が明けるぞ」

そんな弾んだ声で目を覚ましたタクシは、それから、どきりとした。

——何か、絶対に忘れている。

——でも、そんなはずはない。ちゃんと家中清めたし、言われたとおり常磐木の飾りも作って、いつもの場所に飾ったし。

母さんに言いつけられた指図を、一つ一つ頭の中で確かめてゆく。

「あ！」

タクシは跳ね起きた。

戸口の雪を掃いていない！　さっき外に出たとき、オシヲと女を見たから、そのまま逃げ帰ってきてしまったのだった。山の神様の通り道だというのに。

いいや、まだ間に合うはずだ。

——だいじょうぶ。まだ、ぎりぎりで真夜中にはなっていないもの。

タクシは物音を立てないように注意して、居眠りをしているユナのそばから離れ、台所へ向かった。

広い台所は、かまどの熾《おき》がぼんやりと赤いだけで、ほとんど足元も見えない。だが、生まれたときから馴染んでいる家の中だ。タクシは何かに足を取られることもなく、無事に戸口を開けた。少し離れた納屋から箒を取って来て、戸口の前の通路をそそくさと、体の幅に、門まで掃いてゆく。

――よかった。これで、山の神様が怒って帰ってしまうこともないだろう。

それからタクシは暖かい広間の片隅に戻り、気持ちよく丸まった。そしてすぐに、今度こそ安心して寝入ってしまった。


翌朝。

「本当に、なんてことだろう！」

ユナの魂消《たまげ》たような声でタクシは目を覚ました。もうすっかり明るくなっている。

「どうしたの？」

何やら騒がしい声が台所から聞こえてくる。

「ああ、お嬢さん」ユナが出迎えた。「見てください、かまどの上を」

タクシは目を丸くした。

かまどの上に、燃え尽きたろうそくの芯ととけ残った蠟が冷えびえと固まっている。それ以外には何もなかった。ユナが精魂込めて作り、タクシが緑の葉で飾った大きな菓子が、どこにもない。

「山の神様が、本当にいらっしゃったの？」

タクシが覚えている限り、祭壇の供え物が本当になくなっていたためしはないが、これが神様のための食べ物だということは家中の者が知っている。誰が、手を出すような罰当たりなことをするだろう？　だが、ユナは難しい顔で首を振っている。

「さあ、そうとは限りませんよ。なにしろ、今年は気心の知れない者がおりますからね」

タクシははっとした。あのマナリと、子どものことだ。

「ユナ、そう決めつけるのは早い。それでは、まだ不思議な謎が解けないだろう」

ゴウシが柔らかい声でさえぎって、タクシに向き直る。

「タクシ、神様を迎えるために戸口を掃いたのはお前か？」

いきなり訊かれて、ぎくりとしながらもタクシは答える。

「ええ」

「それはいつごろだ？」

「……真夜中前よ」

嘘ではない。ほとんど、真夜中になるぎりぎりではあったけれど。

「だとすると、ますますわけがわからないな」

「どういうこと？」

「まあ、自分で見てごらん」

ゴウシが台所の扉を開ける。年越しの夜は神様がいらっしゃるからと、この戸にかんぬきをかけないのだ。

体を乗り出して外を見たタクシは、目を丸くした。外の通路には、前夜タクシがあわてて掃いた跡がかすかに残っている。だが、夜中に降ってまたやんだのだろう、その上にうっすらと白く雪が積もっていた。そしてその雪に、門から点々と一筋の足跡が戸口に向かってついている。

「この足跡は、真夜中過ぎについたのね？」

タクシは気が重そうに言った。タクシが掃いたあとにつけられたのだから、ほかに考えようがない。しかも、その足跡はとても小さかった。ためしに横に当ててみたタクシの足跡よりも、はるかに。

「……これは、子どもの足跡ね」

瘦せこけて目ばかり大きい、青白い顔が目に浮かんだ。あの子。ひもじさに耐えかねて、供え物を盗んでしまったのか。

「いや、そう簡単なことではないんだ、タクシ」

ゴウシが苦笑して言う。

「この跡は一筋しかない。そして、どちらに向かっている？」

「台所へ、よ」

「ところが、この足跡をつけられそうな人間は、家中のどこにもいない」

「何ですって？」

ユナが大きくうなずく。

「そうですよ、お嬢さん。あたしは、不届き者をとっちめてやろうと思って家中くまなく探したけれど、家の中にいるのは泊まっていたお客人がたとご家族三人と、あたしだけ。子どもなんぞ、影も形もないんです。表の玄関は、もう何日も開けられた様子がないままだし」

「そんな馬鹿な」

あの子はとても小さい。どこか物陰にでも隠れているのではないか。

だが、そこでユナが声を上げて門の向こうを指さす。

道の向こうの干草小屋から、マナリが目をこすっている子どもを連れて出てくるところだった。


家族の前に連れてこられたマナリは、憤慨したようにしゃべりまくった。

「へえ、ゆうべは振舞い酒をいただいて、真夜中のずっと前に干草小屋に帰りましたとも。こいつはそのとき、ちゃあんと干草の中で寝ておりました。へい、朝までずっと」

「そのとおりか?」

聞かれた子どもはどぎまぎとして、すぐにはものも言えない様子だったが、タクシが優しくなだめて落ち着かせると、こんなことを言った。

「何も悪いことなんかしていない。ただ、夢を見たけど」

「夢? どんな?」

「白い着物を着た、きれいな女の人に抱かれてどこかへ連れて行ってもらった。雪が降っていたよ。こわがることはないよ、わたしは山の神だからって言われた。それでうっとりして眠ってしまって、気がつくと朝で、親方に起こされた」

横からマナリが口を出す。

「夢ですよ。こいつは朝までぐっすり眠りこけていたんだから」

「どういうことだろう」ゴウシが首をかしげ、タクシを見る。「そもそもタクシ、お前が戸口を掃いた時、供え物はたしかにあったのか？」

タクシはためらいながら首を振った。

「わからない。台所は暗かったし、そっちは全然見ていないもの」

ユナが反論する。

「だとしても、坊ちゃま、それではあの足跡の説明がつきません。真夜中過ぎに、たしかに誰かがこの戸から入ってきたんです。そしてどこへも行けやしないのに、消えうせちまった」

ゴウシはしばらく腕組みをして考えていたが、やがて微笑しながら言った。

「わたしらの頭でわからないことなのだから、本当に山の神様がいらしたと思うしかないのだろうな。おい、おまえ、腹は空いているか？」

聞かれた子どもはきょとんとして首を振る。

「この子の腹は満たされているらしい」そこでゴウシは皮肉な目で、ちらりとマナリを見やり、言葉を続けた。「きっと、山の神様が腹を空かせたこの子を哀れんで、台所へ導いたのだろうよ。そして、またねぐらへ送ってやったのさ」

ユナが口をへの字に曲げてまた反論する。

「そんなことがありますか？」

「ほかに考えようがないだろう？　みんなも知っているだろう、山の神様は足跡を残さないんだ」

「ちょっとお待ちください」おもしろがって見ていた客の一人が言う。「山の神様になりすました不届き者かもしれません。ほれ、通路には掃いた跡がある。たとえば、かんじきを履いて、子どもの足跡は手でつけて、そのあと帰り道にかんじきの跡だけを箒で消したとしたらどうです？足跡とちがって、かんじきなら平らで、消しやすいでしょう」

「箒なら、あたしはちゃんとしまいました。納屋に」

タクシはすかさず抗議して、納屋まで実際に走って取ってきた。「ほら、ちゃんとあたしが置いた通りになっていました。それに、箒のしまい場所なんて、知らない人にわかるはずがありません」

「だいじょうぶだよ、タクシ」ゴウシが笑ってなだめる。「そもそも、納屋と母屋の間には、足跡がふた筋しかなかった。ゆうべ、お前が納屋への行き帰りにつけたものだけということだ。つまり、お前は箒を取りに行って使い、元に戻したが、ほかの誰も関わりがないことになる」

客人がにやにやと笑ってあごをなでる。

「なるほど、箒ではないと。じゃあ、草の束を箒代わりにしたらどうです？　なにしろ、干草小屋にはごまんと草が詰まっていますから」

それには、マナリがまた憤然として反論した。

「身分もない人間ですが、盗人《ぬすっと》呼ばわりされて黙ってはいられません。雪を掃いたというなら、証拠を見せてもらいたい。なるほど、泊めていただいた小屋には干草が山ほどあるが、雪が混じった跡がありますか？」

客とゴウシが干草小屋を調べに行って、首を振りながら戻ってきた。干草はすべて乾いている。雪も、溶けたあとの水もない。だが、客はなおも食い下がる。

「昨夜はもう一人いましたな。丘の小屋に住んでいる作男が。あの男はどうです？」

「オシヲのことか？　あいつなら、まだ台所でユナが大奮闘しているうちに帰って行ったぞ」

ゴウシが言うと、ユナがうなずく。

「そのとおりですよ。このマナリと、ほとんど同じくらいの早い時刻に」

ゴウシが話は終わりだというように、改まって言った。

「やはり、神様が取ったのさ。そういうことにしよう。今年は我が家によい事がある、その前触れかもしれないじゃないか」


昼過ぎ、どうしても納得のいかないタクシは、もう一度台所から通路へ出てみた。足跡はありきたりの藁沓のようで、とても小さい。こんなに幅の狭い沓では、大人は爪先だって入れることができないだろう。おまけに、跡はどれも同じような強さでついている。とても安定した歩き方なのだ。

では、通路ではなく、タクシが掃いた通路の両側を通ったとしたら、どうだろう？　掻いた雪が積み上げられ、低い堤《つつみ》のようになっている場所だが、通ろうと思えば通れる。

だが目立った足跡はない。目を近づけてよくよく見ると、何度かかんじきを使ったような跡はある。引きずられていて、よくわからないが。

だいたい、あの子はかんじきを持っていないのだ。こんなことを詮索してどうなるというのだろう？

それに、念入りに跡を消すには、それこそ箒のような道具が必要だ。でも、あたりの草も枯れ枝も、どれも雪をかぶっている。夜の間に動かされた形跡はない。

干草小屋の干草は、すべて乾いていたというし。

そもそも、そんなに念入りに跡を消す細工をするなら、どうして子どもの足跡を残すのだ？すべて消してしまえばいいだけだ。

そして、あの子以外、マナリにしろ家族の者にしろ、じゅうぶんなご馳走にありついていたのだ。神罰が下るかもしれないのに、わざわざ供え物に手を出す理由がどこにある？

タクシはあきらめて、立ち上がると手の雪を払った。

体が冷え切っている。

マナリは、あの騒ぎが収まったあと、子どもを連れて早々に出発していた。今日は冬にしては暖かい、こんな天気を無駄にするのは惜しいと言って。昨日小屋にいた女のことは、タクシのほかは誰も気づかなかったらしい。タクシにしても口にする気はなかった。

明日になれば、また雪は降るだろう。人騒がせな足跡はすべて消え、年越しの夜に現れた山の神様の話を、家族の者は毎年語り伝えてゆくだろう。

雪道を、息せき切って誰かがやってくる。それが誰かわかると、タクシは目を丸くした。

「タキ」

子どもを産んだあと、初めて外に出たのではないだろうか。髪は乱れ、まだとても顔色が悪い。

「あの人、いますか？」

タクシに走り寄ると、タキはいきなり問いかけた。

「あの人？」

問い返してからすぐに気づいた。オシヲのことに決まっている。それから、タクシははっとした。

ゆうべ、あのあとオシヲはどこへ行ったのだろう？　今朝の騒ぎにまぎれて、すっかり忘れてしまっていたが、そういえば、あれ以来一度も姿を見ていない。

「今朝、目を覚ましてみたら、姿が見えなかったんです。きっと行ってしまったんだわ、あの人」

タキは気が抜けたように言う。

「この頃、変なことばっかり言っていたんです。おれさえいなかったら、お前は生まれた村へ戻れる、おれなんかと一緒にいちゃだめだ、お前はおれがいなくても生きていけるって」

オシヲ。あの、きれいで得体の知れない女の誘いに乗り、タキを裏切っていたオシヲ。

タキは、あの女とは全然ちがう。タキもきれいだけれど、今まできちんとした暮らしを、タクシのような暮らしを送ってきたことがわかる。それに比べて、あの女は、まるで人の世界の外側から来たようだった。そしてオシヲも……、そうだ、オシヲも、女と同じ匂いのする男だった。

タキの打ちのめされた様子に心が痛んだが、タクシはつい、つぶやいてしまった。

「本当に、そうかもしれないわ」

おれなんかと一緒にいちゃだめだ。それはオシヲの本心ではないのか。

すると、タキがいきなり耳障りな笑い声を上げた。

「お嬢さん、あんたも女なんだから、覚えておいたほうがいい。男が、おれがいなくてもお前は生きていけるから、なんて口にするときはね、相手のためを思っているように見せかけながら、腹の中ではまったく別のことを考えているのよ。そういう男の本音は全く逆なの。お前はおれがいなくてもいいだろうって言う男はね、おれはお前がいなくてもいいって言っているだけなのよ」

タキは唐突に笑いを止めた。くるりと踵《きびす》を返し、歩き出す。

「どこへ行くの？」

「当たり前でしょう。あたしを待っていてくれる者のところへ帰るんですよ」そして、ゆがんだ笑みを浮かべて付け加える。「赤ん坊は、決して裏切りませんからね」

昼過ぎ、山にまた雲がかかってきた。マナリは子どもを引き立てて、次の村へと急ぐ。

マナリは、まだ不機嫌だった。朝目覚めてみると、ゆうべの女が消えてしまっていたのだ。邪魔な子どものいないところがいいと隣の小屋で抱かれた時には、あんなにしおらしく、これからずっとそばに置いてくれとささやいたくせに。もともと隠していた女のことで誰にも聞けないから、よけいにいまいましい。おまけに頭が痛む。

腹立ちまぎれに、足がどんどん速くなるのにも、自分では気がついていなかった。

子どもは、まだぼんやりしている頭で、懸命についていこうとしていた。どんなにむごい育ての親だろうと、この男のそばを離れれば死が待っている。これまでのわずか数年の人生で、子どもはそれを悟っていた。

そしてもう一つ、子どもの体に染みついている教えがある。

生きていくためには嘘をつかなければならない。

だがゆうべ、本当は何が起きたのだろう。子どもにもまだよくわからなかった。わかっていることは、昨日は、あの家のお嬢さんからもらった二つ三つの菓子のほかは、笛に傷をつけた罰だと言って何も食べさせてもらえなかったことと、ひもじさに耐えかねて、夜中に母屋に忍び込み、あのきれいに飾られた菓子を盗んでしまったこと。食べられる物なら何でもよかったのに、ほかに何も見つからなかったのだ。

あの、きちんと片付いた台所に長居をする気はなかった。あれはまともな人の住処だ。人の輪からはずれた者がいることは許されない場所だ。

降りしきる雪の中に、菓子を抱えて出て行ったことはよく覚えている。鮮やかな緑の葉飾りが落ちたことにも、そのときは気づかなかった。そして、干草小屋の軒下で、待ちきれずに菓子にかぶりついた。

あんなご馳走を食べたことは、生まれて初めてかもしれない。丸々一個の、大きな菓子なんて。甘くてどっしりしていて、体中に元気が満ち溢れてくるようだった。そのまま、気がつけば丸ごと平らげていた。かけら一つ、残さずに。そして干草小屋にまた這いこんで、満足して眠った。

すると夢の中で、あのきれいな女の人に抱かれていたのだ。

「安心して、お眠り。ここはわたしの領土だから、誰もわたしに命令することはできない。そのわたしがよいと言うのだから、誰もお前を咎めはしない。明日の朝、元の世界に戻ったときに何か聞かれたら、山の神様の領土に連れて行かれ、そのまま眠ってしまったとだけ答えればよいからね」

「このまま、ずっと一緒にいさせてもらえない？」

夢の中で、懸命にそう頼んだのを覚えている。山女さまはしばらく、値踏みするようにこちらをじっと眺めて考えていた。それからにっこりしてうなずいた。

「よいだろう。でも、今は元いた場所に帰らなければいけない。そして、今までどおりあの芸人についておゆき。お前に合図するときは、光る針を使うからね」

山女さまの胸元には、大きな銀色の針が光っていた。

「これはね、わたしの魔法の針。この光に気をつけていれば、わたしのところに来られるからね」

――そうさ、言いつけを守っていればいいんだ。

子どもは懸命に、自分に言い聞かせる。

――今朝だって、山女さまの言うとおりに答えたら、本当に咎められなかったもの。

朝になって、親方と干草小屋にいることに気がついた。そしてこわい顔をした大人たちが取り囲んだとき、一つのことだけを心の中で繰り返していた。夜中に台所に行って供え物を盗んだことだけは、絶対に言ってはいけない。

嘘をつくには秘訣がある。言ってはいけないことはもちろん言わない。ほかのことはできるだけ口数少なく、でも真実に近い答えをするのがいちばん安全なのだ。

――山女さまが夜中に連れて行ってくれたのは、どこなんだろう。なんだかずっと干草小屋にいたような気もするけれど、でも、山女さまが飲ませてくれた、体が熱くなる飲み物のせいで、よく覚えていないのだ。それに、たしかにそのとき親方はいなかった。そして親方はずっと干草小屋にいたというのだから、つまり、ぼくのほうが干草小屋にいなかったことになる。

ふと、道の脇の梢に光るものが見えた。近づいて背伸びをすると、白い糸をつけられた針が、梢にかけられて揺れているのだとわかった。

——いいかい、お前に合図するときは、光る針を使うからね。

——はい、山女さま。

教えられたとおり、子どもは道をそれた。白い糸はところどころ、雪の溶けたしずくで光りながら、枝から枝へと渡っている。その光が、山奥へと子どもを誘う。

——山女さま、今行きます。

「いい天気ね。寒気が緩んでいる」

女はくるくると常磐木の飾りを回しながら言う。

かたわらで、オシヲに背負われた子どもは安心したらしく、うとうとと眠っている。

「本当にいい天気」女がまた言う。「旅人が油断して、道を急いでしまうような天気ね。そうしてこういう日には、新しく積もった雪が緩んで崩れやすいのだけれど、さて、あの芸人、そこまで気をつけているかどうか」

オシヲがじっと女を見つめた。

「そこまでわかっていて、あの芸人は助けてやらないのか」

「人でなしだもの。運がよければ、雪崩《なだれ》にまきこまれずにすむでしょうよ。運が悪かったところで……」女は肩をすくめた。「あたしの知ったことじゃない」

「もう用はないというわけか。ほしいものはあの男から手に入れたから」

「あの男だって、ほしいものを手に入れたのよ。一晩、いい夢を見せてやったもの。そのくせあの男、あたしみたいな得体の知れない女といることを知られたくなかったらしくて、隣の空き小屋であたしと夜を過ごしたことはおくびにも出さなかったらしい。まあ、あたしが一服盛ったから、本当に覚えていなかったのかもしれないけれど」

「そしてお前は、その花の種を手に入れたというわけか」

オシヲが女の懐を見やって言う。

「そう。本当に役に立つのよ。痛みがひどいときに、それをやわらげて眠らせてくれる」

「ついでに、いやな奴を思いのままに動かすこともできるようになる」

「春が楽しみね」オシヲの皮肉な口ぶりにはまるで気づかないように、女があくまでも楽しげに言う。「深山の、誰も来ないところにこの種を植えよう。きれいな赤い花が咲くわ」


タキを赤子ともども家に連れてきてまもなく、まだ日のあるうちだった。遠くから地鳴りが聞こえてきた。

広間でタキの世話を焼いていたタクシとユナは、顔を見合わせた。あれが何の音か、村の者は誰でも知っている。

「雪崩だわ。東の山のほう」

「え？」

今まで人形のように押し黙っていたタキが、はじかれたように立ち上がる。

家の外に向かうタキを、あわてて母さんが追いかけた。

「オシヲ。きっと、雪に呑まれちまった」

　タキがうつろな声でそう言う。母さんが、なぐさめるようにタキの細い体を抱いた。

「あなたのふるさとはどこ？　誰かに迎えに来てもらおうね。それまでは、安心してこの家で了どもを育てればいい。そうして、あんな男のことは、もう忘れてしまうのが一番よ」


　オシヲが立ち止まり、背中の子どもを揺すりあげる。

その動きで目を覚ました子どもは、生まれて初めて、幸福な気持ちに包まれているのを感じて
いた。さっき山女さまに迎えられた時の言葉を、幾度も噛みしめる。

「さあ、これからはわたしと暮らすのだよ。お前のような者が、ほかにもいるからね」

「やはり、雪崩になったな」体の下で太い声がする。背負ってくれている、大きな男の人の声だ。

だが、不思議にこわくない。優しい目をしているせいだろうか。

　ふと思いついたように、山女さまが何かを着せかけてくれた。

「これはお前のものでしょう？　ゆうべ取り返してやったのよ」

ああ、あの村のお嬢さんがくれた胴着だ。大男が、首を回してその胴着を見つめ、つぶやく。

「青い糸の縫い取りか」

「そう。なつかしい？　都渡りの染め糸ね」

「そんなことはどうでもいい。それより、ババ、どうしてあんな手の込んだ真似をして、この子
をかばったんだ？　この子はたしかに供え物を盗んだ。だが、おれは知っている。お屋敷のお嬢
さんは、そのあとで通路を掃いたんだ。この子の足跡は、もう消されていた。お前が何もしなく

てもよかったろうに」

「わかっていないのね」山女さまが笑う。「証拠がなくても、それでもこの子が疑われるの。ほかに怪しい者はいないから。だから神様がからんだことにしておかないといけなかったの。それに、たいした細工ではなかったもの。あたしはただ、もう一度降った雪がやんだときを見計らって、いいほうの足にかんじきをつけ、もう片方にはこの子の靴を結わえつけて、門からあの家の戸口まで往復しただけ。行きにはそのまま、帰りには靴をさかさまにして、行きの跡のちょうど間を通ってね。何しろ雪は薄くて、あたしとこの子の体の重みの差なんてわからないくらいのものだったし、かんじきの跡はあたしの着ているものがこすってぼやけたし。本当にうまくいった。山の神様が助けてくださったのよ」

「山の神様は、お前だろう」

「さあ」山女さまは、またほほ笑んだ。「そう思いたい奴には、思わせておけばいい。おかげで、まともな人間は山に入ってこないものね。山の神様がお屋敷に現れたことは、今ごろ村中に広まっているでしょう。三日もすれば、このあたり一帯に。おかげで、あたしたちの帰り道も、人に見られる心配はなくなった」

「なるほどな。お前は智恵が回るよ」

「さあ、山へ帰りましょう」

子どもは眠くて、今の会話も、後のほうはろくに聞いていなかった。だが、男がまた歩き始めた時、少しだけ目を開けて、前を行く山女さまの姿を目に入れた。初めて、山女さまのうしろ姿を見た。

——ああそうか。

子どもは納得した。

——山女さまは、やっぱりただの人ではない。

広くて温かい背中にしがみつきながら、子どもはうっとりとそう考える。

——だから、山女さまは足跡も残さない。裾を引きずっている長い毛皮の長衣が、かんじきの跡をなでて、それとわからなくするんだ。

——そして、山女さまの、左足。こんな足で雪山を歩ける山女さまは、やっぱり神様だ。

それはもう片方のようにかんじきを付けた足ではなく、一本の棒だった。

囲炉裏の前で

日暮れ時、橙《だいだい》色に染まった空に、小さな点が浮かび上がった。それがみるみるうちに大きくなり、翼を持った姿に変わる。

ようやく雪が消えたばかりの山はかすかに芽吹き始め、薄青い輪郭の上にうっすらと緑の膜をかぶったように、柔らかい線を見せていた。

その山中、尾根の一点に若い女が立って、近づいてくる鳥を見守っていた。長い黒髪を背へ梳《と》き流し、粗末な麻の衣の立ち姿はすらりと優雅だった。

頃合を見計らって、女は持っていた籠を宙に掲げる。と、鳥は迷うことなくその中に飛び込んだ。

「よしよし、いい子ね」

それはくすんだ色の羽毛の鳩だった。女が左の掌を広げると、いくつかの木の実が現れる。鳩がそれをついばんでいるうちに、女は右手で、器用に鳩の足についていた手紙をはずした。そうしながらも左右を窺っていたが、すぐに探していたものを見つけたように顔をほころばせた。

「やっぱりいらしたのね、忍男爺《おしおじい》」

「鳩を見かけましたのでな、布都《ふつ》さん」

布都は笑った。この男が、新しい鳩の便りを待ちかねて、今朝からずっとこのあたりをそれとなくうろついていたことは、とっくに知っていたのだ。だが、それは言わないでおこう。

忍男は、ひょろりと背が高い男だった。すでに、髪には白いものが交じっている。厳しい山の暮らしを物語るかのように顔は日に焼け、口許は髭《ひげ》におおわれている。

ついひと月ほど前、遠くから帰ってきたというこの男を初めて見たとき、布都はおびえたものだ。だが、口数の少ない忍男は見かけとちがって優しい人間だった。山に住んでいる面々にはまだ若い男たちが多い中で、忍男は別格のように扱われている。この山の主である婆が一目置いているせいもあるだろう。だが、忍男爺は人前に出ることを喜ばず、いつも道具小屋の裏側で黙々と道具の手入れをするか、さもなければ一人で狩に出かけているような男だった。雪が消え、鳩の便が定期的になるまで、布都は一度も口を利いたことがなかったほどだ。

ひと月ほど前のその時、布都は友達であり、一緒にこの山に転がり込んできた仲間でもある五《い》百《お》枝《え》からの便りを、鳩の便で初めて受け取ったところだった。それを見に集まってきた山の男たちが散ったあと、いつのまにかうしろに立っていた忍男が、おずおずと声をかけてきたのだ。

「あの、布都さん、その手紙をもう一度読んでもらえまいか」

「はい、もちろんですとも」

それからというもの、忍男は五百枝からの便りをひそかに待ちわびている。一度も口には出さないが、それは明らかだ。

だから今日も。

忍男は妙に遠慮深い仕草で、紙をたたむ布都をじっと見守っている。

「お家から、何か変わったことは？」

「いいえ、たいしたことは何もないわ、忍男どの」

聞かれた布都は気の毒そうに答えた。

「そうか」

忍男はしいて何でもない振りをしているが、布都のほうがそのままにしておけなくなる。

「でも、今日の便りはわたくしの実家のことを書いてあるだけなの。次の便りが来るまで待って。そのころにはきっと、南にある五百枝の村のことや、交易船のこともう少しわかっているでしょう。冬の間は人の行き来もないし、遠方のことはわかりにくいのよ」

忍男は自分を慰めてくれる女に優しい目を向けた。

「あんたには感謝している」

——ほらまた、がっかりしているくせにほほ笑もうとする。そんなに気を遣わなくてもいいのに。

こんな忍男を見るたび、布都はそう言ってやりたくなる。

「わしらは今まで、人里とのつながりを持たなかった。こうして下界のことがわしにまでわかるのも、あんたのおかげだ」

「まあ、そんなことはないけれど」

だがたしかに、この鳩の便りを深山にもたらしたのは布都だ。

もともと、ずっと東の、板谷《いたや》の裕福な商家の娘だった布都は、板谷にいられない事情ができて、この深山に逃げ込んできたのだ。だが落ち着いてみると、どうしても生家のことが気になってならない。そんな布都に、ある日、何も言わずに鳩をさしだした者がいた。布都をここまで連れてきた時馬《ときま》という少年だった。

「まあ、この鳩は……」

「あんたの家で、遠方との連絡に使っているものだよ」

時馬はこともなげに言った。

「やっぱりそうね。どうやって、ここまで連れてきたの？　時馬、あなたは板谷へ行ってきたの？」

せきこむように布都はたずねた。時馬はそんなことは、一度も言わなかったくせに。

「どこにだって入り込めるのが、おれの強みだってば。だけど板谷まで行ったわけじゃないんだ。あんたのおばあさまはまだ山沿いのいで湯にいるからね、そこまでちょいと行って、あんたには鳩が必要そうだって言ってみたのさ。そうしたら、おばあさまが自分のところまで、板谷の家からこいつを届けさせたんだ」

「おばあさまはお元気？」

「ぴんしゃんしてるよ。だけどそいつ、そんな小さな頭で、本当にここから板谷までの道を覚えているのか？」

「たしかに鳩はあまり賢くないかもしれないけれど、生まれた場所はわかるの」

布都は確信を持って言った。

「だから飛ばしてやれば、板谷には帰るはずよ。問題は、板谷からまたここまでたどりつけるかどうかだけれど……。やってみなければわからないわね」

布都は簡単な便りを結びつけて、翌朝、その鳩を放した。いで湯のおばあさまになりすまして、当主である孫息子――布都の兄だ――にあてて書いた、小言を並べている手紙だ。これなら、鳩がどこかで迷って見知らぬ誰かの手に落ちたとしても、不審には思われないだろうと考えたのだ。

その鳩はとうとう帰ってこなかった。次の鳩も。だが、五羽目の鳩は、孫息子からのいかにも憤慨しているような返事を、深山の布都の住処まで届けたのだった。

こうして、板谷の町と深山とがつながった。生き物をかわいがる五百枝が鳩の世話に熱中してくれたこともあり、厳しい冬が終わりかけてまた鳩を飛ばせるようになった頃には、定期的な行き来が期待できるようになっていた。

「お嬢さま、わたし、一度板谷の町まで行ってきます」

その五百枝が勇んで言ったのは、雪溶け間近の頃だった。

「一羽だけでは心もとないですもの。鳩の群れをお嬢さまのお宅から分けてもらって、いつでもしっかりと連絡が取れるようにしましょう。幸い、わたしは板谷の町には一度も行ったことがないですし、新しく雇われた召使いだと言えば怪しまれないですみます」

五百枝がいなくなることを布都は寂しがったが、それが一番よいということは納得した。山に住み着いた男たちは怪しげな空気をまとっているから、商都・板谷では浮いてしまうだろう。

「そこへいくと、わたしは女ですし、怪しい人間ではないと、誰でもすぐに納得するでしょう」

「どうだか」

冷やかす時馬を道中の護衛に従えて、意気揚々と五百枝は出かけていった。

やがて――布都の予想していたことだが――、五百枝はすぐに布都の家に馴染んでしまったようで、元気な第一報をよこした。

〈去年生まれた鳩がしっかりしてくる春の盛りには、数羽をいただいて山に戻ります。ここに来た目的をごまかすために、わたしの生家の村から布都さまのお屋敷へ、何人か召使いの口利きをするという口実でお世話になっています。ですから、誰にも怪しまれたりしていません。ちょうど、仕事を探しにやってきた村の男に板谷で出会ったことから、思いついたのですが。〉

どうも、五百枝は布都もおばあさまもいない店で、かなり重宝がられているらしい。女中仕事も嫌がらないし、遠来の客の接待にも物怖じしない女だから当然だが。

〈わたしの生まれた村では、春の祭に花びらをまいて地面に大きな絵を作るのです。お屋敷の庭にある御堂への道にそんな絵を作ってみたら、お客に喜ばれるのではないかと思います。わたしの村から来ていた男というのはわたしの幼馴染みですが、花絵の名人なのです。〉

「ああ、南の村ではよくそういう花絵を作るぜ」

この手紙を読んで聞かせると、時馬がまずそう言った。

「おれの死んだ親父が南の出で、なつかしそうにそんなことを話していた」

「そう、地面に。きっときれいでしょうね」

時馬はにやりとした。

「それよりさ、五百枝姉さん、だいじょうぶかい」

「何が？」

「板谷の町でばったり故郷の男なんかに出くわしてさあ、それも同じような年の奴なんだろ？

五百枝姉さん、このまま板谷に居付いちまうんじゃないだろうな」

「まさか」

時馬がそんなことを手紙でほのめかしたものだから、次の返事の中で、五百枝は憤慨しきっていた。

〈いくら幼馴染みと言ったって、今さらふつうに身を固めるつもりなんてありません。このあいだ話した男というのは二親《ふたおや》との縁も薄く、たった一人の身寄りの祖父に死なれたとかで、ひと旗揚げに板谷まで出てきたような奴ですが、今さらどうこうするつもりなんて!〉

「ほらね、時馬」それを読んだ布都は笑った。「どうこうしたかったら、二人とも村にいた頃にとっくにしていました、と言わんばかりじゃないの」

「どうだか」

それでも気がすまなかったのか、五百枝は次の便りで、問題の男の身の振り方をさらにこまごまと説明してきた。

〈あの男は、商船に乗らないかと誘われ、いそいそと板谷から去ってしまいましたの。世話になった礼だと言って、わたしに、父の形見だという守り刀を置いていって……。〉

「怪しいなあ、親父の形見を何の約束もしていない女にやるか、ふつう?」

「時馬、もうやめなさい。とにかく、五百枝はもうすぐ帰ってくるわ。鳩の群れを連れて」

五百枝と布都のやりとりは、山の男たちにも格好の気晴らしになったようで、手紙はいつも回し読みされた。そしてその男たちがいなくなると、そのあとにはいつも忍男がおずおずと立っているのだった。

「あの……、五百枝さんの手紙をもう一度読んでくれんか」

布都はせがまれるたびに、詳しく読んでやった。忍男は字が読めないということにも、とっくに気づいていた。貧しい暮らしをしてきた者には珍しくないことだ。

ここまで熱心なのは、五百枝のことを知りたいからだろうか。忍男も南のほうの出だと、ちらりと聞いたことがあった。どんな事情で山に来たのか、本人が話さない限り聞かないのが礼儀だが、忍男は、ずっと昔にあとにした故郷がなつかしくなってきたのかもしれない。

「もうすぐ、五百枝が山に戻ってくるわ。忍男どのは去年のうちはずっと遠方に行っていらしたのね。会うのは初めてでしょう」

忍男はそう言われると、なぜか泣きそうな顔になり、ひと言も返事をせずに立ち去るのだった。

五百枝の手紙に顔を輝かせたり、逆に衝撃を受けた顔になったり、よほど気になるらしいというのは、一目瞭然なのに。

「誰か、五百枝の元いた村にいるようなのよね。忍男爺が特別に気にかけている人が」

「うん」時馬もうなずいた。「忍男がどんな奴かおれも昔のことはよく知らないし、婆に聞いたって叱り飛ばされるだけだけどな。なんだか気の毒だよ、早く五百枝姉さんに会えるといいな」

それなのに、あいにく、今日も新しい知らせはなかったというわけだ。

「いいのだ、気になさるな」

そう言って立ち去ろうとしてから、忍男はふと思いついたように言った。

「ところであんた、今夜は谷向こうの、奥の小屋にこもっていたほうがいい」

布都は形のよい眉をしかめた。

「あら、また？」

忍男はうなずく。

「怪しげな奴が登ってきたようだ。今、時馬が婆のいる三軒小屋に案内している」

三軒小屋とは、布都や忍男たちの集落から少し山道を下ったところにある。婆が最初に住んでいたところだ。

「そのとき、婆どのは誰と住んでいたの？」

「一人でだよ」

以前、布都はそう聞いたことがあるが、面倒くさそうな答えが返ってきただけだった。

今は婆も、奥まった場所に建てられた、もっと住みやすい家にいて、三軒小屋には、いつもは集落への見張りの者が詰めている。

その三軒小屋に、婆が迎える者とは……。

「どんな素性の奴か、まったくわからないというわけだ」

「でも、わたくしのことを探る者ではないわ。ここは、わたくしの国の者がこもる神の山より、ずっとずっと西にあるのだもの」

「だが、あんたは見られないほうがよい。婆にぬかりはないだろうが、用心するに越したことはないから。いいな」

「ええ」

布都はくるくると鳴く鳩の背をなでながら、しばらく忍男のうしろ姿を見送っていた。

「気の毒な方」ぽつりとつぶやく。「どうしても、あの方はそう見えてしまう。あんなに、東からの便りを待っているのだもの」

それから布都は鳩小屋へ向かった。

もう夜が近い。鳩は、眠らなくては。

——これから急げば、足元が見えるうちに忍男爺に命じられた家に着ける。手紙の返事は、今夜、ゆっくり書こう。

＊

「たいそう面白い話を聞かせていただいた、ご老人」

客人は微笑して礼を言った。

山の中の粗末な家ではあるが、なかなか居心地のいい場所だ。大きな炉が切ってある一つきりの部屋は、戸口から見た正面が上座というところだろう。そこにすわっている客人は中年の、いかにも旅なれた男で、簡単な狩の装束で武装を解いている。一夜の宿を求めたからには、それが礼儀だ。彼が腰に佩《は》いてきた太刀《たち》は、ここまで案内してきた少年が、うやうやしく持ち去っている。

「なんの。こんなあばらやでは、ほかに何のおもてなしもできませぬでな」

ゆったりと答えたのは、年のころも定かでない老婆だった。日暮れ近く、山の中で行き暮れたと言って宿を請うてきた男を迎え入れ、質素だがじゅうぶんな夜食をとらせた老婆だ。客の男は、山の中に突然現れた三軒並びの家に連れてこられて以来、最初に山道で出くわして案内を請うた少年と、この老婆にしか会っていなかった。

真っ白な髪としわだらけの顔を見れば、老婆はかなりの年と思われるが、反面、一人で食事の支度をしたときの鮮やかな手際や、受け応えの確かさ、生気にあふれた目は、意外な若さを物語っているような気もする。ただ、立ち居振る舞いはゆっくりとしたものだった。体が衰えているわけではない。老婆の左の足があるべきところには、一本の棒が見えるだけだったからだ。

その老婆は今、南面してすわる客に対して左の横顔を見せ、時折、粗朶《そだ》を炉にくべている。雑炊をすする客のかたわらで、つぶやくように長々と三つも昔語りを終えたところだ——追っ手から逃れるために黒い櫛を投げ捨て、大きな森を出現させたゲンという国の少年の話、セイの山奥に隠れ住んでいることを人に知られないように青い衣とともに身代わりの死体を流し、洪水を引き起こした女の話、そして白い針を合図に使って、目をかけた子どもだけを雪崩から救い上げた山の女の話——。

「夜も更けてきましたな。お客人、寒くはございませぬか。山は春といっても冷えます」

「いやいや」

「ところで、今度はお客人の話を聞かせてくださいませぬか。都にはさぞや面白い話の種がありましょう。お客人は生粋《きっすい》の都のお方とお見受けしますが」

客の男は一瞬、顔をこわばらせたが、すぐに笑顔に戻った。

「さよう、そうでないと言い張ったところで通るまいな。都育ちは、すぐにわかってしまう」

老婆もにこやかにうなずいた。

「そもそも、旅をするような贅沢な者は、都に多いもの。我らは住んでいる土地で細々と生きていくのに精一杯。足を伸ばしてどこかへ行くような余裕はありませぬ。まあ、行商人となれば別ですが、お客人は大した荷をお持ちでない」

男は足ごしらえこそ入念にしていたものの、背に軽い荷を負っただけの軽装だったのだ。

「いや、商いなら、する気でいるのだ」

客は、あいかわらずにこやかに応じる。「だが、わたしの言い値を払える者がどこで見つかるか……、それを探してこんな山の中まで入ってきてしまったというわけだ」

「ほう。いったい、何の商いを？」

「話だ」客の男はずばりと言った。「わたしの聞き込んだ話に買い手がつかないかと思ってな」

「面白いことをおっしゃる」

老婆は楽しそうに笑い出した。「話とな。そんなものに、長旅をしてつり合うほどの値がつきますかな？」

「それにしても、山の中というのは、あんがい馬鹿にできないものだな」

客の男はそ知らぬ顔で、別のことを言い出した。

「この山の中は、実のところ支配するのがむずかしい。だからといって、人も住まない未開の地でもない。それが都の偉い方々の思いちがいなのだが、なかなかおわかりにならぬ」

「山は人の住むところではない。どなたもそう思っていてくだされればよいのに」

「いいや、もう世は変わってきている」

老婆が客をじっと見た。あいかわらず、客は笑みを絶やさない。

「何のことでしょう？」

「山の中に、実は見過ごせない数の人間が住んでいる。そうだろう、ご老人？」

「いや、われらとてたった三軒の……」

「とぼけるな」男はぴしりと言った。「足の弱いご老人やあの若者だけで、この不自由な場所に暮らしているとおっしゃるのか。ここまで、たしかに道が通っていたぞ。途中に倒木などもあったが、それらの道はまるで蜘蛛の巣のように張り巡らされているようだった。すべての道をたどるわけにはいかなかったが、思いがけぬ方向へ延びていくものがずいぶんとありそうだった。あれを追っていったら、どこへ行くのかな。きっと道を作った者たちが、まとまって住んでいる場所に行き着くのではないかな」

男は老婆に笑いかけたが、返事がないのを見て、その笑みを消した。

「とにかく、かなりの人数がこの山々の中を通っていることはまちがいない。そして人が集まれば、必ずそこには侮《あなど》れない動きが生まれる」

「このような人界《じんかい》を外れたところに住むのは、鬼か、蛇しかおらぬ。里の者は誰もがそう言っておりましょうに」

男は手を振ってその言葉を退ける。里の者など問題ではないとでも言いたげだ。

「だからこそ、本当に賢い者ならば、それを逆手《さかて》にも取れるのではないかな」

「はて」

老婆はわけがわからないというように、目をしばたたかせた。「学のあるお方の話は、とんとわかりませせぬ」

「ならば、婆どのにもおなじみの話をして進ぜようか。面白い話をたくさん聞いた返礼だ」

男はかたわらの木の椀に手を伸ばすと、うまそうに飲み干す。そしてこんな話を始めた。

「あるとき、里の童が深い山に迷い込んだ。途方に暮れていると、怪しげな婆が出てきて、山の中の家へ連れて行ってくれた。夜中、婆の正体をささやく声がする。なんと、その家には、先に捕らわれていた子どもがいたのだ。童はその子から、朱《あけ》の鏡を預かった。貴いご先祖の持ち物だ。童が逃げ出すと婆が追ってきたが、鏡をうしろへ投げると火事が起きて、婆から逃げ延びた」

男は婆をじっと見る。

「ここからかなり離れた道沿いで、わたしがこの耳で聞いた話だ。驚いたな。しかも、わたしが昔聞いたおとぎ話とよく似ている。そうそう、その話もして進ぜようか」

老婆は無言のまま、新しい瓢簞から客の椀に次の酒を注いだ。

「これはありがたい……。さて、今度はわたしが都で、乳母から聞かされた話だ。昔々、どこの国とも知れぬが、一人の童がいた。あるとき山の奥深くに迷い込んでしまったところ、『骨の一本足のババ』と呼ばれる女に出会った。並みの人間とはちがう、山に住む魔物の女だ。童は逃げ出そうとしたが、ババはどこまでも追ってくる。童は身につけていた櫛をうしろに投げた。すると黒い森が出てきた。ババが苦心してその森を越す間に童は先を急いだが、ババはまだあきらめずに追ってくる。次に童は着ていた青い衣をうしろへ投げ捨てた。すると、とうとうと流れる大河が現れた。ババがその川を飲み干す間に、童はまた先へ逃げた。童は、今度は針を投げた。すると雪崩が起きた。ババはとうとうあきらめて、また山へ帰っていった……」

客は、老婆の衣の裾からはみ出している木の義足を無遠慮に見ながら言う。

「どうだ、こちらの話は、婆どののさっきの話とよく似ているのではないか？」

「そんなことには、何の不思議もございますまい。ババとは、盛りを過ぎた女を言うだけの言葉、特別の誰かを指した名ではありません。それに、どこのものでもない話は、どこの話にもなる。つまりは、いつの時代にもどこの国にも、追われて逃げ惑う人間がいたということでしょうな。そんな哀れな、切羽詰《はば》まった人間が、何とかして逃げ延びたい、自分の身につけている乏しいがらくたが、追っ手を阻む強力な武器になってくれればどんなによいかとむなしい願いを抱く……。それも、この世のどこにでもあることなのでしょう。お客人がお望みならば、今度は、多勢に無勢で戦わなければならなくなった将軍が、たくさんの兵士を生み出したおとぎ話でも、してさしあげましょうか。石ころから生まれた兵士、蟻から生まれた兵士、自分の髪の毛の束から生まれた兵士、どんな話もよりどりみどり……」

「たわけた世迷《よま》いごとはもうよい」

男は冷たい声で言った。「まだそらとぼけるつもりか。では、今度は正真正銘、まことに起きたことを話してやろう」

姿勢をただし、すわりなおして酒の椀をつかんだ男は、老婆の目に急に大きく見えた。

「もう、あれから年神をいくつ迎えたことか、まだわたしが赤子同様であった頃のことだ。はるか西にある、帝《みかど》のおわす都の話だ」

＊

――男は語る。

事の起こりは、まだお若い帝の御不例《ごふれい》だった。もとから体の弱かった御方であるが、このときは祈禱師《きとうし》も薬師《くすし》も首を振るばかりという深刻な状態だった。

宮中はひそかに、だがあわただしい動きを見せ始めた。なぜなら、帝は、まだ跡継ぎを定めていらっしゃらなかったから。いや、跡継ぎなど定められる状態ではなかったから。宮中とは言うものの、すでに帝は財を持たず、譲位や即位の式さえままならなかったのだ。

帝には、東宮《とうぐう》に目《もく》されている皇子が二人いた。一人は、北の豪族の推す皇子。その豪族には帝の妹が嫁いでおり、都の警護を託されていた。実情は豪族の代官が都をほしいままにしているということだが。皇子の母は都の貴族の出だったが、すでにこの世の人ではない。北の豪族は娘を帝に侍《はべ》らせているのだが、その娘には、まだ皇子が生まれていなかったのだ。

もう一人は、南の豪族の姪が帝に侍って産んだばかりの皇子だ。領国によい港があるために豊かだが、国と呼べるほどのまとまりはない。豪族と言いながら、出身は海賊ともささやかれているが、その財力は誰もが侮れないものだった。

だが、帝は、どちらの皇子の即位も望んでいなかった。北の豪族の推す皇子の外祖父には憤りを感じていらした。古い貴族でありながら、成り上がりの武者たちの言いなりだからだ。そして、南の豪族の姪の産んだ皇子については、出自の問題があり――、つまり、本当に帝の子かどうかということを、都中が疑っていた。

帝のお気持ちはさておき、どちらの皇子か定められない事情はほかにもあった。どちらを選んだところで、選ばれなかった側が、公然と帝の敵に回ってしまう。四方から都を狙っている武者たちが、いずれも帝と直接のつながりを持たないからという理由で都を制圧しかね、お互いに疑心暗鬼で窺いあっているからこそ、かろうじて戦に至らずにすんでいるのだ。帝の譲位は、そんな危うい均衡に成り立つ平安を崩してしまう。帝が財政不如意を理由に譲位を渋ってきた本当の理由は、そこにもあったのに。

互いに衝突する勢力の狭間《はざま》の、奇妙な空白である宮中で、帝の世話をする人間はわずかしかいなかった。そんなとき、西から渡ってきた一族の中から見込まれて近衛《このえ》の武官になっていた者が、妹を女官として宮中に上がらせた。

「西の土地は外《と》つ国との交易があり、この妹もいろいろと薬草を知っております」

まだ若かったその女官の看病のおかげか、帝は小康を取り戻した。誰もが下心を持って、その回復を歓迎した。都の中を我が物顔に歩いている北の豪族の手勢も、南の海賊あがりの豪族も、今すぐに事を構える気はなかった。北の豪族は留守中の安全を確保しつつ都への上洛をもくろんでいる最中であり、南の豪族は財力の基盤である交易が、嵐による船の損壊で一時危うくなっていたときで、立て直しに懸命だった。こんな情勢だ。帝には、まだ死んでもらっては困る。

看病をしていた女官は、そんな立場の帝に深く同情した。だから、その後に起きたことは、当然起こる結果だったのだろう。

やがて、女官は大変な事実に気づいたのだ。

――わたくしは、身ごもっている。帝の御子を……。

兄妹がまっさきに考えたことは、誰にも気づかれてはならないということだった。二人の皇子が位を争っている今この時、帝の身辺の女官がまぎれもない御子を産んでしまったと、もし武者どもに知れたら……。

「逃げろ」

兄は、妹に言った。「このまま都にいたら、そなたも、そなたの子も、まちがいなく殺される」

だが、宮中の至るところに、豪族たちに手なずけられた召使いたちの目が光っている。迂闊に動けない女官は、まず病気を装った。

「帝の病がうつってしまったようです」

兄は、妹を宮廷から下がらせた。帝にさえ真相を告げずに。そしてしばらくして、自分たちの屋敷に引き取っていた年寄りの乳母が死んだときに合わせて、女官の死を世間に触れ、葬送の棺を屋敷から運び出した。こうして、女官は死んだことになった。死を自宅で迎えられるのは身分のある者だけで、瀕死の使用人は死穢《しえ》を避けるために屋敷の外へ放置されるという都の常識を、隠れ蓑に使ったのだ。

葬儀の前に、妹は兄の恋人に付き添われて屋敷を去っていた。兄はその佐奈《さな》という恋人の名を妹に騙《かた》らせ、都の東のはずれの寺に住まわせた。佐奈も一緒に。表向きは、佐奈がその寺で子を産んだことにする。妹の存在は、誰にも気づかれないようにして。赤子が生まれることは隠し通せることではないが、近衛兵の子どもと言い通せばよい。さいわい、佐奈のほうも身寄りはなく、顔を知る者は少なかったのだ。おまけに、佐奈は恋人の子を死産したばかりで、生まれてくる御子の乳母として、おあつらえむきの女だった。

そうしているうちに、北の豪族の上洛がいよいよ間近に迫ったと告げられる。街道が都に向かう北の兵で満ちているときには、逃げられない。

「むしろ、豪族が都に入ってからのほうがよい」

兄は妹に教えた。「都さえ出られれば、街道の守りは手薄になっているだろう。もちろん、我らは道なき道を行くのだが」

「でも、どこへ？」

「都の西へは行けない。そこは知らせが伝わりやすい。なにしろ、我らの父祖の地だ。そなたの産む子の存在が万が一にでも疑われたら、誰もがそちらへ逃げ込むと考えるだろう」

そもそも、帝のはるか遠い祖も、西からやってきて、今の地に都を構えられたと聞く。だから、都より西の土地は、帝と、それに付き従った昔の豪族のゆかりの場所だ。噂はすぐに都まで広がってしまう。

「だから、東へ行くのだ。都の東へ」

「都の東？　そこには、古くからの荘園がいくつも広がっております」

さほど大きな荘園はないが、この時代、誰もが武装しており、どの勢力につくかはまったくわからなくなっている。どこに身を寄せても、いずれかの勢力に通報されるだろう。

「いや、そこを過ぎてさらに東へ行く。深山の奥深くまで」

「深山？」

妹は息を呑んだ。

深山には、人は立ち入ってはいけない。深山は、人のものではない。頂には夏でも雪が残り、田畑を作ることもできず、だから人は暮らしていけない。迂闊に入れば、決して生きては帰れない。それは、誰もが知っている教えだ。

「だからこそだ」

兄は妹に笑いかけた。「だからこそ、我らは深山へ入る。人ではない、神の末裔《まつえい》と讃《たた》えられる帝の御子を守って」

＊

「面白いこと。それはどこの国の話であろう？」

今度、そう問いかけたのは老婆のほうだった。

「言ったではないか、わたしが仕える都で起きたことだ」

「本当にそうかの。話というものは、語られたときから、話としての生命を持って生き延びていくもの。どこの国の話であろうと、耳を傾ける者がいれば、別の国の話になっていくものではないか」

男はそんな老婆の言葉を無視して、また話を続けた。

＊

北の豪族の侵攻は、速度が遅かった。各地で抵抗する小領主を平定しながらの道中であったのだから、半ば予測されていたことではあったが。常ならぬ体で都のはずれの寺にひそんでいた妹は、気が気ではなかった。それでも、どうしても今は動けない。妹の体はすでに人に隠せる時期を過ぎていた。

日一日と過ぎていく。そして、北の豪族の上洛が伝えられる前夜、妹は佐奈の介添えで、どうにか赤子を産み落とした。

「男御子です」

母親となった妹は顔を曇らせた。

「せめて、姫御子であったらいいと思っていましたのに……。そうしたら、都の目立たないお寺へ入って、ひっそりと生きるすべもあったでしょうに」

皇位に女性が就かなくなってから、すでに数百年の時が流れていた。皇女であれば、もとから皇位継承争いからはずれているとみなされ、つまりは無害な者として咎められずにすんだかもしれない。

「いいや、男御子であることを喜ばなくてはならない」

妹を強い口調で諭《さと》したのは兄のほうだった。

「これは、帝のお心にかなう赤子なのだ。そなたとこの赤子は、人のいない山の中で、何としてでも生き延びなければならぬ。そして成人した暁《あかつき》には、都に凱旋《がいせん》するのだ」

兄妹はさらにふた月、待った。旅に耐えられる体に戻るまで。

「これ以上は無理だ」

ある晩、宮廷から帰ってきた兄が、緊張した面持ちでささやいた。三年ほど西へ遣わされていた佐奈の叔父が、もうすぐ都に帰ってくると知らされたのだ。

佐奈に会いたがる者が都に来ないうちに、都を出る必要がある。

糧食は兄が持った。妹は、どうしても置いてゆくことに忍びないわずかのものを、以前から準備していた。まず何より大切なのが、背面を赤く磨いた鏡。帝から賜った品だ。大ぶりの櫛は、二人の亡き母の形見。宮中の女官は、この装身具を、いざとなったら護身にも使う。重い武器を携えることは、まだ妹の体では無理があるから、身を守るにはこれが精一杯の品なのだ。外には質素なさらしただけの麻の衣をまとうが、肌着は高価な染料を使った青い単《ひとえ》にした。片袖がないのは、赤子の産着《うぶぎ》に使ったためだ。常山《じょうざん》という名の木の実で染めたこの青い衣は、蛇や虫から身を守る効果があると昔から言われている。その襟元には、長い針を一本。これからは衣を手に入れるのも並大抵のことではなく、人から衣を施されたら、赤子の着物に仕立て直すのも、自分でしなければならない。

——さあ、行こう。太古の昔には、帝にゆかりのあったという深山へ。

だが、旅立ちと決めていた朝、妹は高熱を発していた。とても動ける体ではない。焦りを隠せない兄と佐奈に、妹は涙ながらに告げる。

「だめ、わたくしは歩けない。この御子を抱いて逃げるのは、到底無理です」

＊

「面白いだろう？　続きを聞きたくはないか？」

「はっきり言うがよい」いつのまにか、老婆は丁寧な言葉遣いをやめていた。「お客人、何を疑っている？」

客のほうも礼儀をかなぐり捨てていた。

「あさましいものの言いようだな。以前は垢抜けた都の女だったとも見えない」

それからずばりと言う。「なあ、佐奈どの」

老婆は不快そうに顔をしかめた。

「そんな者は、ここにはおらぬ」

「そうかな」

客は細い粗朶を一本取ると、大きな炉の、きれいに掻きならされた灰の上に、何か描き始めた。

「婆どのはわたしの正体を見極めるつもりだったのだろう？　だからこそ、あんなに思わせぶりな昔語りを長々としていたのではないかな？」

客が灰の上に描いているのは、とがった三角のつらなりだった。どうやら、山のつもりらしい。

そしてその山々の上に、一つの名を書いた――ゲン。そして山の右にもう一つ――セイ。

「そして南に、シュザク。西が何だったかな？　物語の中には出てこなかったか。いや、セイの国の女の言葉としてあったかな？　まあ、どちらでもよい。あるとしたら、こんな名だろう」

そして男は、峰々の左に最後の言葉を書いた。――ハク、と。

「今さら、わたしの昔語りを蒸し返すおつもりかね」

嘲るように言う老婆を、客のほうは真顔で見返した。

「いいや、それよりもわたしは本当に聞きたいのだ。婆どのの語ったのは、どこの話なのかね」

「もともと昔話というのは、どこの国でも、どこの土地でもない場所の話だろう」

「まだとぼけるつもりか。正しくは、どこの国の話にもなれる話、だろう」

そう言うと、男は山々だけを残して、四方の国の名をきれいに消してしまった。そしてそのまま枝を置くかと思ったのに、新しく書き直した。

連なる山々の上に玄武《げんむ》、右に青竜《せいりゅう》、下に朱雀《すざく》、左に白虎《びゃっこ》。

「北の玄武、東の青竜、南の朱雀、西の白虎」

男はつぶやくように言った。「国の名のように見えて、何のことはない、北・東・南・西の別名を言っているだけのことだ」

婆という言葉が、特別の女の名ではなく、盛りを過ぎた女の総称であるように。

「ああ、いや、一つだけ、南のシュザクの話は婆から聞いたのではなかったか」

男は今度こそ、灰をきれいに掻きならした。「わたしはその話を、旅の途中で聞いたのだったな。シュザクという場所に生まれ、山の中で朱の鏡をもらった子どもの話を。驚いたぞ。鏡といえば貴い人の持ち物、もしもそれが本当ならば、と半信半疑で山に入ってみたら、どうだ、ここに行き着いたというわけだ。そしてそのあばら家には、都の女官が海の向こうからの言い伝えもとりまぜて、貴人の子どもに寝物語にしている話をふくらませ、自分で知ったこととして語る婆さんがいる。事の起こりは、わたしが生まれたばかりの頃、今から三十年余りも前か。その頃はさぞや、ろうたけた女人だったのだろう、佐奈どのも」

今度は、老婆も否定しなかった。

「赤い鏡の話に惹かれて山に入り込み、今度はこの囲炉裏の前で、ほかの三つの話を聞いた。別物のようで、どこか似通う話を。そなたの話は、つまりはわが都のことだ。このような話を広めるとは、何のつもりだったのかな」

「そこまでわかっているなら、察しているのだろう？　やはりそなたは、都の武官だね。それほど身分は高くないだろうが」

男はにやりと笑った。

「そのとおりだ。そして、わたしの父は佐奈という女の叔父にあたるのだ。ずっと以前に都からいなくなった従姉《いとこ》のことを、これほど経って、しかも旅の途中で思い出そうとは思わなかったが。たしかに、佐奈の愛人は帝の近衛で、その愛人の妹は女官だったそうだ。どちらも、まったく行方が知れぬ。すでに帝は年老いている。このような情勢で、都から遠くはなれ、王威の及ばぬ地に、もしも貴い血を引く赤子が生き延びているとしたら。噂であっても、聞き捨てにできない。さいわい、わたしの使いは急ぐものではないのでね、こうして山奥まで分け入ってきたというわけだ」

「それだけのことかい」

今までよりも、さらに冷たい口調で老婆が言い放ったのに、男は虚をつかれたようだった。

「それだけ……？」

「いったい、どうしてわたしが自分らの正体を危うくするような話を、わざわざして聞かせたと思っているんだい。こんな話に飛びついてくる奴は、ろくなものではないからさ」

老婆は言い放つ。「山の奥には、恐ろしい山姥《やまうば》が住んでいる。出くわしたら、命がない。無事に山を下りては来られない。数少ない幸運な人間だけが、なけなしの宝物を投げ出すかわりに命を助けられ、山姥を振り切ることができる。……こんな話を聞かされたらね、大方の人間はどうすると思う？」

老婆は一度言葉を切ったが、すぐに続けた。「大方の奴らはね、話だけに満足して、山には決して入るまいと肝に銘じるものなんだよ。それは、それでいい。そういう教えを与えるために、昔語りはあるのさ」

——それは学も勇気もない、里の馬鹿どものことだろう。

そんな男の思いは表情に出ていたらしい。老婆が人の悪い笑みを浮かべる。

「だが、まれにこんな話に飛びつく人間も出る。まあ、わたしがここまで長々と話をする人間は、久しぶりだったがね」

「久しぶり……？」

「おや、ここまでたどりつくような気のきいた人間は、自分ひとりだとでも思っていたのかい？」

それから老婆はにやりと笑った。「時々、懲りもせず現れるのだよ。うまい話が転がっていないかと飛びつくような奴がね……」

「そなたが連れてきた赤子は、どうしている」

男が押し殺した声で問い詰める。もう、にこやかな都人《みやこびと》の仮面は捨て去っている。だが、老婆は動じない。

「おやおや、おとぎ話など本気にするものではないよ。ところで、その酒はうまいかね」

男が、何か含んだところのある笑みを浮かべた。

「あやしげな酒を飲ませて眠らせ、すべてを夢だと思わせようとしても無駄だ。わたしは西の果てで育った。そんな薬には慣れている」

「なるほどね」老婆はこともなげに言った。「そんな薬を入れていたのは、最初の一杯だけだよ。それで効かないとわかったからね、あとのはただの果実酒さ。ただし、最後の一杯をのぞいてはね」

男の顔がこわばった。

「では……」

「こんな話を広めて、わたしたちが何をしていると思う？　危ない奴は始末するしかないからさ。こわがる奴は遠ざけ、こわがらない奴は始末する。よい思案だろう？　炉辺で語られる話に気を抜くものじゃないよ」

まもなく、椀が床に落ちる乾いた音と、もっと大きなものが床に倒れる鈍い音が響いた。

「始末はついたのか」

老婆がすぐ隣の小屋に入っていくと、こちらの囲炉裏のかたわらに端座していた人物が、苦笑を浮かべて出迎えた。きっちりと襟をそろえた浅黄の衣に、うしろで一つにまとめた短めの髪。

身なりだけを見れば、婆が今絶命したのを見届けた男に、少し似ている。だが、こちらは、切れ長の瞳と薄紅の唇が妙になまめかしい。

「ついたとも。今頃は、時馬の手下どもが、きれいに片付けているはずだ」

婆はため息をついて、囲炉裏の前に腰を下ろした。

「最近、あのような欲にかられた男が、前よりも多く登ってくるようになったと思わないかね？」

「そうかな」

「まったく、どこまで話が広がっているものやら。いったい、誰が伝えているのだろうね、照日《てるひ》さま」

照日は大真面目にうなずいた。

「本当に、どこの馬鹿者だろうか」

「冗談ごとではない」

老婆はのんきそうな照日をにらみつける。

「あの男、こともあろうに朱の鏡の話を知っていた。山の中で、貴い宝物の鏡を持っていた男の子と、それを投げ捨てたら火事が起きるといういわれを。あのことだけは決して洩らしてはいけないのに。いったい、誰が話したものやら。しかも、それが今夜の一人だけではないときている」

「それは、本当に困ったことだ」

照日は真剣な顔でうなずく。

「婆、そんな奴らが来たら、これからもよろしく頼むぞ」

「気楽に言いおって」

「ところで、忍男爺は、夜になってからまたどこかへ消えたようだが」

照日がさりげなく話を変えると、婆は口をへの字に結んだ。

「まったく、仕様のない爺さんだ。こうなると、自由にさせていたことが裏目に出たか……」

婆はじろりと照日を見る。

「何か、忍男のことで言いたいのかい？」

照日はずっと、無害そうな笑顔のままだ。

「さて、わたしは何も知らぬ。忍男は、婆の古馴染み。その一方で、わたしとは大してつながりがないからな、そうだろう？」

照日はじっと婆を見つめる。先に視線をはずしたのは、婆のほうだった。

「……そのとおりだね、照日さま」

＊

「あの、照日さま……」

外の暗がりに出た照日は、ためらうような声に呼び止められた。

「どうした、時馬」

時馬と呼ばれたのは、まだ幼さがどこかに残る少年だった。「今夜の客は、何か厄介なものを持っていたのか？」

「いいえ、大したものはないです。おれがまず、婆どののところにあいつを案内したときに太刀もあずかりました。それに、香椎《かしい》たちがちゃんと死体を改めました」

香椎は、去年の夏、ふとしたことでこの山に逃れてきた少年だ。時馬より一つ二つ年上で、武芸の心得があるため、時馬も一目置いている。

「兵衛尉《ひょうえのじょう》の官符を持っていて、もっと北の関まで旅をする予定だったようです」

「それが、途中で妙な話を聞き込んで、道をそれて山の中へ入ってきてしまったというわけか。気の毒に」

そうつぶやいてから、照日は時馬にさらに問いかけた。「どうした？　何か気にかかることがあるようだな」

「おれ、久しぶりに婆どのの昔語りを聞きました」

照日はあきれたように時馬を見やった。

「困った奴だ。いい年をして、また床下で盗み聞きをしていたのか」

「だって、婆どのの相手がどんな奴か、確かめておかないと。あのお年だし、足があんなだし、いざとなったら助けにいかなくてはいけないでしょう」

「婆が聞いたら、怒り狂うぞ。いくつになっても、人の助けなど借りぬ、とな。忘れるな、そもそもこの山に一人で逃げ込んできて、これだけのものを一人で築き上げたのは、婆だったのだから」

「あの、それで……」

「なんだ？」

「ねえ、照日さま。婆どのの三つの話はいつも同じですよね。黒の櫛、青の衣、白の針」

「それで？」

照日のそっけない返事にも、時馬はひるまずに食い下がる。

「あの、つまり、この山の中に皇子が――帝の御子が――いると、あの男は疑っていたんですよね？」

「そうなるな」

「あの、それで、照日さまは……」

「わたしが、どうかしたか？」

時馬は、ようやく決心がついたというように、勢い込んで話し始めた。「おれは、今までも何となく思っていました。照日さまは、都の偉い人の落としだねだと。まさか、帝まで関わってくるとは、考えていなかったけれど。でも今日、あいつの話を聞いてしまいました。帝から鏡をもらった皇子の話を。それに……、それに、おれも、ふもとのあっちこっちの村で、火を起こした鏡の話を聞いているんです。この頃、しきりにささやかれている話です。あいつの聞き込んだのと、ところどころちがっているみたいだけど」

照日は、我知らずため息をついていた。ここにも、朱の鏡の話を聞いてしまった者がいる。

「山のババに閉じ込められていた子どもがいて、そこに新しく迷い込んできた男の子が鏡を託され、逃がしてもらった。逃げ出した子は、ババと関わりのある男の息子だったから、見逃してもらえて、村に帰りついた。そんな話です」

時馬はそこまで一息に語ってから、おずおずと付け加えた。

「だとすると、この子どもたちは二人とも、帝の御子とは関わりないことになりますね？」

「そうなるかな」

「だって、おれ、考えたんです。もしもこの朱の鏡の話が本当のことで、婆どのの語るあとの三つの話ともつながっているとしたら？　と」

「すると、どうなるのだ？」

「あの、婆どのがさっきあいつに言っていたことは、よくわかるんです。婆どのがしているような話を適当に広めるのは、山のおれたちの役に立つ。気にしない人間に対しても、気にして山を恐れる人間に対しても、おれたちの損にはならないし、だから山は無事でいられる。一方で、ほんのわずかの、話を聞いて山に登ってみようなんて気を起こす人間は、いずれにしろ、いつかはおれたちにとって害になるから、早いうちにそういう災いの種を摘み取ることにもつながる。でも、その狙いに、朱の鏡の話だけはあてはまらない。おれにも、あれがとんでもない話だってことくらい、わかります。櫛だの衣だの針だのは、どこにでもあるありふれたものだけど、鏡はそうじゃない。古い鏡なんて、聞く人が聞けば、いわくがわかってしまうでしょう？　そんな話を広めるのは危なすぎる。だから、現に婆どのは広めていない」

時馬は、そこで髪を掻きむしった。「おれ、何を言おうとしているんだろう。あの、つまり……、朱の鏡をもとから持っていた男の子、婆どのとずっと一緒に暮らしていた子っていうのが、照日さまなんですか？」

「そうだ」

照日は静かに言った。冷静な表情は変わらない。「あれはただの作り話、そう言って逃げることもできる。だが、時馬にごまかすつもりはない。それから、婆が語っているあとの三つの話も、大方は本当にあったことだ」

時馬は大きく息を吸い込んで、次の問いを発した。

「あの、それで、針の話に出てくる、婆が産んだ子どもっていうのは、あれは……」

そこで言葉をとぎらせると、息を詰めて照日の顔を窺った。

「あれも、わたしだ」

照日はそう断言した。時馬は大きく息を吐いた。

「そうでしたか。やっぱり、そうなのか……」

時馬は、ずっと慕ってきた照日を仰ぎ見た。典雅《てんが》な面差しの照日。男装の美形の、照日。婆と血がつながっているのかは、最初から疑っていた。二人のふとしたはずみの動作に通うものがあり、さらに、二人の、お互いを知り尽くし、時には反目する言葉の端々からも、それは窺われたのだ。

だが、時馬の最大の疑問がまだ解き明かされていない。あの針の話の中では、婆は忍男の子を宿したことになっているではないか。あそこのところは作り話なのだろうか。それとも……。

時馬は用心深く探りを入れようとした。

「あの、照日さまは、いったいいくつになるんです？　そして、婆どのはいつ、この深山に逃げ込んできたんです？」

時馬の頭の中でいろいろな糸がもつれあっている。

「帝からもらった朱の鏡を、都から持ってきたのは婆どのなんでしょう？　そして、その鏡を首にかけていたのは照日さまだ。その鏡を照日さまが手放した時は十歳そこそこで、渡されて逃げた子も同じくらい、そして照日さまは、婆どのが山に逃げ込んでから出会った少年との間に、ずいぶんあとになってから生まれた子。じゃあ、婆どのは何年前に深山に逃げ込んできたんですか？　朱の鏡がなくなるまでには、生まれた子が育つ時間のほかにも、青の衣と白の針、二つの話の間に流れているのと同じだけの時間も経っているはずなんだ。だとしたら、婆どのが都から抱いて逃げてきた皇子、青の衣の話のときに赤子だった皇子は、朱の鏡を首にかけていた子とは同じ年頃ではありえない。その皇子は」

「その皇子は、わたしではないと言いたいのか？　時馬」

突然さえぎられた時馬は、息を呑んだが、すぐに決心したようにうなずいた。

「……はい」

そもそも、帝の御子は男子。だが、照日は……。

照日は無表情のままだった。何か言いかけたようだが、駆け寄ってくる足音に二人は注意をそがれた。

「照日さま、やはり供がおりました」

香椎が、上官に報告する時の部下の正しい作法で、暗がりにひざまずいている。

「何人だ？」

「二人。そして、婆どのがしとめた男のものでしょう、馬が一頭」

「やはりな」

照日はにこやかに応じた。

――今まで、照日さまはずっと無表情だった。

時馬はそのことに気づき、どきりとした。

照日は、誰が失態をおかしても、声を荒らげない。叱責もにこやかに行う。その穏やかな表情が、誰よりも恐ろしいのだが。その照日が、今まで時馬が問いをぶつけている間、能面のような無表情な顔をしていた。

「それで、その二人の始末はついたのか？」

「はい。すでに黒森へおびき寄せています。あそこには今でも、合戦のあとの兵の死体が残っていますから。あそこで主人が死んでいるのを供の二人に見つけさせれば……」

香椎は以前に黒森に行ったときのことを思い出したのか、わずかに口ごもった。「古い合戦場には亡霊がつきもの。あの二人は、自分たちの主人はそんな亡霊に付きまとわれて、あの世へ連れ去られたと、そう思うでしょう。時が経てば、ほかの死体と見分けもつかなくなる。そして、黒森はさらに恐れられ、人を遠ざける場所になる。すべては照日さまのお指図通りに運びそうです」

「時馬、朝になったらそなたも見届けに行ってくれるか」

照日が、ふわりと笑いかける。時馬はこの笑みが自分だけに向けられるたび、動悸が速くなるのを感じる。

「はい、もちろん」

自分でも声が浮き立つのを感じた時馬は、照れくさくなって言い継いだ。「それにしても、さっき婆どのに始末された男が、ここまで馬を連れてこなくて幸運でしたね。馬を引いてくるなら、きっと供の二人もここまで一緒についてきてしまったし、三人となったら片付けるのにも手が掛かったから」

「そうだな、時馬」

照日はにこやかに答えたが、香椎はあわてて、時馬の肩に拳骨をくらわした。

「いてえ、何するんだよ」

「馬鹿、なんと失礼なことを言う」

「だって……」

「照日さまは、最初からあの兵衛尉の一行に気づいていた。だから、馬が通れない倒木を道に落とさせ、あいつだけがさらに山奥に入り込むように誘導したのだ。あんな高価な馬なら、世話をする郎党は、必ず馬のそばに残すはずだと、照日さまはそこまでお見通しだったのだ」

「よい、香椎」

照日が笑ってたしなめる。「すべては、運がわれらに味方したということだ」

——すげえ。

時馬は、照日のうしろ姿を見送ってすなおに驚嘆した。優美にばかり見える照日の凄味に、久しぶりに触れた思いだった。

照日はさっさと去ってゆく。それに気づいた時馬は、あわててうしろについていった。

「照日さま、おれ、ほんとに馬鹿でした」

照日が立ち止まった。

「おれたちの頭領は、照日さましかいない。誰の血を引いているかなんて、そんなこと、どうでもいい。なのにおれ、なんてくだらないことにとらわれていたんだろう」

照日はほほ笑んで、子どもにするように時馬の頭をなでた。そろそろ、そんな仕草はそぐわない年になっていたのだが。

「さっきの問いへの答えがまだだったな。そう、わたしは帝の子どもではない」

時馬はしっかりとうなずいた。

「その子は……、婆が抱いて深山に落ちてきた子どもは、病弱だったらしい。忍男爺はその子を任されて、ずいぶん色々手を尽くしたようだが……。この山で子どもを育てるのは、なまやさしいことではない」

時馬は顔をゆがめたが、返事をしなかった。生きられなかった赤子など、たしかに珍しくもない。

「そのあと、婆と忍男の間に生まれたのがわたしだ。だが、婆は都のことが忘れられなかったのだろうな。自分が貴い人の子をあずかったのに、守りきれなかったことも」

――だからわたしを、その子の代わりと思い込もうとした。

その言葉は、口に出さなかった。

「あの鏡の話を山の外に洩らしていったのは、照日さまなんですか？」

照日はうなずいて簡単に言った。

「そういうことにしておこう」

時馬は顔を上気させて言い切った。

「はい。おれたちみんな、照日さまについていきます。都の貴い人なんか、知ったことじゃない」

それから時馬はふと思いついたように、聞いた。「ひょっとして、おれたちにそう言わせるために鏡の話を流しているんですか？　血筋なんかにとらわれず、ただ、照日さまが照日さまだから従う者を選ぶために」

「さあ、時馬、寝に行くがいい。倒木は片付けるのには及ばないぞ、そのままにしておけ」

「はい」時馬は、いつもの陽気な少年に戻っていた。「婆さまの言い草じゃないけど、話ってやつにもいろんな使い道があるんですね」

一人になった照日はそのまま、夜空を見上げながらしばらくたたずんでいた。

——時馬にはあの返事でよかったろう。婆の……、わたしの母の目を覚まさせるには、きっと今が潮時なのだ。

婆が乳母ではなく実の母であることに気づいたのは、何年も前のことだ。まだ、香椎とも時馬とも出会っていない頃だ。

婆が照日だけに語っていたひそやかな物語。さっきの兵衛尉が得々として語っていた帝の落としだねのいきさつと、寸分たがわぬ物語だ。

最初はすなおに信じ込んでいた照日も、やがて隠された事実に気づく。

——わたしは、その帝の御子ではありえないな、婆。

——何をおっしゃいます、あなたこそがその皇子。いずれ、都へ凱旋なさる方。

——馬鹿なことを。そんなことはありえない。なぜなら、わたしは……。

――あなたさまは？

婆の押し付けがましい目に押されて口をつぐんだわけではない。あの頃はまだ、照日のもとに集まってきた者たちを、どんな幻想を使ってでもまとめあげるべき時期だったからだ。まだ、年数の食いちがいや、月に一度血を流す、自分の体の意味を言いたてるには早過ぎた。

――だがいずれ、わたしはわたしに戻る。

あの頃、照日は自分に言い聞かせたものだ。そして、もうその時期が来ているのだ。

それを悟ったのだろう、いつしか、婆もあの話を口にしなくなった。照日に対して、養い君に対する乳母の口調を改めたのと同じくして。

そう、帝の御子などという幻に惑わされずに照日に従ってくれる者がいるとしたら、それが照日の本当の仲間なのだ。時馬の言うように。

以前に、同じようなことを疑った香椎に、同じような返事をしたときのことを思い出した。

香椎は今の時馬と同じような反応を見せた後で、こう言ったのだ。

「でも、惜しいではありませんか、その帝からもらったという鏡は。とっておけば、何か使い道はあったでしょうに」

「そんなものがあると、婆がまた悪巧みをしそうだったからな。なくてよいのだ」

照日はさらりと言う。「あれが、わたしの手元に戻ることがあれば……、いや、そのような僥倖は望めない」

「わたしが探してみます」

香椎は勢い込んで言ったが、照日は首を振った。

「無駄なことをするものではない」

――もしも、そんな僥倖があるならば。

照日はまだ夜空を見上げながら考えていた。

――鏡の話を流しているのは、忍男だ。

そのことは確信していた。

照日自身、里に流れている話として朱の鏡の物語を耳にしたときには、愕然としたのだ。

昔自分があの鏡を託した相手が、忍男の息子だったとは！

そのあとで気づいた。ほかの誰も、照日でさえ知らなかったあの出来事の全貌を知っている者はたった二人、婆と忍男だが、婆なら決して口にしないはずだと。

そのときには、忍男がそんなことをしている理由も、すぐに推測がついた。

去年の夏、北の国の、佐鹿《さが》の領主の子である香椎が、仲間に加わった。ひょんな事情から、東の港町の少女・布都も一緒に。その香椎が遠方の地の事情を知りたがり、布都に時馬が力を貸して、人づてに南や東からの知らせを受ける方策が立った。

――きっとあの子に、わたしが鏡を託したあの子に、何かあったのだ。そのことを、これほど年月が経ってから、忍男は初めて知ったのだ。同じく、わたしも。

あの時の少年――伊緋鹿《いひか》と言った、神代の昔の名だ――の居所を探るのは、今までは容易なことではなかったはずだ。特に、伊緋鹿の村への立ち入りを禁じられているらしい忍男にとっては。

だが、長い年月が経った今になって、忍男と同じ村の五百枝が、何心なく、同郷の花絵の得意な男が板谷にいることを、知らせてよこしたのだ。五百枝の便りは、照日ももちろんすぐに目にしている。

——あの時、少年だった伊緋鹿は、花絵が村で一番得意だと言っていた。

板谷に現れた、五百枝と同じ村の男。五百枝と同じ年頃の、花絵が村一番得意な男。父も母もなく、祖父と二人で暮らしていた男。

忍男が、五百枝の手紙の男のことを自分の息子だと思って有頂天になったとしても、無理はない。南の村の女が産んだ忍男の子・伊緋鹿は、祖父と二人暮らしで、村一番の花絵の名手だったのだから。

だが……、憤慨した五百枝の次の便りが、忍男と、そして照日の、ひそかな喜びを打ち砕いた。

五百枝が再会した村の男は、父親の形見の守り刀を五百枝に託したという。

もちろん、忍男がその刀を息子に託したのであれば、何の問題もない。だが、忍男にそんな覚えがないとしたら。

——忍男はあの村の生まれではない。村伝来の守り刀など、きっと持つこともできなかったはずだ。

きっとそうだったのだ。守り刀のことを聞かされたときの、忍男の愕然とした表情がそれを物語っていた。

つまり、五百枝が板谷で再会したのは、伊緋鹿ではないことになる。そしてその男が村一番の花絵の名手というなら……。伊緋鹿はすでに、村にはいないのだ。死んだのか、それとも……？

だから忍男は、照日と伊緋鹿の物語を里にばらまきはじめた。鏡を託した子どもが、託された子どもを山の中で待ち続けているという物語を。

もしも伊緋鹿がその話を耳にすれば、きっとそのままにはしておかないはずだから。生死も知れない伊緋鹿の行方を確かめる方法が、ほかに忍男にはないから。

そしてもちろん、この山をまだ離れられない照日にとっても同じことだ。

もしも伊緋鹿がまだ生きているなら、深山から出られない忍男や照日は、伊緋鹿が来てくれるのを待つしかない。

――もっとも、おとぎ話は今のところ、伊緋鹿ではなく、来てほしくない人間ばかりを引き寄せているが。

だが、まだ、あきらめてはいない。忍男も、そして照日も。

諸国に広まってゆく物語が、いつか、来てほしい人を連れてきてくれるかもしれないではないか。

――そのわずかな望みが、捨てきれない。わたしはどこまでも、童のようなものだな。

照日のつぶやきを聞く者は、もちろん誰もいなかった。

「わたしの、異母兄《あに》が来るまで」

照日は、はっきりとそう口に出してみた。

その日まで、照日は山の一族の頭領であることをやめられないのだろうか。

黄金《こがね》長者

冬が近づいていた。洗い物がつらくなる時期だ。ようやく山の上に昇った太陽が河原にも陽射しを注いでくれているが、そんなことぐらいで谷川の水の冷たさは変わらない。この河原に雪はないが、少し山を登れば、おととい降った初雪はまだ残っているはずだ。それでも、溜め池で洗濯をするよりは、冬場は流れている水のほうがまだましなのだ。

抱えてきた桶を横に置いた娘は、大きく息を吸い込んでから両手を水に突っ込んだ。いつものことだが、水は覚悟していたよりもさらに冷たい。娘は歯を食いしばって川底の石をさらった。少し深く掘らないと、水が汲みにくい。夏場だったら、川の中ほどまで濡れるのもおかまいなしに入っていくところだが、この季節にそんな馬鹿なことをする者は誰もいない。

さあ、水を汲まなければ。だが、桶を川に入れたところで、娘は手を止めた。川底に何か光るものがあるのだ。石が取りのぞかれた川底の砂の中に。娘は目を細めてじっと見つめた。首を傾ける加減によっては消えてしまうが、たしかに光る粒がある。五つ？　六つ？　娘はそのあたりの砂を掬い取って日にかざした。娘の真っ赤な掌の上で、たしかにその粒は金色に光っている。

とんでもない宝物だ。

仰天した娘は、大声を上げて仲間を呼んだ。

＊

昔々のこと。一人の童が山の中で道に迷い、骨の一本足の婆に助けられた。その夜、ほっとして婆と一緒に眠っていると、耳元で、婆の顔見ろ、とささやく声がする。はっとして婆をよくよく見ると、おそろしげな顔になっていた。童は用足しに外へ出る振りをして、そのまま逃げ出したところが、穴に落ち込んだ。穴の底には鼠がいて、童に朱《あけ》の鏡をくれた。

「この鏡を投げたら、大火事が現れる。これを持ってお逃げ」

「一緒に逃げよう」

童は誘ったが、鼠は首を振った。

「わたしは足が遅い。一緒には逃げられない。だから一人で逃げて、味方を連れて助けに戻ってきておくれ」

童は必ず戻ってくると鼠に約束して、鏡を持って逃げ出した。思ったとおり、婆は追ってくる。もう逃げ切れないと思ったとき、童は朱の鏡をうしろへ投げた。すると本当に大火事になった。婆が火にためらっているすきに、童は逃げおおせたが、焼かれた山はすっかり形が変わってしまい、いくら探しても鼠の行方はわからなかった。

だから童は、今でもその鼠を探している。

＊

「とじさま、あのお話をして」

とじさまは、囲炉裏の端のいつもの席で、ゆっくりと両の膝をさすりながら、にこにこして話しはじめる。

「昔、この山にやってきた一人の童がいた。山の奥深くには、見たこともないような美しい花が咲いておってな。その花を摘むうち、とうとう童は道に迷ってしまった。日はとっぷりと暮れておる。童が泣いていると、一人のばばさまが出てきた」

「とじさまのような？」

「そう。たいそうやさしげなばばさまじゃった」

「本当に、とじさまと同じだ」

ここでいつものように、やんちゃな顔の少年が声を上げ、仲間からしっと制される。そんな反応に慣れっこのとじさまは、そ知らぬ顔で聴衆が静かになるのを待ち、また続けた。

「だから、童は安心してついていった。ばばさまは山の中の小屋に童を案内して、飯を振舞ってくれた。だがその夜。ばばの顔見ろ、と耳元でしきりにささやく声がする。童が目を開けてみると、ばばの髪の毛がぱっくりと分かれ、隠されていた大きな口が見えた。やさしげなばばさまは、恐ろしい山姥《やまうば》だったのじゃ」

とじさまがこわい顔で目をぎょろりとさせると、子どもたちは嬉しそうに叫び声を上げる。これもいつものことだ。

「さあ、童はもう眠るどころではない。どうやって逃げ出そうか、必死で考えた。そうして、さっき教えてくれた鼠に助けられ、山姥に気づかれないうちにこっそり小屋を抜け出した。だが、山姥はまもなく童が逃げたのを知り、追いかけてくる。童は苦し紛れに、鼠からもらった青い札を投げた。すると深い川が出てきた。山姥がそれを飲み干す間に童は逃げた」

このあたりで、聴衆はまた黙っていられなくなる。

「本当に山姥は川の水を飲み干したの？」

今夜そう聞いたのは、一番幼い女の子だった。その兄たちが、えらそうに教えて聞かせる。

「あたりまえさ。ふつうの人じゃないんだぞ、山姥だぞ」

「何だって食っちまうんだから」

「黙れ、みんな」

続きを待ちきれない年かさの少年にそう一喝され、全員が口をつぐむ。

「さて、また山姥が追ってくると、今度は白い札を投げた。大きな雪崩が起きた。それでも追いかけられると、最後に黒い札を投げた。今度は深い森が出てきて、いくらかじってもかじりつくせない。とうとう山姥はあきらめて、山へ帰っていった」

子どもたちからいっせいに、満足のため息が漏れる。

何度聞いても、子どもたちは飽きることを知らない。

「さあ、お休み。眠って起きれば、新しい年じゃ」

子どもたちは形ばかり抗議の声を上げたが、案外すなおに立ち上がった。年越しの夜はいくらでも起きていてよいと言われているが、いつも一日中はしゃぎまわり、日暮れとともに寝ている子どもたちが、今日だけ起きていられるわけもない。

「お休みなさい、とじさま」

「明日の朝は祝いのご馳走じゃ」

すでに半分眠っているようなさっきの女の子を、とじさまはわずかに足を引きずりながら隣の寝間に導いてやる。ここはふた間しかない小さな家だが、造りはしっかりしている。床のはね板を上げると、かなり広い貯蔵庫まであるのだ。そこにはとじさま自慢の果実酒がずらりと並んでいて、明日の祝いの席では子どもたちにも振舞われるはずだ。

にぎやかだった子どもたちが寝間に収まると、炉辺は急に静かになった。いつもとちがう場所で眠ることに興奮していた子どもたちは、楽しそうにささやきあっていたが、じきにそれもやんだ。

一人になったとじさまは、ふと顔を上げた。

誰かが、戸をたたいている。

「はて、年取りの夜に、お客かな」

とじさまは楽しそうにつぶやいた。

＊

伊緋鹿《いひか》は、火を落とした炉の中の灰を掻き出し終え、炉の扉を注意深く閉めた。今日の仕事は、ここまでだ。

――今度のできばえはどうだろう。

炉の横には伊緋鹿の年よりも古いのではないかというような、どっしりした木の台がある。その上に、さっき最後の細工をしたばかりの、伊緋鹿の一番新しい鋳型《いがた》が載っていた。

――今度こそ、と自分では思うのだが。

伊緋鹿が見つめている鋳型は、素焼きの丸い皿のようなものだった。だが皿ではないことは、中央に穴が開いていることからわかる。

――焼き締めの具合は上々だった。格子の線の入れ具合も、均等にできたと思う。真土《まつち》もきめが細かかったし……。

これが鋳込みの型になるのだ。

ようやく鋳型作りを師匠に許されるようになった伊緋鹿だが、この一年ばかり師匠の見よう見まねで奮闘しているものの、まだ師匠に満足してもらえるほどのものは作れていない。

「終わったか」

大きな炉小屋を出たところで声をかけられた。こんなところで呼び止められると思っていなかった伊緋鹿は、あわてて背筋を伸ばし、つつましく答えた。

「はい、師匠」

「そうかしこまらんでよい」

にこやかに伊緋鹿の肩をたたいたのは白い粗末な衣の老人だった。このあたりでたった一人の鏡師だ。名を、鏡麻呂《かがみまろ》という。

名そのままに、鏡を作ることだけに生涯をかけてきた人物だった。

伊緋鹿がやって来たばかりのころ、師匠が語ったことがある。

「わが家は、代々鏡麻呂を名乗る。父も祖父も、この場所で鏡を作ってきた。五代ほど前までは都で同じ家業をしていたようじゃがな、おおかた戦で焼け出されたのじゃろ。こんな東の山の中まで落ち延びてきたわけじゃ」

わかりやすい名のせいでもないだろうが、鏡麻呂はあけっぴろげな人間だった。鏡麻呂の居所を教えてもらうまで、伊緋鹿は、疑り深い里人からずいぶん胡散臭い目で見られたのだが、鏡麻呂本人は見ず知らずの伊緋鹿をすんなりと受け入れた。

「ちかごろ、なにやら由緒ある鏡がこのあたりに埋まっているなどと噂話が飛んでいてな。そんな雲をつかむような話に惑わされて、鏡を作るわしのことまで聞きまわる奴が、時々ふもとの里に現れるらしい」

「そういうことだったのですか」

だから当然、伊緋鹿もそんな輩《やから》の一人と思われたわけだ。

「馬鹿な奴らじゃ。わしの作っているのは新しい鏡。いわくありげな古い鏡がわしのところにあるわけはなかろうが。それより、おぬしは都で修業してきたとな。では、鋳型を作って見せてくれ」

実のところ、伊緋鹿は都では下働きばかりで、鏡を鋳込むもとになる型を作るところまでは許されていなかったのだが、鏡麻呂は全く頓着しなかった。

「まあ、口で言えば簡単じゃ。一番もとになるのはこの素焼きの型。それに真土を塗りこんで、その真土に鏡に写す文様を彫っていってできあがるのが鋳型。それだけのことじゃがな」

以来、鏡麻呂の見よう見まねで『それだけのこと』を始めた伊緋鹿だが、どうしても師のようにはいかない。また、物にこだわらない鏡麻呂も、この一点だけには誰よりも厳しかった。

「もう一度、やってみい」

伊緋鹿が十日もかけて作り上げた鋳型を一目見ては、それだけ言って返してよこす。

伊緋鹿は、そんな毎日をもう一年以上続けてきたのだ。

だが、今日こそは……。

「どうだ、鋳型はできたかな」

「はい」

伊緋鹿が出てきたばかりの炉小屋に導かれて鋳型を見るなり、にこやかな鏡麻呂の表情が一変した。鷹のような目つきになり、鼻がこすれるほどの近さで彫りの一刀までなめるように見て、次に目より上に掲げてさらに重さの均衡を確かめる。その手はがっしりとしている。生涯、土と火と溶けた銅を扱い続けてきた匠《たくみ》の指だ。炉から出して間もない鋳型の熱ささえ、ものともしないのを、伊緋鹿は知っている。

伊緋鹿は息を詰めて、師の様子を見守っていた。

「……まあ、いいじゃろう」

その言葉を聞くなり、伊緋鹿の全身から力が抜けた。そんな伊緋鹿の肩を、鏡麻呂はいたわるようにたたく。

「よくやった。これなら、わしの鋳型と一緒に鋳込めそうじゃ。今夜は、早く眠れ。火に気をつけてな」

老人のうしろ姿を見送った後で、伊緋鹿はようやく喜びが湧きあがってきた。

「……できた」

ここまで一年かかった。いや、前の鏡師のもとで修業をした年月を加えれば、伊緋鹿の半生以上の時が経っている。だがようやく、最初の扉が開いた。

それまで都で仕えていた鏡師が世を去ったとき、伊緋鹿は途方にくれた。ようやくこの世でやりたいこと、やらなければならぬことを見つけ、そのために一から修業してきたというのに……。

あらたに仕えられそうな鏡師は、都のどこにもいなかった。伊緋鹿は探し回り、ようやく、故郷の黒い森の近くまで戻って一人見つけた。それが、鏡麻呂なのだ。

弟子の扱い方は、二人の師ではかなりちがった。京の都では、伊緋鹿は下男の仕事のほか、せいぜい真土練りくらいしかやらせてもらえず、師匠の仕事を間近で見る機会さえめったに与えられなかった。だが、鏡麻呂は衣食住にはいたって無頓着で、一日の大半は自分の脇に伊緋鹿を置いて、真土の細工を見せてくれる。そして一年後、ようやく鏡麻呂が認めるだけの鋳型を作ることができるようになったのだ。

まだまだ、先は長い。この鋳型をよく乾かして、高温で溶かした銅を一気に流し込む。銅が冷えて固まったら鋳型からはずして根気よく磨き上げ、それでようやく一面の鏡ができあがる。

伊緋鹿ができるようになったのは、鏡作りの、ようやくとば口となる一工程だけだ。銅の溶かし具合、火を操ること、一つまちがったらすべての苦心が無駄になる鏡研ぎのわざ。身につけなければならないことはたくさんある。

――でも、いつかはできるかもしれない。おれにも……。

ずっと昔、深山の奥で、不思議な出会い方をした少年がいる。その子は、宝だという鏡を伊緋鹿に渡して、とらわれていた場所から逃がしてくれた。少年を必ず助けに来ると約束したのに、伊緋鹿はその約束を果たせなかった。伊緋鹿が山に戻る前に山火事が起きたのだ。

――あの子は、助からなかっただろう。その証拠に、火事から逃げ延びた人間がいるなどとは、噂一つにも聞かなかったもの。

これほど年月が経った後でも、そのことを思うと体の奥に痛みが走り、いたたまれないような胸苦しさに襲われる。

――せめてあの山にもう一度入り、預かった鏡を返して手向《たむ》けをしたい。

だが、あの時、追われていたときに、伊緋鹿は預かりものの鏡を落としてしまったのだ。

――これではとても、あの子の墓に参るわけにはいかない。

本当は、墓があるわけでもないのだが、伊緋鹿は深山全体をあの子の墓だと思うことにしていた。

――せめて鏡を返さなければ。何とかして探し出して。

伊緋鹿を育ててくれた爺さまが元気でいる間は、深山に入るわけにはいかなかった。深山に伊緋鹿をとられると固く思い込んでいた爺さまは、伊緋鹿が深山から帰ってきたあと、決して遠出を許そうとしなくなったからだ。

だが、山火事から五年後、爺さまが死んだ。

「なあ、伊緋鹿、生まれのことはもう考えるな」

最期の息の下で、爺さまはまたそんなことを言い出した。

「お前の家族は、この爺だけだ。ほかには誰もいやあしない」

それは、以前から爺さまが繰り返し、伊緋鹿に言い聞かせてきたことだった。

あまりに爺さまが頑なに同じことを繰り返すものだから、伊緋鹿はかえって確信を強めていた。

——やはり、自分にはきょうだいがいたのだ。

父親が誰とも知れない伊緋鹿。生まれたときには、もう父は姿を消していたという。

そんなことは、どこでも起こりうることなのだろう。爺さまが死んでから、伊緋鹿はいろいろな村を巡り歩いたが、父親の知れない子を産んでしまう女というのは、あちこちにいた。伊緋鹿の母も、あんなふうに、暮らしに疲れた顔の女だったのだと思うことは、ずいぶんつらかったが。

伊緋鹿を産んですぐ、母も死んだ。悲しみを抱いて、死んだ。そんな謎めいたことを、伊緋鹿は聞かされた覚えがある。だから伊緋鹿には父も母もいないのだ。そんな伊緋鹿に、わざわざ家族がいないと今さら念を押すということは……。

やはり、同じときに生まれたきょうだいがいたことになる。伊緋鹿は幼いときからそう思いこんでいた。ほかに考えようがない。流れ者というのは、一つの場所に居つかないものだ。そんな流れ者の男の子を産んだ母に、伊緋鹿より年長の子がいたはずがない。そして、伊緋鹿が生まれたすぐあとにその母は死んだのだから……。

伊緋鹿と同じときに生まれた子がもう一人いた。そう考えるしかないではないか。

そう、だからこそ、村の者がみな伊緋鹿を疎んじていたのだ。一度に二人の子が生まれるということはたいそう珍しく、不吉なこととされているのだから。それに、そう考えるほうが、少しだけ気が楽だった。自分の母のしでかしたことで自分が冷たくされると思うよりは、母にもどうしようもなかった双子という不運のせいで、自分が村の仲間に入れなかったと思うほうが。

だが、死の床にある爺さま相手に、そんなことを言い張ってもしかたなかった。

「だいじょうぶだよ、爺さま。おれは決して、爺さまのほかには、家族なんかほしがらないから」

伊緋鹿がそう言ってやると、爺さまは安心したように目を閉じた。そしてそのまま眠り、一度も目覚めることなく、翌日に息を引き取った。

——そうだよ、爺さま。おれは家族をほしがったりしない。もう死んでしまったのだから。おれが死に追いやったのだから。

爺さまが死んだあと、伊緋鹿はまた深山に足を踏み入れるようになった。あのとき落とした鏡が、どこかで見つからないだろうか。そうしたら、あの子に——とうとう名前も知らずじまいだったあの子、ひそかに自分の弟だと信じている子どもに、手向けてやれるのに。

だが何日歩いても果ての知れない深山で、子どもの両手ほどの大きさの鏡を探すというのは、気が遠くなるような作業だった。しかも何年もの時が経ってしまっている。土に埋もれたとしても、不思議はない。

山火事のあとの枯れ木の森は、不思議なことに、いつまで経っても草木の芽生えがなかった。いつしかあそこには怨霊が棲むとされ、時とともに噂は禍々《まがまが》しくなる一方で、迷い込むと不思議な声に方角を狂わされて永遠にさまようと言われるようになった。それでも、伊緋鹿は勇を鼓してその黒い森にも行ってみた。だがやはり鏡はない。足場の悪さに怪我をしたり、一度などは、動き回る得体の知れないいくつもの影に脅かされて胆を冷やして逃げ帰ったりしただけだった。

——もう、無理だ。どんなに探したって見つかりやしない。

一人で山に暮らすようになって季節が一巡り過ぎた頃、伊緋鹿は憑《つ》き物が落ちたようにそう悟った。それは伊緋鹿の体から最後の張りを奪うような思いだった。

——今さら、何を目当てに生きてゆけばいいのだろう?

村の同年代の若者はとっくに身を固めていた。もとから外れ者だった伊緋鹿は、村の者の忌み嫌う深山をさまようちに、村の中にあったわずかの居場所さえ、失っていた。

どこに行こうと、誰も気にも留めない。誰も伊緋鹿を心配する者はいない。伊緋鹿は物乞いのような有様で、黒い森からさらに南の、貧しい村々をさまよった。そのうちに、人里にいるのも危険になってきた。遠い都で戦乱が絶えないとかで、村々の男たちも兵にとられるようになっていたのだ。よそ者は真っ先に目をつけられる。それから逃れるためには、隠れる先は人のいない山しかない。

山にいれば、誰にも捕まえられずにすむ。

毎日の糧《かて》を得る方法だけは身についていた。そうして伊緋鹿はまた何年かを、ただ生きるために生きた。そんな日々には、苦い満足感もあった。

人並みの暮らしをしてはいけない。そんな資格が自分にはない。はっきりと形をなした思いではなかったが、それが、死に遅れた自分の、正しい在り方のような気がしていた。

そんなある時。立ち寄った、とある村でのことだ。

「まあ、きれいな鏡」

若い女のものらしい、はずんだ声が、伊緋鹿の耳に飛び込んできた。伊緋鹿はふらふらとそちらに足を向けた。

鏡という語に耳敏く反応するのは、すでに伊緋鹿の本能のようなものだったから。

人垣ができている。娘たちの姿が目立つ。行商人が荷を広げているようだった。伊緋鹿はそのまま近づいていった。

——ずっと昔、どこかでこんな光景を見たな。

そうやって、しばらくぼんやりと見とれたあと、我に返り、苦笑して立ち去ろうとした時だ。

娘がこう言っているのが聞こえたのだ。

「ねえ、こんな鏡、どうやって作るの？」

伊緋鹿はその場に立ち尽くした。

——今まで、一度もそんなことは考えなかった。

鏡。この世をそっくりそのまま、逆さまに映しだすもの。そんな神秘のものを、人の手が作り出したとは考えにくかったのだ。

だが、たしかに。刀鍛冶《かじ》ならば大きな村に行けばいる。同じように、硬い銅から鏡を作る者も、どこかに必ずいるはずなのだ。

周りの人間はささやかなぜいたく品を眺めるのに夢中で、よそ者の伊緋鹿にはまだ気づいていない。

「そりゃあ、娘さん、こんな鏡を作る鏡師がいるのさ。誰にでもできるというわざじゃない。錫《すず》や銅を大変な高温で溶かして、流し込んで……。わしもよくは知らないがね。鏡作りは人に知られないように、ひっそりと暮らしているからな」

そこでようやく行商人は、棒立ちになっているむさくるしい伊緋鹿に気づいたようで、邪険に手を振った。

「買う気のない奴は、あっちへ行ってもらおうか」

そんなことにはおかまいなしに、伊緋鹿は急《せ》きこんで問いかけた。

「その、鏡作りはどこにいる？」

「さあ、知るもんかね。だが、たいてい都だろうな」

「都」

伊緋鹿は繰り返した。

——鏡を作ろう。

一つの目的が、伊緋鹿にできた。

自分がなくしてしまった貴い鏡の代わりになるものを、せめてこの手で作るのだ。


都は、夢をふくらませて訪れる人間には、幻滅を味わわせるだけのものだろう。すでに帝には力がなく、盗賊や武者たちののさばる場所、自分で自分を守れない者は生きていけない場所だった。だが、何も持たない、どこに行こうと最低の暮らししかしてこなかった伊緋鹿には、都の路上もどうということはなかった。野宿にも、人に恵んでもらう食物にも、慣れっこだった。

探しあてた鏡作りの男は、都のはずれにいた。長く洛中で家業の鏡作りを営んできたが、戦乱で焼け出されたのだという。

「ここのほうが都合がよいのじゃ。炭焼きからの仕入れにも、錫や銅の精錬《せいれん》にも。高温を保つための大きな炉を作るには、広い土地が必要じゃしな」

負け惜しみ半分に、鏡作りはそう言ったものだ。

「それで、お前はなんだってわざわざ、こんなところまでやってきたのだ？」

「ここに置いてください」

伊緋鹿はそう言った。

「ここで、鏡作りのわざを学ばせてください」

「こんな時勢に、鏡を作るというのか。金にはならんぞ」

「かまいません」

初老の鏡師は偏屈な人間で、伊緋鹿はろくにわざも学ばせてもらえず、十年あまりこき使われた。ようやく真土練りを許されるようになった頃には、髪に白いものが交ざり始めていた。それでも、それまで知ることもなかった鏡作りの工程を垣間見られるだけでも、伊緋鹿は楽しかった。寂しい暮らしではあったが、反面、思いもかけない場所とのつながりがあることもわかってきた。戦乱の世でも、都のはるか高い位の方たちの動静が伝わってくるのだ。

「何も驚くことはない。鏡なぞ、生きていくのに役には立たぬ。わしの鏡をほしがるのは、貴人の階級か、神に仕える奴ら、でなければよほど酔狂な奴らくらいのものだ」

とはいえ、帝の交代も、領主たちの争いも、伊緋鹿には遠い世界の話だった。

そのあげく、一人前になる前に、伊緋鹿はまた放り出された。半年病みついた末に、師が世を去ってしまったのだ。

――これから、どうする？

空っぽになった小屋で自分に問いかけてみたとき、昔のような自暴自棄な気持ちは浮かんでこなかった。

――まだ半人前だが、それでも知ったことはある。

素焼きの型を作り、それをもとにして真土を塗りこみ、文様を細かく施して鋳型を作る。高熱で錫と銅を溶かし込み、鋳型に流し入れる。師が亡くなっても、知ったことまで消えはしない。

――新しい師を探そう。

だが鏡作りなど、戦乱の世にはたしかに無用の長物《ちょうぶつ》だったらしい。師が誰とも付き合わない人間だったこともあり、いくら都で聞きまわっても、ほかの鏡師がどこにいるかはわからなかった。

「ずっと東のほうに逃げていった者がいたらしいが」

そう教えてくれたのは、市《いち》で鏡を商っている男だった。

「今でも作っているかどうかは、知らないがね」

あちこちを訪ね歩き、伊緋鹿は最後に、一度は去った故郷の近く、黒い森のあたりに舞い戻ったのだった。

そうして今ようやく、この黒い森の里でもその鋳型を作ることを許されるようになった。いつかきっと、自分で鏡を作れるようになる。

――そうしたら、深山に行こう。

「このごろ、目が落ちついたな」

鏡麻呂がまじまじと伊緋鹿を見つめてそう言った。

「初めてやってきたときは、猟師に追われている獣のようじゃった」

伊緋鹿は笑った。自分は本当に、そんな目をしていたことだろう。

「今までおればずっと、行かなければならない場所がある、やらなければならないことが何かある、と追われていたような気がします。でも、師匠の横で真土をこねていると、そんな気持ちがなくなったんです」

こんなに落ち着いた暮らしが送れるようになるとは、思ってもいなかった。まるで幼い日、爺さまと二人だけで過ごした日々に戻ったようだ。こうして真土相手に一日を過ごし、どんな文様を彫り付けるか工夫を凝らしているときが、何よりしあわせだった。ふと、あの子を忘れることさえあるほどに。

――ずっと昔、花びらで絵を描いていたときも夢中になれたな。もう長いこと忘れていたが。

「おぬしも、なかなか大変な生き方をしてきたようだが、まあよかった」

鏡麻呂はそう言って、うれしそうに笑った。


鋳型に塗った真土が乾ききるには、まだ何日かかかる。それに、あとの火入れは、伊緋鹿にはまかせてもらえない。その合間に、伊緋鹿は久しぶりに山を下って里にでかけた。小さな里の長《おさ》のところに、まず挨拶に行く。面倒見のよい人物だが、里とその周囲で起きることはすべて知っていないと気がすまない男なので、ご機嫌伺いが欠かせないのだ。

里長の家の囲いを入ったところで、伊緋鹿はその家の息子に呼び止められた。

「よう、お前の師のところに客が行くぞ」

「客？」

鏡麻呂は、いたって人付き合いのよくない人間だ。伊緋鹿が一緒に暮らすようになって一年、客などあったためしがない。

「どんな奴だ？」

伊緋鹿は尋ねた。いわくある鏡を探し回っている男たちがいることを、忘れてはいない。鏡麻呂は浮世離れした老人だから、伊緋鹿が気を配らなければいけない。

師匠はこの里でも慕われているから、めったなことでは心配ないと思うが。

「いや、心配ない、鏡麻呂の知り合いさ。何年かに一度、思い出したようにふらりと現れる奴だ。今、土間で親父と話している」

伊緋鹿は半ば警戒しつつも興味を惹かれて、物陰からその男を見つめた。

「この前来たのは三年前くらいだったかな」

息子はそうつぶやくと、新しい白湯《さゆ》の椀を持ってその男に近づいていった。

「なあ、あんた、今までどこを回ってきたんだい」

里長の息子が、伊緋鹿にも聞こえるように、声高に話しかける。

「いつものとおりさ。南のほうが多かったかな」

ぼそぼそと答える男を見ているうちに、伊緋鹿は警戒心が解けていくのを感じた。

白髪の、痩せさらばえた老人だ。たしかに里の者ではない。里に落ち着いている人間とは異質の空気をまとっているが、少なくとも人に危害を加えそうな感じはない。

武器を手に取ったこともなさそうな人間だ。

怪しい者ではないようだ。ほしがる人間にとっては、鏡というのは大変な宝にもなりうるもの。里の人間もそれをわかっているから、うかつに師匠のことを話したりはしない。伊緋鹿にさえ、最初は心を許さなかったほどなのだ。その里の人間が話しかけることからも、安心してよさそうに思えた。

ちらりと息子が伊緋鹿を見た。伊緋鹿は小さくかぶりを振った。まだ、引き合わせてほしくない。

伊緋鹿の合図を正しく理解して、息子はすまして男と話し続ける。

だがそのうちに、男の姿から伊緋鹿は目を離せなくなった。なぜか、たまらなくなつかしいような気がしてきたのだ。

見も知らぬ人間なのに、どうしてこれほど気になるのだろう。やがてその男が外へ出て行くと、伊緋鹿はつい、あとを追いかけた。ちょうど日暮れ時で、刈り入れから帰る里の衆の姿が多い。その中でも、男だけは浮かび上がっているように見えた。

「いったい、あの男の名はなんと？」

伊緋鹿は里長の息子に尋ねた。そのとき視線を感じた。

——今の男が見ている？

だが、伊緋鹿がそちらを向いたとき、男は遠ざかっていくところだった。

「朱雀と言ったな、たしか」

「これはまた、凝った名だな」

伊緋鹿は苦笑した。それはたしか、南の方角を守っている天の神の名ではないか。

「そうだな。だが、おぬしの伊緋鹿という名も、なかなか変わっているではないか。誰に聞いても、そんな名は聞いたことがないと言うぞ」

伊緋鹿はまた苦笑するしかなかった。伊緋鹿というのは、昔々、この国が作られたころに山に住んでいた地の神の名だと爺さまから聞かされたが、たしかに珍しい。

それから、はっとした。

「おれの名を、あの朱雀という男に告げたのか？」

「ああ。悪いことはあるまい？」

たしかに、異を唱えるほどのことではないのかもしれない。だが、あの得体の知れない男が自分の名を知っていると思うと、伊緋鹿はなんとなく落ち着かなくなった。

「あの朱雀という男、今日師匠のところへ行くつもりなのだろうか」

「いや、ほかに用事があるから、別の日にすると言っていたが」

「そうか」

そうだ、朱雀のことは鏡麻呂に聞いてみればいいだけのことだ。

里にぐずぐずしていたせいで、帰りはすでに暗くなっていた。それに、伊緋鹿はいろいろ考えていて、足元がおろそかになっていたのだろう。

帰り道の半分くらいまで来た崖の上の道で、ぬかるみに足がすべった。あっと思ったときにはもう、伊緋鹿は足を踏みはずして崖下へ落ちていた。とっさに頭をかばったせいで、気を失うことはなかったが、途中の株にでもひっかかったのだろう、足がねじれたまま、下の岩場に打ち付けられた。激しい痛みが走る。伊緋鹿はしばらくうずくまったまま起き上がれなかったが、それからそろそろと全身を探ってみた。あちこちに擦り傷はあるが、大したものではない。だが、この足だけは……。思い切って立ち上がろうとしたが、体の重みをかけた瞬間、伊緋鹿は意気地《いくじ》なくまた倒れてしまった。

息を鎮めながら、ゆっくりと体を起こす。どうしようか。こんなところは誰も通らない。鏡麻呂がそろそろ心配しはじめているだろう。

そんな暗い気持ちでいたときだ。

「おおい、そこにいるのか」

崖の上から呼びかける誰かに、伊緋鹿は思わず情けない声を上げていた。

「誰か知らんが、助けてくれ。足をくじいたらしい」

「今行く」

ゆるい斜面を選んで回り込んできた男には、伊緋鹿の知らない匂いがあった。

「おぬしは、里の者か?」

「いいや、旅をしている者だ」

目を凝らしているうちに、助けの主の顔がぼんやりと浮かび上がった。なんと、朱雀だ。

「どうして、こんなところに……」

「話はあとだ」

朱雀は、伊緋鹿より年取って見える。だが、手際よく伊緋鹿の体を担ぎあげてしまった。

いったい、何をして生きてきた男なのだろう。

「ありがたい。おれが住んでいるのは……」

「わかっている。鏡麻呂のところだろう」

——結局、おれが朱雀を師匠のところへ連れていくわけか。

そう気づいた時、伊緋鹿はかすかな違和感を覚えた。だが、足の痛みのほうに気を取られ、それはすぐに消えてしまった。

朱雀は勝手知ったる者の足取りでまっすぐ鏡麻呂の住処へ行き、突然のことに目を丸くする鏡麻呂への挨拶もそこそこに、伊緋鹿の足の手当てにかかった。

「折れてはいないようだ。だが、すぐには動かせまい」

「でも、仕事はできます」

伊緋鹿は言い張った。

「動かなくても、真土はこねられます。それに炊事も」

師匠一人にまかせておくわけにはいかない。鏡麻呂は放っておけば、平気で一日くらいは食事を抜く男なのだ。

「好きにしろ」

朱雀は笑って、夜の山へ出て行って薬草を採ってくると、手際よく湿布をして布を巻いてくれた。

「ありがとう。だいぶ楽になりました」

腫れさえ引けば、少しの距離は歩けるようになるだろう。

「まあ、それだけですんでよかったの。それに、近くに朱雀どのがいてくれて本当に助かった」

気のいい鏡麻呂は、本当に朱雀との再会を喜んでいるようだった。

その夜更け。湿布のかゆみのせいで伊緋鹿の眠りは浅かった。だから、何かの物音に気づいたのだ。目を開けてみると、同じ部屋に寝ていたはずの朱雀がいない。頭を回してみると、外へ出て行くところだった。鏡麻呂のいる隣の部屋からは、安らかな寝息が聞こえる。

――どこへ行く？

伊緋鹿は起き上がり、そっと戸口から外を窺った。足をかばいながら、壁を伝って外へ出てみる。

朱雀は腹を抱くような恰好をして、炉小屋に近づいていく。

その時、きなくさい匂いがした。振り返った伊緋鹿ははっとした。今出てきた小屋の裏手から、火の手があがっている。そこにはさしかけの屋根があって、薪や炭が積んであるのだ。

まだ師匠が小屋の中で眠っている。伊緋鹿はすぐには動けない。

「朱雀どの！　火事だ！」

振り向いた朱雀は、ぽかんと突っ立っていた。その体が小刻みに震えているのが見てとれる。震えはどんどんひどくなるようだ。伊緋鹿は焦ってまた怒鳴った。

「早く来てください、師匠を助けなければ」

さいわい、鏡麻呂も眠りは浅いせいか、伊緋鹿の大声できびきびと起き上がった。その指図でようやく動けるようになったらしい朱雀が、大きな水甕を引きずり出し、何度か水を浴びせると、小火《ぼや》は消し止められた。

「やれやれ」

鏡麻呂が大きく息をつく。

「すまぬ。わしの、熾《おき》の始末がじゅうぶんでなかったようだな」

「でも、さしかけ小屋の屋根を焼いただけですみましたから」

今晩は鏡麻呂がかまどを始末した。そのときさしかけ近くの台所に集められた消し炭が、冷えきっていなかったために、また燃え出してしまったらしい。

「役立たずですまん」

ようやく三人が落ち着いたとき、朱雀は恥ずかしそうにそう言った。「大きな火を見ると、体がすくんで動けなくなる。昔、火事を出して……、大事な人を亡くしてしまったから」

「そんなことはいいです」

それよりも、一安心して朱雀の顔を見ると、さっきの疑問がまた浮かび上がる。

「さっきは、何をしていたんです?」

炉小屋に行こうとしていたようだったではないか。朱雀は目を合わせずに別のことを言った。

「なんでもない。それより伊緋鹿、その手はどうした」

「ああ、火に近づきすぎたんでしょう、軽い火傷をしただけです。たいしたことはない」

「見せてみろ」

朱雀が伊緋鹿の手をつかんだはずみに、その懐から何かが転がり落ち、土の上で重そうな鈍い音を立てた。襤褸《ぼろ》布にくるまれている。

伊緋鹿は目を疑った。布の隙間から、赤く鈍い色に輝く丸いものが見える。

「鏡か、それは？」

古びた鏡で、背面に花の文様がある。それは記憶の中にある、伊緋鹿が投げ捨てた鏡にそっくりだった。

朱雀は、あわててそれをしまいこみ、伊緋鹿の手のほうをしきりに気にしてみせる。

「おい、手当てをしなければ」

「だから、たいしたことはありません。それより……」

「いや、冷やさなければ。水を汲んでくる」

朱雀が逃げるように走り去ったうしろ姿を、伊緋鹿は焦燥に駆られながら見つめていた。

——あの鏡は、何だ？　師匠が鋳込んだものではない。手入れはよいが、もっとずっと古いものだ。

それに、今度こそ確信した。伊緋鹿は、朱雀を絶対に見たことがある。今思い出さなければ、一生後悔する。わけもないのに、そう思われてならない。

——思い出せ。放浪しているどの町で見たのか？　村で出会ったのか？　あの背中。ちがう。もっとずっと古い記憶だ。朱雀は今、井戸の水を汲もうとしている。つるべが途中でひっかかったのか、せわしそうに手近の藪に向き直り、何か探している。井戸の底のほうまで届く棒でも見つけようとしているのか。まもなく手ごろなものを見つけたようで、一本取り上げて担いだ。

それは伊緋鹿が育った村で、猟に行く男たちが銃を担ぐ仕草にそっくりだった。

いきなり目の前に現れた鏡が、すでに記憶を半ばよみがえらせていたのかもしれない。

突然、故郷の村で一番山に頻繁に入っていた男の姿が朱雀の姿に重なり、伊緋鹿は何を考える間《ま》もなく叫んでいた。

「忍男！」

叫んだ伊緋鹿のほうも驚いた。だが、声をかけられた朱雀は心底仰天したような顔で振り向いた。その顔が、自分が忍男であることを物語っていた。

「待ってくれ！」

忍男は逃げ出そうとしたようだ。だが次の瞬間、伊緋鹿が不自由な足で転んだのを見ると、すぐさま駆け戻ってきて伊緋鹿を抱き起こしてくれた。

「足は大丈夫か？」

伊緋鹿は答えるのももどかしく、忍男とわかった男の腕をつかんだ。

「本当に？　本当に、忍男なのか？」

なつかしさがこみ上げてくる。つらいことの多かった生まれ故郷の村であっても、忍男にはいやな記憶がまとわりついていない。伊緋鹿の村の住人でさえなかったからだ。忍男は家を持たず、いつも山沿いで暮らしていたのだ。そしてそうだ、忍男は火の不始末で家をなくしたのだと、みなが噂していたではないか。

「忍男、おれのことがわかるか？　伊緋鹿だ。お前が住んでいたあの村で生まれた伊緋鹿だ」

思いもかけないところでなつかしい顔に会った興奮に、伊緋鹿はまくしたてた。「もう、昔の面影なんかないから、わからないかもしれないが……」

そこで伊緋鹿は、はっと気づいて言葉を切った。

「それとも、わかっていたのか？　おれが、以前に見知っていた人間だと」

忍男はまだ呆然とした顔でうなずいた。

「最初に顔を見たときに、はっきりわかったわけじゃない。だが、お前の名を村の人に聞いたから……」

「そうか。そうだな」

あまりに珍しい伊緋鹿という名だ。疑いを挟む余地はなかっただろう。

「それで、ずっと知らない振りをしていたわけか？」

伊緋鹿は尋ねながら考えをまとめようとしていた。そうだ、忍男は素性を隠したかったのだろう。でなければ、名を変えるはずがない。にもかかわらず、伊緋鹿が崖から落ちたときすぐ助けてくれたのは、伊緋鹿を見張っていたのではないか。

「お前がおれのことを覚えているなんて、願っても叶わぬことだと思っていたからな」

忍男がそう言って、気弱そうに笑う。

おかしな言い方をするものだ。だが、それよりも、早く聞きたいことがある。さっきの鏡のことだ。

「そんなことより、忍男、この鏡は何だ？　どうして、こんなものを持っている？」

「……それはおれが昔、拾った鏡だ。山の中で。そして、ずっと鏡麻呂に預けていた。ほかに預けられそうな人間を思いつかなかったから」

「山の中？」

伊緋鹿は呆けたように繰り返し、それから大変なことに気づいた。

「では、これを、おれたちの故郷の村近くの、あの深山で拾ったというのか？」

忍男は用心深い目でうなずいた。

「いつごろ？」

たたみかけて聞きながらも、伊緋鹿はもう確信していた。鏡のような珍しいものが、鄙びた山の中にそうそう転がっているわけはないのだ。これはきっと……。

「忍男、教えてくれ。この鏡は大きな山火事のあとで手に入れたのではないか？」

忍男のうなずきは、しぶしぶといったものだったが、伊緋鹿はそれどころではなかった。

あんなに探していたのに。何年もかかってもどうしても見つからなかったのに。その間、ずっと持っていた奴がいたというのか。しかもこの一年、伊緋鹿の寝起きしていた同じ屋根の下に、長年しまわれていたというのか。

泣きたいのか怒りたいのか、それとも喜びたいのか、伊緋鹿は自分でもわからず、しばらくのあいだ渦巻く感情にもてあそばれていたが、とうとう我慢ができなくなって、大声で笑い出した。

「おれがこんなに長い間、探していたものはなくなっていなかった！　拾われていたんだ！」

しばらく経ってから、伊緋鹿はようやく落ち着いた。

「それをどうして、師匠の炉に入れようとした？」

忍男はうつむいて、ぼそぼそと言った。

「明日の朝、炉に火を熾すとあの人は言っていた。あの人がしまっていた場所を知っていたからこっそり取り出して、炉の中に入れておこうと思った。そうすれば、この鏡は溶けてなくなるだろうと思ったんだ」

聞けば聞くほど、わからないことのほうが増えてしまう。

「どうして溶かそうとしたりするんだ？　おれはずっと、この鏡を探していたというのに」

忍男がさらにうつむく。

「これは、あってはいけないものだ」

「なぜだ？　おれはこれを探して探して、でもどうしても見つからないから、しかたない、その代わりに自分で作ろうと思って、師匠に弟子入りして」

「そうか。だから、こんなところにお前は……」

忍男は力が抜けたようにその場にすわりこんだ。

「暖かいところで話したらどうかの」

穏やかな声がその場に割り込んできた。二人が振り向くと、鏡麻呂がほほ笑んで立っている。

「そう、わしはそんな鏡を預かっていたのだったな。すっかり忘れていたわい」

もう一度火を熾した炉の前で、鏡麻呂はためつすがめつ鏡を眺め回した。

「久しぶりに見るが、相当古いものだな。どこの産だと言ったか？」

「知らない。誰も知らないと思う」

忍男が言葉少なに答える。

「花の文様。何かの祀《まつ》りごとに使ったものだろうか」

鏡麻呂は鏡を眺めている時、いとしい人間を見つめるような、本当によい顔をする。鏡を伴侶としてきた人間だけのことはある。

「よほど大事に扱われてきたのだろうな。傷もない」

それから鏡麻呂は、あとの二人の顔をかわるがわる見比べた。

「それで、この鏡は朱雀どのにお返しすればよいのかな？」

忍男は黙って、まだうつむいている。伊緋鹿はもう金輪際目を離さないとばかりに、鏡麻呂が炉辺に置いた鏡を見つめている。鏡麻呂は、そんな二人の様子に、何かただならぬものを感じ取ったようだ。

「さてさて、とにかくわしは寝かせてもらう。火の始末は頼んだぞ。わしがすると、ろくなことにならんようだから」

「鏡麻呂どの、いろいろとすまなかった」

頭を下げる忍男は、一回り縮んだように見えた。

鏡麻呂がもう一度床に戻った後、伊緋鹿は思いつめた顔で忍男に向き直った。

「忍男、聞いてくれ。おれはある子どもからこの鏡を預かったんだ」

「知っているよ」

「知っている？」伊緋鹿は驚き、それから思いついた。「おれの爺さまが話したのか？　忍男とは親しかったな」

忍男の顔がゆがんだ。

「なあ伊緋鹿、もう聞かないでくれ。忘れてくれ」

伊緋鹿はじっと忍男を見つめた。忍男は何か隠している。それはきっと、触れられると、とても痛いことなのだ。尋ね方をまちがったら、忍男は口を閉ざしてしまうだろう。慎重に聞き出さなくては。

「なぜ、鏡を溶かそうと思ったんだ?」

「これがあると、災いが起こりそうな気がしたのだ。おれが拾ったことを……、何十年と隠し続けていたことを、誰も知らない。鏡麻呂とは、ずいぶん昔に知り合ったんだが、そのとき、鏡を預かってもらうのはこの人しかいないと思ったんだ。鏡を作っている人間のところなら、一枚くらいよけいにあっても誰も不思議に思わないだろう。だがおれにも思いもよらなかったことに、鏡をほしがる奴が現れるようになった。都の者たちだ。今までおれは山の中にいるから、誰にも知られずにすむと思っていたんだが、ここ何年か、山の中もどんどん人の行き来が多くなっている。このままじゃ、いつか気づかれるかもしれない。それに……、おれも、もう長くは生きられないような気がしているから」

伊緋鹿は驚いて、もう一度忍男の顔を見つめなおした。そういえば顔色が悪いし、首筋や肩もやせて骨ばっているが……。

「これを、どうやって始末したらいいか、ずっとわからなかった。埋めてもいつか掘り出されるかもしれない。囲炉裏に放り込んでも焦げるだけで溶かせやしないだろう。それでようやく考えついたんだ。鏡麻呂の炉で、これから作る鏡の材料にまぎれこませればと……」

「だから炉の中に置いておこうとしたわけか」

そうだ、ここにはほかのどこにもない鞴《ふいご》と、質のよい炭で作る高い温度の炉がある。鏡を溶かすことができる。

そう考えていくと、忍男と伊緋鹿がここで出会ったのも、全くの偶然というわけではなさそうだ。この深山の周辺で鏡を作っている人間など、鏡麻呂一人しかいないのだから。

「ひょっとして、鏡麻呂がこの鏡を作った人間を知っているかとも思ったが。それはちがうようだった」

忍男がぼそぼそとそう付け加えるのに、伊緋鹿もうなずいた。

「そうだな、この鏡はとても古い」

忍男は頼みこむように言う。「なあ、もう何も聞かないでくれ。本当は伊緋鹿に会っていいかどうかも、迷っていたんだ。結局、こんなことになっちまったが……。おれのことにはもう、かまわないでくれ」

ためらった後、伊緋鹿はうなずいた。

「……わかった。だが、この鏡はおれがあずかる」

忍男はほっとしたような顔でうなずいた。

「それが一番いいのかもしれない。だが、気をつけてくれ。狙う人間がいる」

狙う人間？　やはりそれほどの値打ち物なのか。

あれこれ考えていた伊緋鹿は、ふと忍男の顔を見て驚いた。じっと伊緋鹿を見つめている。忍男の頬が濡れている。両目からあふれる涙をぬぐおうともしない。

「伊緋鹿。会えて、本当に嬉しかった」

何と答えてよいかわからず、伊緋鹿はただ見守っていた。しばらくすると、心の昂ぶりがおさまったらしく、忍男は恥ずかしそうに言った。

「なあ、伊緋鹿。お前、この鏡をくれた奴のことを覚えているか？」

「忘れたりするものか」

いつになっても折に触れて夢に現れる、あの少年の顔。

「だが、あの子は山火事で死んだのだろう」

忍男が大きく目を見開いた。

「とんでもない！　知らなかったのか？」

「どういうことだ」

「あの子は、生きている」

「何だって？」

仰天した伊緋鹿は、囲炉裏越しに忍男の両肩をつかんだ。動いた拍子に足が痛んだが、それどころではなかった。

「今、何と言った？　あの子が生きていると？　あの子が……」

名前も知らない、あの子が。伊緋鹿の驚きように、忍男も呆然としていた。やがてつぶやく。

「知らなかったのか……。とっくにわかっているとばかり思っていた。あの話を聞けば……」

「話？　何のことだ？」

「鏡を渡した子と、渡された子の話だ。いろんなところで、語られているはずだ」

「そんなものは、聞いたこともない」

伊緋鹿は、人の語らいや、炉辺のくつろぎとはまったく無縁に生きてきてしまったのだ。爺さまに死なれて以来、ともに暮らしたと言えるのは、どちらも変わり者の、鏡作りの老人二人だけだったのだから。

「生きているんだな？　どこにいる？」

忍男は知らないかもしれないと思ったが、聞いてみずにはいられなかった。だが、忍男はあっさりと言う。

「黒い森を過ぎて、もっと深山を登ったところに。伊緋鹿が会いに行くこともできるだろう」


伊緋鹿の足が治るまで、忍男はとどまって鏡麻呂と伊緋鹿の世話をしてくれた。

そして、一日中歩いても大事はないと安心できるようになるのを待ちかねて、伊緋鹿は鏡麻呂にいとまを願い出た。

「どうしても会って、この鏡を返さなければいけない人がいるのです」

鏡麻呂は目をぱちくりさせたが、承知した。

「そこまでの顔をして頼むとは、よくよくのことなのじゃろ。行ってこい」

「ありがとうございます」

こだわりのない師匠が、いつにも増してしみじみとありがたかった。それから伊緋鹿は気づいた。今まで、新しく知ったことに動転して、そこまで考えが回らなかったのだが。

「忍男は、これからどうする？」

伊緋鹿がそう尋ねると、忍男はかすかに笑った。

「これまでどおりの暮らしを続けるさ」

「今、どこに住んでいるんだ？」

「どこというわけでもない」

「あてもない放浪暮らしか」

昔の伊緋鹿のようだ。「おれは忍男と似ているのかもしれないな」

何気なく言っただけだったのに、忍男はすごい剣幕で言い返した。

「とんでもない。そんなことなど、あってたまるか！」

伊緋鹿はあっけにとられて忍男を見た。怒鳴ったことが決まり悪いのか、忍男は声を落として続ける。

「なあ、伊緋鹿、おれは火を見るのがこわいと言っただろう」

「ああ」

昔から、忍男はそう噂されていた。だから人並みな暮らしが送れないのだと。

「ずっと昔、そう、まだ子どもで、ようやくおれを住まわせてくれる家を見つけたころだ。そのときおれは遠く離れた、もっと東のほうで暮らしはじめていたんだが、不始末で家を燃やしてしまったことがある」

「そうか……」

さしかけ小屋の屋根が燃え上がっただけでも恐ろしかった。家一軒が焼き尽くされるほどの火となれば、あとあとまで夢でうなされるだろう。火を消そうともせずに突っ立っていた忍男の姿が思い起こされた。

あの山火事のときも、伊緋鹿は遠くから見ていただけなのに、それでも体がすくんだではないか。ましてや、自分のせいで炎に包まれる我が家を見ているというのは、どんなにこわくて、切なくて、いたたまれないものだろう。

「そのとき、おれは自分が逃げ延びるのに精一杯で、家の中に残っている者に気づかなかったんだ」

「残っている者？」

「小さい子どもだった。まさか、床下なんかで遊んでいるとは思いもしなかったんだ」

その子はどうなったのか、伊緋鹿は聞こうとしてやめた。忍男の目に、また涙が盛り上がっている。

「助けに戻ろうとしても、火が強くて、おれはこわくて、体が動かなかった。おれより先に飛び込んだ女がいて、それでようやく我に返って後に続いたが……。おれたちの頭の上に、燃え上がる梁《はり》が落ちてきて……。おれは、その女だけを助けるのがやっとだった」

どうしてこんなつらい話を始めたのだろう。伊緋鹿はいぶかったが、それを聞ける様子でもなさそうだった。

「だからおれは一生かけて、死んだ子と、怪我をさせた女につぐないをしなければならなかった。人並みに生きてはならないと思った。そのために、かえっていろんな人を不幸にしたが」

「死んだ子のつぐない、か」

それなら伊緋鹿も同じようなものだ。

あの子。伊緋鹿が助けに来てくれると信じながら炎に包まれたであろう、あの子。名前さえ知らなかったあの子。忍男に生きていることを教えてもらうまで、ずっと心の重荷になっていた。

――あの子が生きていたことをもっと早くに知っていたら、おれも別の生き方ができたかもしれないが……。

伊緋鹿は首を振った。

それでも、教えてもらえないよりはずっとよかった。それに、鏡作りを学ぼうとしていた年月がまったく無駄だったとは思えない。だからこそ、鏡麻呂の温和な笑顔に出会うこともできたではないか。

忍男に礼を言いたくて、伊緋鹿は言葉を探した。

「忍男のしたことはまちがっていないと思うよ」

唖然とした忍男の顔に、みるみるうちに喜色が広がっていった。

「そう言ってくれるのか、伊緋鹿が」

「……ああ」

「それだけで、じゅうぶんだ」

忍男の目が、またうるんでいる。

「あのなあ」

それまで二人のやりとりを聞いていた鏡麻呂が、そこで口を挟んだ。

「頼みがあるのじゃが、朱雀、いや、忍男というのか、まあどちらでもよい。もうしばらくここにいてくれんかの」

忍男はとっさに返事ができないようだった。鏡麻呂はのんびりと続ける。

「わしは伊緋鹿に世話をしてもらうようになってから、すっかり甘やかされてのう。一人では、また火でも出してしまうと思うのじゃ」

忍男がぽかんとしている。

「長くとは言わん。伊緋鹿が戻ってくるまででよい」

今度は伊緋鹿が言葉に詰まる番だった。あの子のこと、鏡のこと。それしか考えられなくなっていたが……。

「真土は長く置きすぎると彫り目が鈍くなる。伊緋鹿は、ちゃんと鏡を鋳込めるうちに帰ってこなければならないからな」

伊緋鹿の鼻の奥がつんとした。ここに、伊緋鹿のことを当たり前に待っていてくれる人がいる。

「はい、用がすんだら、必ずすぐに戻ります。忍男、それまでいてくれるな」

忍男がさらに泣きそうな顔になってうなずいた。

――忍男はなぜ、あんなに泣くのだろう。

伊緋鹿はふと不思議に思ったが、二人に見送られて出発すると、すぐに行く手のことを考えはじめた。

あの子が生きている。そばに、あの怪しげな婆はまだいるのだろうか。

だが、伊緋鹿も、もう小さなことにおびえる子どもではない。

誰が邪魔しようと、必ず会ってみせる。

*

五百枝《いおえ》は夕陽を振りあおいだ。冬、山の夕暮れは平地よりさらに早い。今夜は夜明かしだ。年越しの夜だもの。

「五百枝奥様、お館の仕度はあのようなものでよろしかったでしょうか」

「ええ、行き届いているわ、谷津《やつ》」

五百枝は緊張した面持ちの少女に、にこやかにそう答えた。

「どこもかしこもきれいに清められていたし、松の飾りもお供え物も見事でした。本当によくやってくれたこと」

谷津が頬を赤く染める。一人で切り盛りしたことを大奥様にほめられた喜びが、すなおに表れていた。それに、年越しの仕度は、気ぜわしくても心が浮き立つものだ。

ここは、人に知られていない山の中の村だ。深山の懐に抱かれ、周囲からはわからない中腹のなだらかな斜面に、数十のしっかりした家が並んでいる。厩《うまや》や倉も、片手ではきかない数だ。その中でも領主とあがめられるお方の、いちだんと立派な館の支度を、五百枝が連れてきたこの谷津が行ったのだ。平素、店にいるときには五百枝付きの侍女でしかない少女だが、大任をしっかりと果たしてみせた。五百枝はよく、店では責任を持たされていない若い者を、こうして遠出に連れて行く。たまに、一人で責任を持って事を成しとげるのは、本人のためになる。

谷津を連れてきて、よかった。道中でも、ずいぶん役に立ってくれたし……。

それにしても、ここはもう、大きな村と言ってもよい。山の中にこんな場所ができるとは、初めて見たときには思いもしなかったけれど。

「ここで年越しができるとは、嬉しいわ。いつも店で新年を迎える時は、目の回るような忙しさで、いつの間に新しい年になったかと呆れるようなありさまですものね」

こうして山の息吹に包まれていると、自分の歩いてきた道がまるで夢のように思えてくる。

貧しい村に生まれ育った五百枝は、こんなところで一生を過ごしたくないと、隊商に加わって東の港町をめざした。そしてふとしたことで知り合った大商家の娘・布都《ふつ》を、豪族の略奪から逃れさせる手助けをした。そうして山の一族に関わるようになったのだ。

山の中に忽然と現れたその村は、不思議な場所だった。まるでおとぎ話の断片に見え隠れする幻の村のようだった。だが、暮らしてみれば、そこもたしかに人が生きている場所だ。布都と五百枝はその一員になり、特に布都は、今では村に欠かせない女主となっている。村に逃げ込んできた、遠い国の領主の息子の、妻となって。

開けた町で何不自由なく育てられた布都が、山で生きる道を選んだ入れ替わりのように、五百枝は町で生きてきた。布都が山に落ち着いてしまったあと、布都の生家へ出入りするうちに重宝がられ、わけても当主であった布都の兄に頼られるようになったのだ。大きな商家の跡取り息子にしては心も体も弱かった当主は、五百枝が女性であるからこそ悩みを打ち明けやすかったのだろう。いつしか、五百枝は当主にとってなくてはならない存在になっていた。

「五百枝、いつまでもわたしのそばにいてくれないか」

奥向きの女中として当主の世話をしてきた五百枝が、そのまま妻の座に納まったとき、もちろん棘《とげ》を含んだ視線や言葉は数々あった。けれども、五百枝は夫と二人で商人としての暮らしを一歩一歩築き上げてきた。

——ほかの生き方もあったのかもしれないけれど……。

だが、自分を選んでくれた人に応えたのだ。だから五百枝は後悔していない。まだまだ、気の抜けないことは山積みになっているが。

夫は、病弱な体を危ぶまれながらも十六年、五百枝と暮らした。そして、五百枝に二人の子を残して他界した。今年、初めて五百枝が年の暮れに店を離れる決意をしたのは、夏に長男が嫁取りをしたからだ。

「若夫婦は、自分たちで新年の儀式を取り仕切りたいだろう。わたしはすでに『大奥様』。引っ込んでいるほうがよいはずよ」

いつも、山の布都とは頻繁に便りをかわしているが、ゆっくりと顔を合わせて心ゆくまで話ができるのは、本当に何年ぶりだろう。

——ここまで、来た。

改めてそんな思いが去来する。

——だからこそ、今、巷《ちまた》でささやかれはじめた、あの話が気になるのだけれど……。

そのとき、一人で物思いにふけっていた五百枝の足元で、低い声がした。

街道から村の近くまで、点々と立てている見張りの一人が五百枝のそばの茂みにやってきて、うずくまったのだ。

「誰かが登ってくるの?」

五百枝も低いつぶやきで答えた。

「年越しの夜に、客人?　いいわ、わたしが会いましょう」

谷津は横でおとなしく女主人の指示を待っている。

「谷津、あなたはお館へ帰ってちょうだい」

今年は雪が少ないが、冷え込みはきつい。旅には向かないこの季節に、山の中を訪ねる者が現れるとは……。

——やはり、今年に限って深山に登ってきたのは、まちがっていなかったようだ。

五百枝が油断なく考えをめぐらしている間に、もう一人、見張りの者が駆けつけてきた。そしてしばらく経った後、その旅人の姿が見えてきた。男だ。もう若くはない。だが足取りはしっかりしている。

山の中腹に突然開けた平地に、驚いたように足を止めて、あたりを見回している。そしてすぐに、五百枝に気づいたようだ。五百枝は動かずに、じっと観察していた。こちらに立っているのが無害そうな女一人と見て、旅人はゆっくりと近づいてくる。

「もし、お尋ねしてもよろしいか」

物言いもていねいだ。

「何でございましょう」

五百枝はことさらにっこりと答える。白髪交じりの男だ。身のこなしは軽い。しわが深いので年寄りに見えるが、仕草から判断すると意外に若そうな気もする。

——誰かに似ていないか？

ふとそんな気がしたが、どうしても思い出せなかった。

男はまっすぐに切り出した。

「昔から山の中に住んでいた老婆がいるはずなのだ。その方に会いたいのだが。わたしは、怪しい者ではない。ずっと東のほうで鏡師の弟子をしている者だ」

五百枝はかすかに目を見張った。今このときに。これは偶然だろうか。

「さて、どなたのことやら……」

おっとりと答えながら、すばやく男の手に目を落とす。たしかにこれは職人の手だ。節々《ふしぶし》が高く、掌はつるつるにこすられている一方、甲や手首には新旧とりまぜ、火傷の痕が数え切れない。鏡師の弟子というのは、本当かもしれない。鏡麻呂のことだろうか。ここから二日ほど歩いたところに、鏡師がいるのだ。五百枝の店で扱う品を作っている。

「このあたりの村の長になっているのではないかと思う。わたしは何の武器も持っていない。それに、その老婆とは、ずっと昔に会ったことがあるのだ」

「よいでしょう」

しばらく考えた末に、五百枝はそう答えた。深山にやってくる者は、警戒しなければ。五百枝が深山にやってきた本当の目的と、この男は何か関わりがあるかもしれない。

老婆。この村に、あてはまる者は一人しかいない。少し離れたところに住んでいる。そこへこの男を連れて行けば、本村《ほんむら》と呼ばれている山の一族の本拠からは遠ざけることになるから、それも好都合だ。そうして様子を見よう。

「わたしがご案内いたします」

もちろん、見えない護衛も一緒に。

「ありがたい！」

男の笑顔を見て、五百枝はまた内心首をかしげた。

——たしかに、どこかで見たことがある。

「ところで、御名を聞かせていただけませぬか」

「これは失礼をした。伊緋鹿という」

五百枝は思わず眉をしかめた。この旅人は、名を明かしたくなくて、おとぎ話の中の名を使っているのか？　もともと、あの話のイヒカという名を聞くたび、五百枝はどうしても手に取れない思い出があるように感じて、いつもいらだつのだ。

——年はとりたくないものだこと。

そう思い知らされるのは、嬉しいことではない。とても遠い記憶だという気がするのだが。とにかく、五百枝は歩き出した。この場で客人の名乗りを疑うような無礼をはたらくわけにはいかない。

「おっしゃっておいでの方は、とじさまではないかと思われます」

「とじ……？」

「女主、ということです」

「ああ、なるほど」

伊緋鹿は緊張した面持ちでうなずいた。

「今から急げば、夜まだ更けないうちにつけましょう。峰を一つ、越えねばなりませんが」

「以前会ったときには、小さな小屋にお住まいであったが……」

「おいでになればわかりましょう」

五百枝はそれだけ答えた。まだ、くわしく話す気はない。だが伊緋鹿が一人でやってきたことは、見張りたちがはっきりと言っていたし、彼らはすでに目立たぬように動き始めているはずだ。

「ところで、もう一つお願いがある。会ってくださるかどうかわからぬのだが、追い返されたときには一晩、どこか軒下でもよい、泊めてもらえるだろうか」

「もちろんのこと」

五百枝は安心させるように微笑した。

「新年のお客様でございます。とじさまのお家が無理でも、わたしが算段いたします」

軒下などは、とんでもない。見知らぬ客は、家の奥まった場所で、周囲を固めてどこにも出られないようにして寝《やす》ませるのが、一番安全だ。

それから、五百枝は好奇心を抑えきれずに聞いてみた。

「どれほどの昔に、とじさまにお会いしたのです?」

「わたしがまだ子どもであったころ」

伊緋鹿は短く答えた。

——この男のことを、どうやったら探れるだろう。

五百枝は歩きながら、あれこれと思い巡らしていた。


五百枝が伊緋鹿を案内している頃、領主夫妻の香椎《かしい》と布都は館にいた。

初めに布都が山に来た時は、こんな山奥に人の住む村があるとは信じられなかった。しかも、最初に五百枝たちが連れて行かれた数軒の集落だけでなく、そこからさらに登ったところに、すでに数十人の人々が住んでいたのだ。

山の一族は、ほとんどの者が年若かった。戦乱ではぐれた子ども、親に捨てられた子ども。人買いの手から救い出された子ども。だが、子どもは十年経てば一人前になる。一族の総帥《そうすい》だったとじさまは、そうやって地道に暮らしを切り拓いていった。

そして、今や押しも押されもせぬ大きな村ができあがっている。ひそやかな噂を聞きつけた人々は今も集まってくる。

北の小領主の御曹司が深山に逃れているという噂は、ひそかに、だが確実に語り伝えられていったのだ。覇権を振るいつつある豪族の圧政に苦しむ人々は、その噂に生きる希望を見出した。いくら耕しても、実りを税として奪われていく農民が、関での通行税や市での売上税に泣く商人が、生業《なりわい》を捨てて山を目指しはじめた。山の一族の新しい首領は、呪術を使って奇跡を起こし、森さえも出現させる力の持ち主だという伝説が、さらにそれを後押しした。

「どうして、あんなおとぎ話が一人歩きしていくのだろうな」

香椎は苦笑して、布都に話しかけた。

「不思議な力を持った櫛だの衣だのが、森や川を生み出してくれるなど、決して本当にはありえぬと、よく考えれば誰にでもわかることだろうに」

「信じたいから、信じるだけのこと」

明快に語ったのは、一族の守備の頭《かしら》、時馬《ときま》だった。「いいではないか、おとぎ話だろうと、慕ってくる奴は迎え入れる」

「そうしているうちに、裏切り者を迎え入れることになっても？　時馬どの」

布都がからかうようにそう聞いても、時馬の表情は変わらない。

「心配はいらない、奥方様。今なら、下手な奴らに攻められても、そうそう揺るがないだけの備えがある」

「たしかに、もともと、ここは山の要塞だったようだな。守るによく、攻めるに難《かた》い。それに、ため池の跡があったのが何よりの証拠だ」

香椎もそう言ってうなずいた。時馬はそちらに向き直る。

「思い出した。領主どの、あの話は本当なのか？　ここから東に向かう谷川の一つで、大変なものが見つかったというのは？」

香椎はまたうなずいた。

「まことのことだ。ごくわずかだが。上流のどこかに、その源があるのかもしれない」

「胸が躍るな」時馬は夢見るような表情になった。「そんな言い伝えを、前にも聞いたことがある。だからこそ、はるか昔にこの山を目指し、ここに生活の場を築いたのだと」

「目指した？　誰がだ？」

香椎が興味深そうに質問する。

「帝の末裔が」

時馬がそう答えると、香椎は感慨深そうにあごをなでた。

「なるほど。この場所も、もともと人が寄るわけがあったのか」

「おとぎ話は信じない。先ほどそうおっしゃいませんでしたか？」

布都がからかうように言うと、香椎は澄まして答えた。

「時と場合による。どんな話にも、芥子粒《けしつぶ》ほどのまことはあるとも言うではないか」

「ところで、腹が空いたな。年越しの宴はどうした。まだ始まらないのか」

時馬が催促するのに、布都が答えた。

「今年は、五百枝がすべてに采配を振るうと張り切っておりますの」

「そうか、ではさぞかし豪華な仕度だろう。それにしても、遅いな。誰か、おらぬか」

時馬が部屋の外に声をかけると、しばらくして五百枝の侍女の谷津が姿を現した。

「あら、五百枝は？」

谷津はかしこまって平伏した。

「五百枝さまは、急に宿を請うお方がいて、そちらにあたっていらっしゃいます」

「ほう、どうする？」時馬が面白そうに、あとの二人を見回した。「年越しの客が、また来てしまったぞ」

「丁重に迎えいれるだけのことだ。どのような者なのだ？」

香椎のあとのほうの言葉は、谷津に向けたものだった。谷津は初めて顔を上げて、困ったように答えた。

「どのようなと申しあげれば……。武者でも、商人でもありません。しいて言うならば、村々を流れて鍋釜を修理する、修繕人のような……。そんな、使い込んだ手をしておりました。もう、相当の年齢です。髪がだいぶ白くなっておりましたから」

「見るからに危険な人間、というわけではなさそうだな」

時馬がそう言って腰を上げた。

「どれ、ちょっと見てこよう。その者、領主ご夫妻と年越しの宴を過ごせるような身分ではなさそうだが」

その姿を見送って、香椎は笑った。

「身分、か。そのようなものは捨てて、わたしはこの山の住人になったつもりだったのだが」

「でも、あなたはこの山で誰よりも大切なお方なのです」布都は心を込めて夫にそう言った。

「あなたが、今ではこの山の中心なのですから」

香椎は何か言い返そうとしたようだが、そこで時馬が足音を立てて戻ってきた。

「客人はもう、この村にはいない。五百枝どのが、山向こうに連れて行ったそうだ」

「山向こう?」

香椎と布都は、同時に声を上げげた。

「つまり、それは……?」

「山のとじさまのところにだ」

「どうして、そんなことを?」

布都は唖然としてつぶやいた。山の一族を統《す》べていたとじさまは、とうの昔に引退を宣言して、今は離れた場所に住んでいる。

――もう、この年では村の誰かれの差配なんてとんでもない。楽をさせていただきたいからね。そう宣言してとじさまが戻っていった先は、以前に住まっていた小屋だった。だが、今ではだいぶ手を入れて、住みやすい場所になっている。ただ、狭い斜面にあるために、大人数では住めないのだ。今そこにいるのはとじさまと、ほかには時折、出入りしている老人一人。そしてとじさまの世話をするために、何人かの男女を布都が手配して住まわせている。

だからといって、決して寂しい隠居所ではない。山歩きをいとわない子どもたちが、特に仕事のない冬の間は、とじさまのところへ入れ替わり立ち替わり行っては、読み書きを教えてもらっているからだ。

「客人のたっての望みだそうだ。今から行けば、今年のうちに着けるだろう。まあ、年が明けてからゆっくり客人の話は聞かせてもらうさ」


——とじさまは、どうしてこの山に住み暮らしてきたのだろう。

五百枝も、深山にまつわるさまざまな話は知っている。決して現実に起きたことではないけれど、どこまでが嘘でどこまでが本当かわからないような話だ。その所々に出てくる「イオエ」も、決して五百枝と同じではない。

——ならば、とじさまはどうなの？　そもそもの最初から深山にいたとじさまは？

五百枝がそれを知りたがっても当然のことだろう。

だが、とじさまは語らない。五百枝が知り合ってからの十数年余りの間に、とじさまが語る話からは、すでに匂いも人の名も失われ、どこの国ともわからないおとぎ話になってしまい、あちこちの村で今も語られている話とも、五百枝が若い頃にこの村で聞いた話とも、別のものになっている。それにとじさまは、自分がこの山に暮らすようになったいきさつも、それからあとの長い半生の物語も、決して口にしない。

今のとじさまの物語を聞いていると、五百枝には、水にさらし、陽にさらした麻糸が思い浮かぶ。匂いも色もすべて抜かれた、きれいな糸の束からは、もう緑の匂いを傲慢に発散させ、もつれあって日光を奪い合い、猛々しく繁殖する生き物の麻を連想することさえむずかしい。

山に住む多くの者が、色々に語られている話を本当のことと思っているのはわかっているが、でも……。

――確かめたい。この村をもっと栄えさせ、わたしの店や息子との絆を強くするためにも、とじさまのことをもっと知らなければ。

そんな思いがあるから、今、五百枝はじきじきに客人を従えて、山道を歩いているのだ。この客人は、遠い昔のとじさまを知っているらしいではないか。

「足がお達者だな、上臈《じょうろう》どのは」

上臈どの。それが自分のことだとすぐにわかった。

「わたしも、山育ちですから」

「ほう」

しばらくすると、今度は伊緋鹿のほうが気弱そうに問いかけてきた。

「とじさまは……。本当にその家においでだろうか」

「もう、山の家からどこにも出ることはないと思います。とじさまは少々、足がご不自由ですし」

そう言って、五百枝は客人の反応を確かめるように窺ったが、相手はすなおにうなずいただけだった。

「そう、そうだな。昔からそうであった」

五百枝はちょっと気が抜けると同時に、ほっとした。

とじさまの足のことを知っているとは、たしかに昔からの知り合いなのだ。

「どんなご様子なのだ？」

「お年は召されたけれど、お元気ですよ。たいそうやさしくて穏やかなので、仕える者にも慕われています」

伊緋鹿はちょっと目を見張った。

「ほう、そうか」

山道を歩くのは久しぶりだ。五百枝は途中から、規則正しく歩を運ぶことだけに集中した。よけいなことを考えて足を踏み外すようなぶざまなことは、しでかしたくない。日は沈んだ。今夜は、凍《い》てつくほどの寒さにはならないだろうが、山道は油断できない。そうやって黙って歩いていると、また物思いにふけってしまう。

――とじさまの、目指すところは何だったのだろう。

見捨てられた子ども、ほかでは生きられない者。この深山に最初寄り集まった者たちがそうであったことは想像できる。だが人が集まれば、そこに力が生まれる。好むと好まざるとに関わらず。

ひそかに護衛に守られているとわかっていても、暗い山道は心細い。

山の中を歩いていると、本当に身の守りになるものがほしくなる。自分をとてつもなく小さな、弱いものに感じてしまうのだ。だからこそ、あの話は誰もが好きなのだ。黒い森を、白い雪を、青い川を出してくれる不思議な道具の話が。今晩も、とじさまはあの物語を語っているのだろうか。

五百枝はまた、きれいにさらされた麻糸を思い浮かべた。

――でもわたしは、もつれて生える麻の、元の姿が見たい。そうだ、この人にとじさまの昔語りを聞いてもらうのもいいかもしれない。ひょっとして、元の姿を教えてくれるかもしれないもの。

ようやく登り道が終わった。行く手の木の間《こま》に、暖かそうな光が見える。

「もうすぐ着きます」

「そうか」

伊緋鹿の顔が引き締まる。

「上臈どの、もうひとつ頼みがある。わたしのことを告げる前に、まず、まっすぐそのとじさまのところへ案内してくれまいか」

「あなたのことを誰かに先触れさせて知らせてはほしくないと……？」

「そうだ」伊緋鹿はそれから思いなおしたようにほほ笑んだ。「考えてみれば、わたしの今の職を言っても名を言っても、とじさまにはわかるまいがな。以前会ったときには、名乗らなかったのだ」

「そうですか。聞いていればきっと覚えておいでしょうね。地の神のような珍しいお名ですから」

そこで五百枝は唐突に言葉を切った。

――地の神のような珍しい名？

ようやく思い出したのだ。地の神の名なんてつけられた、変な奴。そう言われていじめられていた、年下の子どものことを。

「伊緋鹿？　あなたは、ここから南にある村で生まれた伊緋鹿？」

今度は伊緋鹿が驚く番だった。そんな伊緋鹿に、五百枝はたたみかける。

「そうだわ、どうして今まで思い出せなかったのかしら？　わたし、五百枝です！　あなたと同じ村で生まれ育った五百枝です！」

伊緋鹿の顔に、喜びが徐々に広がっていく。

「そうか、立派になられてそうとはわからなかった。だが、そう言えば、面影があるな」

「……待って」

五百枝はそれから、さらに大変なことに気づいた。

「ではあなたは、本当にあの鏡を受け取った子だったの」

半信半疑でそうたずねたのに、五百枝は返事を聞くより早く、答えを知った。伊緋鹿の驚きぶりは、さっきの比ではなかったのだ。

「どうしてそのことを知っているのだ？　おれは、誰にも話していないというのに」

「だって、昔語りになっているじゃないの」

「何のことだ？」

伊緋鹿はあの話が広まっていることを知らなかったというのか。誰の仕業とも知れず、一帯でもてはやされていた、火を生む鏡のことを。

もっとも時が経つにつれ、不思議な呪物で危難を逃れた人間は、すべて領主どの、香椎の話にまとめられていったが。

だが、その話は今でなくてもよい。

「ならば、なおのこと、とじさまは会ってくださるはず」

「そうだろうか……」

「まちがいないわ」五百枝は確信を持って言った。「とじさまはきっとあなたに会いたいはずだもの」

そこで不意に五百枝は言葉を切った。足元に小さな石が転がってきたのだ。

「どうした？」

伊緋鹿が不審そうに立ち止まる。

「……いいえ、何でも」

「それで、その昔語りというのは、いったい何のことだ？」

「それでは、おなぐさみに話して聞かせましょうか」

五百枝は歩きながら、ゆっくりと朱の鏡の話を語った。

山で迷った子。ある者の語りでは、名はイヒカ。山姥の家の鼠から鏡をもらった……。

伊緋鹿の目がだんだん見開かれていく。

「そんな話が広まっていたのか。妙な気持ちだ。まるで、おれのことではないようだ」

「本当に、ちがうのではありませんか？」

五百枝がからかうように言うと、伊緋鹿はむきになって言い返した。

「いいや、そうではない」

「でも、炉辺の昔語りなど、所詮は聞き手を喜ばせるためだけのもの。真実が含まれていなくても不思議はありません」

「いいや、本当のこともある」

伊緋鹿は言い返す。「なぜなら、おれは、鏡を返しに来たのだ」

「まあ」

五百枝は驚いた。それから、内心ほくそえんだ。本当のこともある。今、伊緋鹿はそう言った。そうか、あの朱の鏡が本当にあったのか。

それから五百枝ははっとして、懐から何か取り出そうとする伊緋鹿の手を止め、周囲を窺った。

「いいえ、ここでは見せないで。とじさまの家は、もうすぐそこですから」

「そうか」

伊緋鹿はすなおに懐から手を抜いた。

そのまま二人はしばらく進んだ。灯りが大きくなったところで、今度は、伊緋鹿が五百枝を手で制した。小さな家から、はっきりとした声が洩れてくる。

「……昔語りをしているな」

二人はしばらくその場で、中で語られる童の話を聞いていた。黒い札、青い札、白い札。三枚の札を持って難を逃れた童の話を。

「このごろは、この話がとじさまのお気に入りなのです」

五百枝がささやく。年月が流れ、すでに、どこの誰の話でもなくなっているおとぎ話。

「さっき五百枝どのが話してくれた鏡の話ではないのか？」

「ええ。とじさまご本人は、そのお話はなさいませんの。でもあれもまちがいなく、このあたりのどこででも語られている話なのですよ」

「そうか」

考え込む伊緋鹿に、五百枝はそっと言った。

「ここからは一人でおゆきなさい。そうすれば、行き暮れた旅人のふりができるでしょう。あなたの持っている物も、わたしは知らないことにします」

「そうか。そうだな」

伊緋鹿はすなおにうなずいて、ためらいのない足取りで進んでいった。

その姿が戸をたたき、中に招じ入れられるのを見届けてから、五百枝はそっと今来た道を戻った。だが、すぐに立ち止まる。

「やっぱりあなたね、時馬」

「やっぱり勘づいていたか、五百枝」

港の商家の大奥様と山の守備頭は、苦笑して見つめ合った。

「つけてきたの？」

五百枝がさりげなく聞く。

「いいや。五百枝奥様の影の護衛には一目置いているし、どちらにせよ、どこへ行くかはわかっていたからな。先回りして、ここで待っていたわけだ」

「そう」

時馬もずいぶん、白髪が目立つようになった。当たり前だ、初めて出会ってからどれほどの時が経ったことだろう。五百枝は急に、自分が時馬の目にどう映るのか気になり始めた。髪をなでつけたくなるのを我慢する。

「寒くなってきたわ。今晩はもう、本村まで戻れないわね」

「こちらに来るといい」

時馬がとじさまの小屋から少し離れた見張り小屋へ案内するのに、五百枝は当然のようについていった。思ったとおり、中の炉には火が赤々と熾き、食べ物の匂いもする。時馬がすでに夜の支度を調えていたのだ。

五百枝は炉の上座に遠慮なくすわり、温かい湯を注いでもらった。寒さに縮んでいた体が、ほどけていくのがわかる。時馬は下座で粗朶《そだ》をくべている。火が大きくなり、時馬の横顔に濃い影をつけた。

さて、話をつけなければ。さっきまで思ってもみなかったなりゆきだが、時馬と差し向かいで話ができるとは、こんなよい機会はない。

「時馬、今の人が伊緋鹿よ」

五百枝はそう言いながら、時馬の顔色を窺った。

「伊緋鹿？ ……ってことは、あの鏡を受け取った子どもだってことか？」

時馬の驚き方は本物のように思えた。

——伊緋鹿が身の上話をしたときは、まだ時馬は近くにいなかったことになる。

「ええ、そうなの。よほど世捨て人のような暮らしをしていたのね。朱の鏡の物語なんて知らなかった。とじさまのこともついこのあいだ初めて聞いて、あわてて駆けつけてきたらしいわ」

「そうか」

時馬も急いで考えをめぐらしているらしい。だがそんな時馬に猶予を与えず、五百枝はたたみかけた。

「だから、あの話とは何の関わりもなさそうよ」

「あの話？」

「何のことか、わかっているくせに」

時馬が不敵な笑みを浮かべた。

「語るに落ちたな、五百枝奥様」

今度は五百枝が狼狽する番だった。

「……何のこと？」

「まだまだ頼りない息子に大事な店を押しつけて、冬のさなかに五百枝奥様がはるばる深山までやってきたのは、昔馴染みがなつかしくなったからじゃないということだ。目当ては別にあるのだろう？」

——やれやれ、あいかわらず油断も隙もない男だ。

だが、このくらいのことは、最初から心得ていた気もする。だから五百枝は笑ってみせた。

「ええ、そう。深山から流れ出る川から、たいそうな宝物が出たという話のことね」

「金だ」時馬はずばりと言った。「砂金だよ」

「やはりそれは、本当なの？」

「もう、確かめているくせに」

時馬はからかうように言う。

「おれの聞いたところによれば、五百枝奥様は侍女を連れて、ひと月も前に港町の家を出立したそうじゃないか。それにしては、ここに着くまで時間がかかりすぎている。途中で噂を逐一確かめてきたんだろう？　ところで、さすがは五百枝奥様のお気に入り、あの侍女も、若いくせにずいぶんはしこそうな女だな」

五百枝は肩をすくめてみせた。たしかに途中の村々で、宿を借りては土地の噂話を仕入れ、時には口の軽い娘の群れに谷津を紛れ込ませて『内密の話』を聞き出させてきたが、そんなことを詳しく説明してやる気はない。

「これから、どうするの？」

五百枝が尋ねると、時馬は淡々と答えた。

「どうもこうも、谷川をさかのぼって、金が出ている場所を確かめてみるしかないだろう」

「その間に、噂が一人歩きしてしまうわよ」

「手は打つさ。新しい昔語りの始まりだな。こちらが態勢を整える前に、砂金取りの欲深い奴らに押しかけられるのは願い下げだから」

「お手伝いしましょう」

五百枝はすかさず、親切そうに言った。

「そしてゆくゆくは、わたしの店と取引していただきたいものだわ」

「ああ、そうするとも。五百枝奥様を敵に回したくはない」

双方、一番確かめておきたいことがすんでしまうと、二人はどちらからともなく、小屋の外を窺った。

「今頃、伊緋鹿は、とじさまとどんな話をしているのかな」

「いいではないの。今夜は心ゆくまで積もる話をしてもらいましょう」

今頃、五百枝の護衛はあの家の床下で聞き耳を立てているだろう。

「では、奥様はこちらでどうぞお泊まりくださいい」

「それもいいわね」

それから、五百枝はふと思い出した。

「領主ご夫妻の、年越しの宴は？」

「ちゃんとお祝いしているだろうさ。あんたの賢い侍女がいるから心配あるまい」

「そうね」

五百枝は心安い気分になって笑った。

「何も持たなかった娘のころに戻ったような気がするわ」

「光栄でございます、奥様」

時馬はおどけた仕草で酒の瓶を取り上げた。


とじさまは、一夜の宿を請うてきた深夜の客をじっと見つめたあとで、中に招きいれた。

「どなたか知らんが、炉にお寄りなされ」

客はすなおに囲炉裏ににじり寄った。

「なんだね」

その視線を感じて、とじさまは穏やかに尋ねる。客の表情は張り詰めていた。

「さっきの話を聞かせてもらった。三枚の札を持った童。あれは、どこで聞いてきた話なのだ？」

「さてねえ」

「教えてくれ。お前自身の話ではないのか？」客は、とじさまにさらににじり寄る。「おれは昔……、昔、山の中の一軒家に泊まり、その家の女に捕らえられそうになったことがある」

とじさまは黙って見上げる。

「そしてそのとき、おれを逃がしてくれた子どもがいるのだ。その子はおれに、赤い鏡を預けてくれた。なのに、おれはその鏡をなくしてしまった。そうしてこの年になって、やっとその鏡を見つけたのだ」

伊緋鹿はそう言って鏡を取り出した。

とじさまは鏡を見つめるが、まだ口を開こうとしない。

「さあ、これを、お前にやる。これはとても大事なものなのだろう？　だから、それと引き換えにあの子に会わせてくれ」

とじさまは顔を上げた。伊緋鹿はその顔をまっすぐに見つめて、なおも言葉を継ぐ。「お前は、あのときおれを閉じ込めた女だろう？　この鏡は、お前にやる。あの子はどうした？　会いたいんだ。会って確かめたいことがある。この鏡はやる、だから教えてくれ」

とじさまの口から、信じられない、という声音のつぶやきが漏れた。

「伊緋鹿？　お前、伊緋鹿なのか？」

「そうだ」

伊緋鹿の目に強い光が加わった。

「やはり、お前はあの時、婆と名乗った女だな。教えてくれ」

「待て」

とじさまは両の膝をさすりながらさえぎった。ゆっくりと立ち上がると、片足を引きずりながら土間に下り、戸口を開けて外を窺う。誰もいないのを確かめると、伊緋鹿に負けず、真剣な顔で言った。

「伊緋鹿、まず、わたしの話を聞いてくれ」

伊緋鹿は不承不承、うなずいた。

「わたしは山の中で生まれた。あるとき、大きな山火事が起きたが、何とか逃げ延びた。その火事のあと、わたしはここに移された。山の一族を束ねよと言われ、一生ここで暮らすつもりで生きてきた。その間もわたしはずっと待っていた。ここでずっと、伊緋鹿が来てくれるのを待っていた」

伊緋鹿は戸惑ったように尋ねた。

「お前が？　移された？　あの子を好きなように操っていたのは、婆、お前ではないのか？」

「まだわからないのか」

とじさまは泣き笑いのような顔で伊緋鹿を見る。

「わたしは、お前の言う『婆』ではない」

「何だと？」

「婆ではない。わたしは、あの時そなたと穴蔵にこもっていた子どもなのだ」

「まさか」

伊緋鹿が呆然とする。

「なぜ疑う？　ほれ、このとおり、わたしには両の足があるではないか」

とじさまはじれったそうに伊緋鹿の手を取ると、大きさのちがう左右の足をさすらせた。右の足は、とじさまのしなびた腕よりも細い。

伊緋鹿はぽかんとして、されるがままになっていた。

「そうだ、本当に……」

「伊緋鹿、そなたを山の小屋に連れ込んだ婆は、木の義足だったはず」

「そうだ、しかし……」

伊緋鹿は混乱している考えを必死でまとめようとした。案内されてきたのは、とじさまの小屋。さっきの女も言っていたではないか。とじとは、女主のことだと。

「あの子は男の子だとばかり……」

「そう仕向けられていた。だが、わたしは女だ。ただ、わたしを隠し、育てた婆が、男に仕立てたかっただけのことだ」

「なんてことだ。では、あの婆は？」

「死んだよ。安らかに天寿を全《まっと》うした。最期まで、わたしのことを男として育てたがっていたが」

伊緋鹿は、まだ考えがまとまらない。永遠に生き延びそうに思われた、あの力にあふれた女が、もういないとは。

「なんてことだ」伊緋鹿はまた繰り返した。「そんなことは、忍男も一言も言っていなかった」

「忍男？」とじさまは鋭く聞き返した。「そなた、忍男に会ったのか？」

「そうだ、そしてそなたが生きていることを教えてくれた」

二人は呆然として見つめあった。ややあってから、伊緋鹿が聞いた。

「そなた、名はなんと言うのだ？」

とじさまは笑い出した。

「そうか、一度も名乗っていなかったな。照日という」

「照日」

伊緋鹿は口の中で味わうようにつぶやいた。照日は身を乗り出し、真剣な顔で聞く。

「それで忍男はほかに何を言っていた？」

「それだけだ。おれが伊緋鹿なら、会いたがっている者が山の中にいると、この場所を教えてくれて。おれの師匠のところにいる」

「師匠？　伊緋鹿は、何をしているのだ？　……いや、そんなことよりも」

照日は大きく息を吸い込んで、さらに聞いた。「忍男はほかには何も？」

「うん……。たぶん、そうだったと思う」

伊緋鹿は気がかりそうに照日を見る。

「おれが何か、ほかにも聞いていたと思うのか？」

「いいや、忍男が話さなかったのなら、それでいい」

照日はようやく得心したというように笑った。その見惚れるような優しい笑顔のまま、伊緋鹿の手を取る。

「ずいぶん、使い込まれた手だな」

「ああ。今、鏡作りの師のもとにいるのだ」

「鏡作り？」

「お前にもらったこの鏡。忍男がずっと持っていたのだな。だが、おれはなくしたと思って……。せめて代わりになる鏡を自分で作ろうと思っていた」

「忍男が持っていた？　鏡を？」

「うん、自分でそう言った」

「そうか。そうだったのか。それが今になって、我が手に戻ってくるとは」

照日はしばらく目を閉じてさまざまな物思いにふけっていたが、やがて目を開けてまじまじと伊緋鹿を見た。

「そうやって生きてきたのだな、伊緋鹿は」

「ああ。聞いてくれるか？」

「もちろんだとも。いくらでも、聞く。話してくれ」

そのとき、天窓の隙間から光が射しこんだ。


「夜が明けるようだな」

「新しい年の、始まりね」

五百枝は立って戸口へ行くと、時馬を手招きした。

「せっかくですもの、ご来迎を拝みに参りませんか」

外は、頬が切れそうなほどに冷たい空気がさわやかだった。山の端《は》が茜色に染まりはじめている。息が白い。見晴らしのよいところまで登っていく途中、足の下で凍った枯れ葉がぱりぱりと音を立てた。

「さて、今年はどんな年になるかな」

「この村にとって、大きな一年になるでしょう」

五百枝はつぶやいた。

深山へ登ってきたことは無駄ではなかった。砂金の噂を聞き、すぐに動いたことが効を奏したのだ。

砂金。今の世の中、富を持っている者がどんなに強いか。その金の取引は、ぜひとも五百枝の店を通してもらわなくてはならない。ほかの勢力にこの土地を奪われぬように、布都や香椎には護衛も必要だ。それにも手助けしよう。

もちろん、五百枝は今でも布都が好きだ。店と同じように。だから双方が栄える道を探らなくてはならない。

――やはり、そのためには、香椎どのに押しも押されもせぬ領主になっていただかなくては。それに、照日さまはこのまま何もしないでいるかどうかも確かめて……。さっきの旅人、伊緋鹿は何かを変えるだろうか。

「日が昇ったぞ」

時馬が子どものように声を上げる。五百枝はその横顔をほほ笑んで眺めた。黄金の光に照らされている横顔は、出会った頃のままのように見える。

時馬はまだ知らない。

照日のもとに、あの鏡が戻ったことを。時馬に知られずに照日がまた鏡を手に入れたことが、どんなに大きなことか。鏡と砂金。権威と財。

二つとも、香椎がそのまま手中に収めるのかもしれない。だが、隠棲している照日のことも無視できない。

さて、照日はどう動くだろう。

——早めに、店へ戻ったほうがよさそうだ。布都のところに、谷津を残して。後の探りは谷津に任せよう。


時馬は、神妙に手を合わせている五百枝を見つめた。

——古だぬきになってしまったものだ。

照日の小屋で何が語られたかは、隣室の子どもたちから聞けるだろう。今のところ、砂金の売りさばきには五百枝を通そう。当面は味方に付けておくことが大事だ。いつか、道は分かれるかもしれないが。

そしていつか……。照日が望むなら、香椎は大々的に領主の名乗りを上げるだろう。照日が後事を託した香椎が。そのとき、自分はどう動くか。

——五百枝は、まさか、照日さまをもう一度担ぎ出そうとは、考えていないだろうな。

男装していた照日、時馬が頭領と仰いでいた照日は、香椎にすべてを託して早々と隠棲した。五百枝がその真意を疑っていることも、時馬は知っている。

——この女は、照日さまのあの言葉を聞いていないからな。

香椎こそが領主、とみなに告げたあと、照日は晴ればれとした顔で時馬につぶやいた。これでようやく、煩わしさから逃れて、ゆっくり待つことができる、と。

そう、照日には、領主の座などより、望むものがあるのだ。それは、さっきあの家に入るのを見届けた、みすぼらしい伊緋鹿に関わりがあるのだろうか？

——そのことも、いずれ照日さまが話してくれるさ。

時馬は、まだ手を合わせている五百枝に声をかけた。

「戻るか。すっかり冷えてしまった」

それぞれの思いにふけりながら歩く二人を、神々しい朝の光が包んでいた。


「新しい年ですね」

布都はそう言ってから傍らを見やり、ほほ笑んだ。宴席にすわったまま、香椎はいつのまにか眠っていた。

すでに宴は終わり、誰もが自室に引き取っている。布都は香椎の身体に自分の着ていた衣をそっとかけてやった。

いつか話そうと思っていることがある。布都は最初から、香椎のいいなずけに定められていた女だったのだということを。二人ながらにそのさだめから逃れ、でも最後には思いもよらない巡りあわせで、深山で一緒になった……。

——でも、話さなくてもよいことかもしれない。この方が素のままのわたくしを選んでくれた、そのことだけを喜んでいればよいのかもしれない。

――この場所は、宝の場所だ。

布都は最初からそれを確信していた。そして、とじさまは、照日は、この場所を布都の夫に託したのだ。

――この方は、この場所で主になる。照日さまは、そんなことは望まれず、この方に譲れるようになるとあっさりと主の座を明け渡し、今も何か、自分だけの望みがかなうのを待っている。

そして夫は今も、そんな照日を敬慕している。

――女としての、照日さまを？

布都はそう考えてから、かぶりを振った。そんなことを詮索しても何にもならないと、ずっと自分に言い聞かせてきた。それに照日のほうは、夫にも、この領地にも、執着していない。それはたしかだ。布都にはわかる。だからこそ、布都は、凜と顔をあげた女主でいられるのだ。

――新しい国を作るのは、この方、わたくしの夫。そのためには何でもしよう。

それが、毎年同じ、布都の祈りだ。

朝の光が金色にあたりを染め上げてゆく。

布都はそっと香椎を起こしにかかった。

「お目覚めくださいな。風邪を引きます」

「ご来迎か」

小屋の中に射しこむ朝日を、二人の老人はまぶしそうに見上げていた。

「伊緋鹿と一緒に迎えられるとは……」

照日は恥ずかしそうに頬の涙をぬぐった。

「なあ、照日」

言いかけて伊緋鹿は口をつぐんだ。

「何か？」

「今となっては恥ずかしい気もするのだが……。おれはずっと、お前はおれの弟ではないかと思っていたのだ」

目を丸くする照日に、伊緋鹿はあわてて弁解する。「いや、何のわけもあることではないのだが。おれが一人で考えていただけのことだ。ただそう思うと、心に張りが出る気がしてな。だから……」

照日はやさしく伊緋鹿の肩をたたいた。

「さあ、話してくれ、伊緋鹿。そなたの物語を、何もかも」

＊

「新しい話があるぞ」

炉辺にやってきた旅人は、嬉しそうに凍えた手を火にかざしながら言った。

「聞きたいか？」

旅人を取り囲んでいた子どもたちは、いっせいに催促の声を上げた。炉辺の向こう側、主の座にいる老人も、横で鍋の汁の具合を見ている主婦も、期待に満ちた表情をしている。

一夜の宿を請うてきた旅人に路銀を望んではならない。だが、「話」であれば別だ。一夜、炉辺にすわらせて食事をとらせてやった者から、礼として話をねだることは家の主の当然の権利だ。

期待して自分を見つめる多くの目に満足して、旅人は口を開いた。

「わしが五日ほど前に通ってきた里で聞いた、ほやほやの話だぞ。その里の東北には、深い山が続いているのだが、その山の中に迷い込んだ男がいたそうな」

「知っているよ、その男、山姥に遭って逃げ出したんでしょう」

聞き手の子どもが一人そう声を上げて、周りの兄や姉にこづかれ、口をつぐんだ。

新しい話を語ってくれる者をさえぎるなんて。

語り手は怒ることもなく、得意そうに続けた。

「そう思うだろう？　だが、この話はちがうんだ。その男はな、谷川のほとりできれいな石を拾ったんだ。ぴかぴか黄色く光っている。それをふもとの長老に見せると、本当に黄金《こがね》だった」

子どもたちはぽかんと口を開けて聞いている。黄金というのがこの世の一番の宝だということは知っている。だが、この家の誰も、いや、村の誰も黄金を見たことなどない。「黄色くて、ぴかぴか光っている、たいそうな値打ちもの」。村の者が知っているのはそれだけだ。

語り手はその反応を満足そうに眺める。

――この間、話を聞けた村の一つでは、拾ったものは朱色の丸い金物《かなもの》だったとも言っていたが。

だが、それでは話が面白くない。やはり、つい昨日の村で聞き込んだとおり、『黄金』にしておいたほうが、聞く者を惹きつける。

――ま、黄金ということにしておこう。

「黄金を拾った男は味を占めて、それからまた川をさかのぼっていった。川上から流されてきたと見当をつけたんだな。そうやって、どんどんどんどん山を登っていくと」

語り手は思わせぶりに言葉を切って、聴衆を惹きつけているかどうか確かめる。続きを待ちのぞんでいるたくさんの目に満足すると、また話を続けた。

「なんと、大きな村が現れた。目を丸くして驚いていると、村の者が男を引き立てていく。村長はきれいな顔の兄と妹だった。その前で、男は言い渡された。この村のことを誰にも言ってはならない。言えば命を落とす、とな。男は決して誰にも言わないと固く約束をして、褒美をもらって帰っていった。男は約束どおり、誰にも話さないでいたが、しばらくしてどこかから来た女を娶《めと》った。そしたらその女に、どこで褒美をもらったのか自分だけには教えてくれとせがまれたのだ。何度も何度もせがまれて根負けした男は、とうとう山奥の村のことを話してしまった」

炉辺はしんと静まり返っている。話の続きがどうなるのか、誰もが息を呑んで待ち受けていた。

「雪がやんで晴れ渡った翌朝、雪の中で男が死んでいるのが見つかった。どうして死んだのかはわからん。一瞬にして息が絶えたような、驚いた死に顔だったそうな。そして、嫁の姿はどこにもなかった。あれは山の村から遣わされた女で、本当に男が約束を守れる人間かどうか、確かめに来たのだと噂された。男が信ずるに足りない奴だったから、命を取られたのだろうとな」

語り手は話をやめた。さっきの子どもがおずおずと聞く。

「じゃあ、その女はどうなったの?」

「また、山へ戻ったのだろうさ。山の秘密を守り通したのさ。女というのはこわいからな」

聴衆はみな、おびえた顔になった。妻に心を許して、約束をたがえた男に思いを巡らせているのだ。

ぞっとする話だ。だが、暖かい炉辺にすわってこんなふうにぞっとさせてもらうのは、わくわくするほど楽しい。

「その山の村はどこにあるのか、誰も知らないの？」

「そうさ。見つけようと登っていった者が何人もいたが、どうしても見つけられなかったそうだ。だから、いいな、お前たち、もしも山奥で迷ってきれいな村を見つけても、決して人に洩らしてはならないぞ」

「さあ、もう寝る時間だよ」

おびえた顔の子どもたちを、母親が寝床へ追い立てる。こわい話もいいが、ほどほどにしなければ。

大人だけになった炉辺では、旅人を交えてささやかな酒盛りが始まった。

ずいぶん時が経っても、さきほど女のその後を尋ねた子どもだけは、眠れなかった。一人暗がりで目を開けて、隣室のざわめきを聞いている。目を閉じると、しんしんと降る雪と、その中を遠ざかる女のうしろ姿が見える。あの女は、どこへ行くのだろう。

やがて、母親が子どもたちの様子を見に入ってきて、まだ起きている子どもに気づいた。

「眠れないのかい？　寝る前に、こわい話を聞いたせいだろう」

子どもは寝返りを打って、そっとささやいた。

「ねえ、さっきの話は、本当のこと？」

母親はほほ笑んで、首を振った。

「いつも言っているだろう。昔語りを、真に受けるものじゃない、とね。さあ、安心して、もうお眠り」

初出　「小説推理」二〇〇八年二月号〜十月号

森谷明子●もりや あきこ

1961年神奈川県生まれ。早稲田大学第一文学部卒業。2003年、王朝ミステリー『千年の黙《しじま》 異本源氏物語』で第13回鮎川哲也賞を受賞してデビューする。その他の著書に、図書館を舞台にした現代ミステリー『れんげ野原のまんなかで』や織女伝説に材をとった『七姫幻想』がある。

深山《みやま》に棲《す》む声《こえ》

2009年2月22日　第1刷発行

著　者—— 森谷明子

発行者—— 赤坂了生

発行所—— 株式会社双葉社

東京都新宿区東五軒町3-28　郵便番号162-8540
電話03(5261)4818〔営業〕
03(5261)4831〔編集〕
http://www.futabasha.co.jp/
(双葉社の書籍・コミックが買えます)

印刷所—— 大日本印刷株式会社

製本所—— 株式会社若林製本工場

CTP—— 株式会社ビーワークス

落丁・乱丁（本のページの抜け落ちや順序の違い）の場合は送料小社負担にてお取り替えいたします。「製作部」宛にお送りください。但し、古書店で購入したものについてはお取り替え出来ません。
［電話］03-5261-4822（製作部）

定価はカバーに表示してあります。
禁・無断転載複写
©Akiko Moriya 2009

ISBN978-4-575-23655-2 C0093